अनजाना हमसफ़र

संयोग के पल

देव गोयल 'देव'

KAVYA
PUBLICATIONS

Publisher:

SDR INNOWAYS INDIA PVT. LTD.
667, Rajaward, Kulpahar, Mahoba - 210426

Imprint:
KAVYA PUBLICATIONS
Abhinav R.H.4, Awadhpuri, Bhopal - 462002

Centre:
Kavya Publications
107c, hanuman khand. street no 8, Gulab Vatika
Near Jawahar Nagar, Delhi NCR

Mob. : 7905266820, 9918801353
Website : www.kavyapublications.com
E-Mail : editor@kavyapublications.com

ISBN : 978-93-6431-729-0
Price : 299/-INR
Year : 2025

This book is printed at MTL and published by author Ajay Agrawal, CEO of SDR Innoways India Pvt. Ltd. Kulpahar Mahoba with its imprint and centre, Kavya Publications Delhi.

सादर समर्पण

माता श्री श्रद्धेया भागी देवी पंजाब प्रांत के ज़िला संगरूर के एक छोटे से गाँव के एक निम्न मध्य वर्गीय किसान परिवार में पैदा हुई व इसी ज़िले के गाँव धमतान साहब में एक सजातीय व्यापारी परिवार में विवाहिता हुई। आज उनका पुत्र- पौत्रों, नातिन- नातियों से भरपूर परिवार है। वे आज इस लोक में तो नहीं हैं लेकिन उनकी स्मृति हमें हर समय बनीं रहती हैं। उनकी स्मृति में बना "माँ भागी देवी चेरिटेबल ट्रस्ट" (अपंजीकृत) अभी भी गोशालाओं, जन सेवा संस्थानों, छात्र-छात्राओं के लिए अपनी सेवाएँ प्रदान कर रहा है।

"माँ भागी देवी चेरिटेबल ट्रस्ट" का गठन अक्तूबर 2011 में हुआ व तब से निरंतर सदाव्रतों, भक्ति आश्रमों, खेल-खिलाड़ियों, छात्र- छात्राओं व मानव सेवा संघों की सेवा में कार्यरत है। आजतक ट्रस्ट द्वारा अपने सीमित आय संसाधनों से लगभग 1 लाख 55 हज़ार रुपए की राशि कल्याणकारी कार्यों में उपयोग की जा चुकी है। माँ की असीम कृपा से ही मैं आज इस मुक़ाम तक पहुँच पाया हूँ। प्रस्तुत उपन्यास उन्हीं के श्री चरणों में सादर समर्पित करता हूँ।

विनीत

देव गोयल 'देव'

लेखक की क़लम से

October 1971 की वह सांझ मेरे जीवन में सवेरा बन कर अवतरित हुई, जब मैं ऑनर्ज इन हिंदी के लिए एस.डी. कॉलेज पानीपत में परीक्षार्थी था। उस शाम जो घटाएँ उमड़-घुमड़ कर गगन-विहार करने लगीं तो अगले दिन के एग्ज़ाम की परवाह किए बग़ैर मेरा लेखक मन काग़ज़ के पन्नों पर कुछ उकेरने को तड़प उठा और कुछ समय में ही अनेकों पृष्ठ रंग डाले। उस समय मैंने अपने जीवन के उन्नीसवें वर्ष में प्रवेश किया था। तत्पश्चात् अन्य साहित्यिक गतिविधियों से तो जुड़े रहे पर वे पृष्ठ अनछूए ही अँधेरों में गुमनाम रहे।

जीवन तो चलता ही रहता है चाहे हमारी गतिविधियाँ अवरुद्ध हो गई हों। 2011 में प्रिंसिपल पद से सेवानिवृत्त होने के कई साल बाद अचानक एक दिन पुराने मित्र श्री धर्मवीर 'आर्य' ब्लॉक शिक्षा अधिकारी से घर पर ही गुफ़्तगू हो रहीं थीं। मेरी साहित्यिक अभिरूचि से वे प्रभावित हुए व उन पृष्ठों को पुस्तक में बदलने का प्रेरक सुझाव दिया और उसी प्रेरणा के वशीभूत होकर मेरी साहित्यिक सरिता अपनी मंज़िल पाने हेतु किसी अनजान सागर की ओर बह निकली। असल में सेवानिवृत्ति के बाद मुझे 2011, 13, 15, 19 व 2023 में अमेरिका जाने का अवसर प्राप्त हुआ। वहाँ मुझे अपने कनिष्ठ पुत्र कुमार आशीष से भी उत्साह वर्धक सुझाव मिले।

कवि, लेखक, समीक्षक, कोई भी साहित्यिक प्रतिभा धनोपार्जन के लिए नहीं बल्कि समाज व राष्ट्र को कुछ श्रेष्ठ देकर अपने कर्तव्य पथ पर अग्रसर होती है। इसी अवधारणा को गाँठ में बाँधे यह उपन्यास मनोरंजन के साथ-साथ कुछ सामाजिक लक्ष्यों को भी साथ लेकर आगे बढ़ा है लेकिन वे लक्ष्य पाठक के मनोरंजन, रोमांस व हास्य-विनोद के अधिकारों का अतिक्रमण नहीं करते।मुझे विश्वास व उम्मीद है कि यह उपन्यास-सीरिज़ हर धारा के जनमानस के लिए उपयोगी व प्रेरणादायी साबित होगी।

विनीत

देव गोयल 'देव'

पाठक वृंद से

'अनजाना हमसफ़र' उपन्यास श्रृंखला का प्रथम खंड आपके कर - कमलों में सुशोभित है। उपन्यास सीरीज़ लेखन मेरा कोई शुरुआती विचार नहीं था। हुआ यूं कि USA निवासी कनिष्ठ पुत्र ने मुझे महान लेखिका जे. के. रोलिंग द्वारा लिखित उपन्यास 'हैरी पॉटर' की तर्ज़ पर उपन्यास सीरीज़ लिखने का सुझाव दिया ताकि हिंदी भाषा में भी सुधी पाठकों को कुछ नवीन व मनोरंजक मिल सके। तब से लेखनी का सफ़र निरंतर गतिशील है। प्रथम खंड आप तक पहुँचाकर मुझे संतोष मिश्रित हर्ष व आनंद का अनुभव हो रहा है।

प्रिय पाठक वृंद ! उपन्यास लेखन का मेरा मंतव्य आप सुधी पाठकों को किसी उद्देश्य या सामाजिक समस्या से रूबरू करने से ज़्यादा मनोरंजन करने पर केंद्रित है। मेरे मनोरंजन के लक्ष्य में अगर आप कोई संदेश या उद्देश्य खोज लेते हैं तो यह आपका चातुर्य व मेधा उत्कर्ष ही समझा जाएगा।

साहित्य समाज का प्रतिबिंब है, यह सर्वविदित है। मनोरंजन के नाम पर साहित्य की विकृत प्रस्तुति अक्षम्य है। लेखक व कवि समाज और राष्ट्र के प्रहरी होते हैं जो साहित्य -सृजन कर इन्हें अनुशासित एवं उन्नत करने का स्वप्न लेकर निकलते हैं।लेखक अपने उद्देश्य को मनोरंजन की मीठी पुड़िया में बांधकर पाठकों के समक्ष प्रस्तुत नहीं करता बल्कि यह विश्वास रखता है कि मेरा पाठक खेल- खेल में शिक्षा की तरह स्वयं लाभान्वित होता रहेगा।

अंत में कहना चाहूँगा कि इस खंड की प्रतिक्रियाएँ मुझे प्रेषित कीजिएगा जिससे प्रेरणा पाकर भविष्य में आपको और श्रेष्ठ दे सकूँ।

विनीत

देव गोयल 'देव'

शुभ कामनाएँ

प्रकाशन से पूर्व कुछ सुधी जनों के समक्ष संक्षिप्त कथानक प्रस्तुत किया गया ताकि कुछ अमूल्य सुझाव प्राप्त किए जा सकें। कुछ विद्वानों ने मुझे अपनी कृपा का पात्र समझ निम्नलिखित विचार व्यक्त किए।

'अनजाना हमसफ़र' उपन्यास उच्च कोटि की श्रृंखला में रखने योग्य एक उत्कृष्ट रचना है जो व्यक्ति, समाज व राष्ट्र के प्रति अपने दायित्वों के निर्वहन की प्रेरणा देता है। उपन्यास की कथा समसामयिक विषयों व घटनाओं पर आधारित है। मैं उपन्यास को पाठकों के लिए हितकारी व समाज के लिए उपयोगी महसूस कर रहा हूँ। मैं कामना करता हूँ कि श्री देव गोयल 'देव' अपनी रचनाओं द्वारा समाज व राष्ट्र की सेवा में अनवरत रूप से लगे रहें।

सुशील अग्रवाल
(पूर्व D. G. M.)
Central bank of India

'अनजाना हमसफ़र' उपन्यास सामाजिक आकांक्षाओं की पूर्ति में सहायक होगा, ऐसा मुझे उपन्यास की संक्षिप्त कथा पढ़ कर महसूस हुआ। कला एवं भाव पक्ष दोनों दृष्टियों से यह एक बेजोड़ रचना है।लेखक श्री देव गोयल 'देव' को साधुवाद व पाठकों को उत्तम साहित्यिक कृति उपलब्ध होने पर बधाई।

सुनीता शर्मा
पूर्व उप ज़िला शिक्षा अधिकारी
शिक्षा विभाग, हरियाणा।

'अनजाना हमसफ़र' श्री देव गोयल 'देव' का एक सशक्त सामाजिक उपन्यास है। मैंने सरसरी तौर पर देख कर पाया कि इसमें समाज की कई समस्याओं को उजागर किया गया है। उपन्यास के सभी पात्र जीवंत हैं। भाषा सरल व प्रभाव पूर्ण है। मुझे विश्वास है कि उपन्यास पाठकों के लिए लाभदायक सिद्ध होगा।

सुमन लता
पूर्व प्रिंसिपल,
शिक्षा विभाग, हरियाणा।

CONTENTS

1

प्रबंध समिति की बैठक में हिंदी भाषा अध्यापक देव को ट्रेनिंग के लिए अवकाश देने पर ज़ोरदार बहस

आज फिर निराशा हाथ लगी, प्रबंध-समिति की बैठक में सर्वसम्मति से प्रस्ताव पारित नहीं हो सका। हालाँकि समिति में कुछ उच्च शिक्षित व उदारवादी सदस्यों ने प्रस्ताव ख़ारिज होने पर अफ़सोस ज़ाहिर किया। वे प्राचार्य की इस बात से सहमत नहीं थे कि एक अध्यापक के उच्च शिक्षा के लिए जाने पर संस्था के हितों को हानि होगी पर संस्था के व्यापक हितों को ध्यान में रखते हुए वे सब भद्र पुरुष भी मौन साधने पर विवश हो गए थे। उधर एडमिशन की तिथि दो बार बढ़ाई जा चुकीं थीं, कल ही अंतिम समय सीमा है इसलिए आज मीटिंग में परमिशन न मिलने पर 'देव' के सुनहरे सपने अधूरे रहने की आशंका उत्पन्न हो गई थी। उसने अपने दो साथियों को साथ लिया व प्रबंध- समिति के सदस्यों से मिलना आरंभ किया व बताया कि अध्यापक जितना उच्च शिक्षित होगा, छात्र- छात्राओं को उतना ही अधिक लाभ होगा।

आमतौर पर ऐसी प्राइवेट संस्थाओं की समितियों में समाज के उन लोगों का वर्चस्व रहता है जो आर्थिक, सामाजिक दृष्टि से उन्नत हों तथा जिनका राजनीति से भी सरोकार हो। वे अमूमन मुखिया की विचारधारा का ही समर्थन करते हैं व समझाने, प्रार्थना करने से भी टस से मस नहीं होते, ठूंठ के समान व्यवहार हो जाता है उन सब फ़रिश्तों का। ज्यों ही कल बीता, देव को लगा कि सपने चकनाचूर हो गए, जीवन का लक्ष्य अधर में लटक गया, जीवन गतिशून्य हो गया पर हिम्मत तब लौट आई जब दाख़िले की मियाद पंद्रह दिन के लिए और बढ़ गई थी। मित्रों सहित देव ने सभी सदस्यों से एक-एक कर मुलाक़ात की पर जो ठूंठ थे, वे कैसे झुक सकते थे। अब इस परंपरा ने भी अवरोध पैदा कर रखा था कि सभी प्रस्ताव सर्वसम्मति से पारित होंगे, बहुमत से नहीं।

समिति के मैनेजर डॉ. भगवत स्वरूप उच्च शिक्षित, उच्च विचार एवं मिलनसार स्वभाव के लिए शहर भर में जाने जाते थे। अचानक एक दिन एक महाशय ने उनसे पूछा कि आप की समिति एक शिक्षक के जीवन से क्यों खिलवाड़ कर रही है तो मैनेजर साहब सोचने पर विवश हुए। उन्होंने मुखिया को अपने क्लिनिक पर आहूत किया व शिक्षक को परमिशन देने पर बात की।

मैनेजर —आपको इस विषय में शिक्षक से क्या नाराज़गी है ?

मुखिया — शिक्षक का कार्य तो सराहनीय है पर व्यवहार अपेक्षाकृत संकुचित प्रकृति का है। स्वयं की गर्दन में हमेशा लोहा फँसाए रखना मुझे नहीं सुहाता।

मैनेजर — देखिए, अभी शिक्षक को इस क्षेत्र में प्रविष्ट हुए ज़्यादा समय नही हुआ है, धीरे-धीरे उनके व्यवहार में नम्रता, लचीलापन, सौम्यता, मधुरता के गुणों का समावेश होगा। अत: आप अपनी ज़िद छोड़ कर बड़प्पन का परिचय दें।

मुखिया — मैनेजर साहब, ऐसे तो हर शिक्षक मेरी उपेक्षा करने लगेगा व संस्था में अनुशासन का दिवाला निकल जाएगा। आप जानते हैं कि मैं एक बार जो ठान लेता हूँ, उससे पीछे हटने का प्रश्न ही पैदा नहीं होता, चाहे दुनिया इधर से उधर हो जाए।

मैनेजर — मैं भी इन बातों को आपकी हठधर्मिता मान कर आपके व्यवहार को उच्च श्रेणी में नहीं रख सकता फिर भी हम संस्था के हित में सदा आपके साथ खड़े रहते हैं। क्या इसमें हमारा अपमान होता है ? आप अपने निर्णय पर ठंडे दिमाग़ से विचार करें। हम अपनी शोहरत के लिए किसी के जीवन को पूर्ण विराम तो नहीं लगा सकते ?

मुखिया — मैं आपको अपना इस्तीफ़ा दे सकता हूँ पर शिक्षक को इजाज़त नहीं। जो निर्णय ले लिया वह अटल है। आप भली-भाँति जानते हैं कि मैं अपने फ़ैसले बदलता नहीं।

मैनेजर — शायद आप इसी नामुराद ज़िद को अपनी कामयाबी का सूत्र मानते हैं पर मुझे विश्वास है कि आपको इस विचारधारा से न तो संतुष्टि मिलेगी

और न ही किसी के दिल से सम्मान। भविष्य में आप ख़ाली हाथ मलने पर विवश होंगे, तब बहुत वक़्त निकल चुका होगा। मैंने अपना मन शिक्षक के पक्ष में बना लिया है, उसे उच्च शिक्षा के लिए इजाज़त मिलेगी बेशक बहुमत जुटाना पड़े।

मुखिया —-शिक्षक कोई आपका रिश्तेदार तो है नहीं, क्यों आप एक छोटे से शिक्षक के लिए समिति को विभाजित करने का ख़तरनाक खेल खेल रहे हैं।

मैनेजर ——रिश्तेदार केवल रिश्ते जोड़ने से नहीं बनता। मेरा शिक्षक से इंसानियत का रिश्ता है। मैं व्यक्तिगत कारणों से किसी पर भी ज़्यादती के पक्ष में नहीं हूँ। आप संकुचित सोच का चोला ओढ़कर शिक्षक होते हुए भी एक शिक्षक के अहित की ज़िद पकड़े हुए हैं। मेरा ज़मीर मुझे शिक्षक की मदद करने के लिए प्रेरित कर रहा है। आप मुझे कल इसी वक़्त तक अंतिम निर्णय स्पष्ट कर दें।

मुखिया — मेरे विचार जो आज हैं, वहीं कल रहेंगे और परसों भी।

मैनेजर ——ठीक है, इस विषय पर हमारी भिन्न राहें हैं, फिर भी आपका विचार बदल भी जाए तो बेहिचक मुझसे संपर्क कर लेना।

देव गाँव का एक भोला- भाला नवयुवक था। पिता रामानन्द कपड़े के व्यापारी थे। गाँव के स्कूल से दसवीं की परीक्षा पास कर पिता के व्यापार में सहयोग करने लगे। एक दिन कुछ ऐसा घटनाक्रम हुआ कि एक व्यक्ति जो साधारण सा दिख रहा था शॉप पर आया व बोला - मुझे क़मीज़ के लिए कपड़ा चाहिए, कोई पॉपलीन ही दे दो।

देव — ये लीजिए, टिकाऊ व मज़बूत है।

व्यक्ति- ठीक है दे दो पर पैसे फिर कभी दूँगा।

देव ——लो कपड़ा लो और पैसे बेशक फिर दे देना।

व्यक्ति- क्या तुम मुझे जानते- पहचानते हो ?

देव——नहीं, मैं आपको नहीं जानता हूँ।

व्यक्ति —फिर मुझे उधारी में माल क्यों दे रहे हो ?

देव——आपने ही फिर पैसे चुकाने के लिए कहा था इसलिए मैंने भी कह दिया कि फिर दे देना।

व्यक्ति—- युवक, तुम व्यापार का काम नहीं संभाल सकते, कोई और काम देख लो और अपनी जेब से पैसे निकाल कर पूरी क़ीमत अदा कर दी।

यह घटना कोई संयोग था या कोई प्रेरणा, पर देव का जीवन बदलने लगा था और एक दिन उसने व्यापार को अलविदा कह ही दिया। दो वर्ष के अध्यापक प्रशिक्षण कोर्स में दाख़िला ले लिया। कोर्स के आठ माह बाद ही देव ने प्रभाकर (आनर्ज- हिंदी) पंजाब यूनिवर्सिटी, चंडीगढ़ से प्रथम श्रेणी में उत्तीर्ण की जिसके कारण उसे एक प्राइवेट स्कूल में हिंदी- शिक्षक की नौकरी मिल गई। अब वह ट्रेडर से टीचर बन चुका था। उसकी प्रतिभा देखकर हर जौहरी यही कहता कि यह युवक बहुत आगे तक उन्नति कर सकता है। ट्रेनिंग के दौरान ही माता पिता व परिजनों के संदेश प्राप्त होते कि शिक्षक की नौकरी कोई विशेष लाभ की नहीं होती इसलिए व्यापार की लाइन में फिर आ जाओ पर बाबा नानक की तरह जो सच्चा सौदा का अमृत पान कर लेते हैं, उन्हें कोई और सौदा विषपान जैसा लगता है।

ट्रेनिंग के दौरान उसे सरकार की ओर से छात्रवृत्ति भी मिली जो प्रतिभावान व निपुण छात्र-छात्राओं को देय होती है। वह हर गतिविधि में भाग लेता व सामूहिक कार्यों में पूरा सहयोग करता।शिक्षक के रूप में भी उसका बच्चों के साथ लगाव देखकर हर कोई तारीफ़ करता व सब उसकी अध्यापन शैली के क़ायल हो चुके थे। प्रतिभावान इंसान परिश्रम से जी नहीं चुराते बल्कि औरों के लिए प्रेरणा स्रोत बन जाते हैं। शिक्षण के साथ- साथ देव ने अपनी पढ़ाई भी जारी रखीं व चार वर्षीय स्नातक की डिग्री हासिल कर ली। इस दौरान संगीत विषय में भी उसने रूचि का प्रदर्शन किया पर अपनी संस्था के काम में कोई ढील नहीं आने दी व प्रभावशाली शिक्षण के कारण उसकी ख्याति दिन प्रति दिन बढ़ रही थी।

शिक्षक के रूप में देव हमेशा से प्राइवेट ट्यूशन व कोचिंग के कभी समर्थक नहीं रहे क्यों कि उनका मानना था कि विद्यार्थी स्वयं अधिक मेहनत

करें, अध्यापक केवल बच्चों का मार्गदर्शन करें। स्नातक की उपाधि प्राप्त करने के बाद देव ने अंग्रेज़ी अध्यापक बनने के लिए ट्रेनिंग लेने का विचार किया। इसी संदर्भ में उसने प्रबंध समिति की सेवा में प्रार्थना पत्र पेश किया था ताकि एक वर्ष की ट्रेनिंग संस्था से अवैतनिक अवकाश पाकर पूरी कर सके लेकिन संस्था के मुखिया का कृपापात्र न होने से दो बार उसकी प्रार्थना ठुकरा दी गई। अब उसने तीसरी बार बैठक बुलाने व परमिशन देने के लिए अभियान शुरू किया।

मैनेजर डॉ. भगवत स्वरूप ने प्रबंध समिति की आज की बैठक विशेष रूप से आहूत की जिसकी कार्य सूची में केवल एक ही विषय शामिल था- ट्रेनिंग के लिए संस्था के हिंदी विभाग में शिक्षक देव को ट्रेनिंग के लिए परमिशन प्रदान करना। समिति के सदस्य अपना-अपना मन बना कर ही आज के रण-क्षेत्र में उतरे थे। चेयर की स्वीकृति के बाद संस्था के क्लर्क ने मीटिंग का संक्षिप्त एजेंडा सबके सामने प्रस्तुत किया। समिति के प्रधान बाबू राम कृष्ण ने मैनेजर डॉ. भगवत स्वरूप को विषय पर अपने विचार रखने का आह्वान किया।

डॉ. भगवत स्वरूप ने हिंदी - शिक्षक मि० देव को ट्रेनिंग के लिए अवकाश मंज़ूरी की सभी सदस्यों से अपील की। प्रिंसिपल गुप्ता ने विरोध के स्वर में कहा- दो बार की मीटिंग में भी यही एकमात्र विषय प्रमुखता से उठाया गया था व सभी के विचार- विमर्श के बाद निर्णय हुआ था। बार -बार समिति की मीटिंग बुलाने से समय की बर्बादी व अनुचित परंपरा पड़ जाती है। मैं समझता हूँ कि अध्यापक ने सब सदस्यों पर दबाव डालकर मीटिंग बुलवाई है, इसके लिए अध्यापक के ख़िलाफ़ कार्रवाई की जानी चाहिए।

मैनेजर —- प्रिंसिपल साहब, संस्था किसी एक व्यक्ति की नहीं हो सकती और न ही एक व्यक्ति संस्था हो सकता है, आप संस्था होने का खोखला प्रयास कर रहे हैं। अगर अध्यापक आपकी जी हजूरी नहीं करना चाहता या नहीं कर सकता तो क्या आप उसके जीवन की तरक़्क़ी के रास्ते बंद कर देंगे ? पिछले साल भी हमने एक अध्यापक कालू प्रसाद को ऐसी स्वीकृति प्रदान की थी हालाँकि वह अध्यापक इतना परिश्रमी व होशियार भी नहीं था पर शायद प्रिंसिपल का चहेता था। अध्यापक या किसी भी कर्मचारी की निष्ठा संस्था के

प्रति होना आवश्यक है न कि प्रिंसिपल के प्रति। यह अध्यापक संस्था के प्रति पूर्ण रूप से उत्तरदायी है, परिश्रमी, ईमानदार, सत्य वक्ता एवं मेधावी है। आपको मीटिंग में सिर्फ़ सलाह मशविरा के लिए बुलाया जाता है, फ़ैसला करने के लिए नहीं ? आपने पहली मीटिंग की तरह आज भी परमिशन को नकार कर समिति की सत्ता व अस्तित्व को ही अस्वीकार कर दिया है । मै समिति से निवेदन करूँगा कि वह अध्यापक की बजाय प्रिंसिपल को ही सजा का पात्र समझे।

प्रधान—- हमें एक अध्यापक को परमिशन के सवाल पर आपस में नहीं उलझना चाहिए, संस्था का हित हम सबकी समान विचारधारा पर टिका है। क्या सभी सम्मानित सदस्य अध्यापक को स्वीकृति देने के पक्षधर हैं। जो नहीं हैं, वे कारण प्रस्तुत करें कि क्यों न दी जाए ? कुछ सदस्य खड़ा होने का प्रयास करते हैं लेकिन मैनेजर डॉ. भगवत स्वरूप गुप्त मतदान का सुझाव देते हैं जो सबको स्वीकार होगा, इससे खेमेबाज़ी भी नहीं होगी।

प्रधान —यह कोई इतना बड़ा मसला नहीं है कि हमें मतदान का फ़ैसला लेना पड़े।

मैनेजर — मेरा अध्यापक से कोई निजी संबंध नहीं है फिर इंसानियत भी कोई चीज़ होती है। हम किसी की व्यक्तिगत चाहत को समिति से ऊपर स्वीकार नहीं कर सकते। शिक्षा के क्षेत्र में अध्यापक का नम्र रूप ही सराहनीय होता है, ज़िद्दी नहीं और वह भी बिना किसी कारण के।

प्रधान बाबू राम कृष्ण ने वहीं पर उपस्थित देव बाबू को बुलाया व पूछा— आप के एडमिशन की अंतिम तारीख़ क्या है ?

देव —- सर, कल सायं ऑफिस समय तक।

प्रधान —आप कल कॉलेज जा कर अपनी फ़ीस जमा करवाओ, आपको फ़िक्र करने की ज़रूरत नहीं है।

देव —- सर, मैं आपका किन शब्दों में धन्यवाद करूँ? आप सभी ने मुझे कृतार्थ कर दिया है। मैं मुखिया जी का भी आभारी हूँ जिनकी देखभाल में संस्था दिन दुगुनी रात चौगुनी उन्नति कर रही है। मैनेजर साहब ने मेरे प्रति जो आत्मीयता प्रदर्शित की है, मैं उनका हृदय से आभार व्यक्त करता हूँ।

मैनेजर — छुट्टी केवल एक वर्ष की ट्रेनिंग के लिए है, कोर्स पूरा करने के बाद यहाँ आकर ड्यूटी संभालना है व संस्था की भलाई के लिए पूरी ताक़त से काम करना है।

देव —- सर, अब तो छ: महीने ही शेष बचे हैं ट्रेनिंग के लिए, मैं आपके निर्देश अनुसार ही सब करने का प्रयास करूँगा। मैं पुनः सभी सम्मानित सदस्यों का धन्यवाद करता हूँ।

***

2

देव व मित्रों की सरिता सैर

अरे आइए साहिबान ! आज इस अकिंचन पर कैसे मेहरबानी की ? देव ने मित्रों को देखकर कहा।

कांति —- सुना है कि हमें छोड़कर जा रहे हो ? हमारे बिना कहीं दिल नहीं लगेगा? (सब बैठते हुए) आख़िर मुखिया का पाषाण हृदय पसीज ही गया। पता नहीं किस मिट्टी का बना है, एक बार जो दिमाग़ में घुस गया बस फिर टस से मस नहीं। मैनेजर साहब भी पूरे दल- बल के साथ मैदान में उतरे थे, भला हो प्रधान बाबू राम कृष्ण का जिन्होंने परिस्थिति को भाँप कर समिति को दो फाड़ होने से बचा लिया।

देव —- बिल्कुल सही फ़रमाया आपने, अब कल प्रातः ही मुझे दाख़िले के लिए जाना होगा क्योंकि कल ही अंतिम तिथि घोषित है।

कांति — अब तक हम दोस्तों की परमिशन नहीं हुई हैं आपको ? बिना कुछ मुँह में मीठा डाले नहीं जाने देंगे।

राजीव —कांति भाई ने बिलकुल मौक़े की नज़ाकत को देखते हुए बात कही है।

देव —— चलो सब नदी किनारे चलते हैं, रास्ते में चंदूलाल हलवाई से कुछ मिष्ठान ख़रीद लेंगे व लहरों का नृत्य देखते हुए आनंदपूर्वक सेवन करेंगे।

राजीव —- देव भाई, चंदू हलवाई अब पहले जैसा नहीं रहा, अब वह मिठाईयों में रस कम रेट ज़्यादा चिपकाने लगा है। शहर के आरती चौराहे पर तिवारी स्वीट्स के नाम से कुछ दिन पहले एक शॉप खुली है, क्या मिठाई बना रहे हैं, चौबीसों घंटे भीड़ छंटने का नाम नहीं लेतीं। आज वहाँ से ख़रीद होगी, और घेवर तो इतना स्वादिष्ट बनाता है शुद्ध दूध व मैदे से, लोग वाह ! वाह !! करते नहीं अघाते।

कांति —— हाँ राजीव भाई, वाक़ई तिवारी स्वीट्स शहर का गौरव स्थल बन गया है।

सभी मित्र नदी पर सैर के लिए निकल पड़े थे व कुछ मिष्ठान्न भी साथ ख़रीद लिया है। नदी का मुहाना, दोस्तों की मस्ती, ज़िंदगी में कब किसे नसीब हो ?

राजीव—- कांति भाई, आज कुछ चटपटा हो जाए ?

कांति —— राजीव भाई, भूखे भक्ति न होए गोपाला। पहले पेट- पूजा, फिर काम दूजा। पहले तिवारी भाई का पैकेट खोलो तभी मस्तिष्क की नाड़ियाँ खुलेंगी।

राजीव—- लो राकेश भैया, तुम ही श्री गणेश करो यह घेवर का टुकड़ा खाकर।

राकेश——(स्वाद चख कर) वाह ! क्या ज़ायक़ा है, जियो तिवारी भैया। देव भैया, आपको बहुत-बहुत मुबारकबाद, ट्रेनिंग के लिए ज़रूर जाओ पर मित्रों को न भुलाना।

देव —— हम सब अंतरंग मित्र हैं, खाना- पीना छोड़ सकते हैं, मिलना- जुलना नहीं। कांति भाई, पेट- पूजा हो गई, अब दूजा काम शुरू करो।

कांति —- सभी मित्र इच्छुक हैं तो ध्यान से सुनो- लालू और भालू दो घनिष्ठ मित्र थे हमारी तरह, दोनों बड़े धार्मिक व सद्भाव की मूर्ति थे। एक दिन मंदिर में पूजा के लिए गए तो काफ़ी देर तक इधर-उधर की हांकते रहे। बातों में इतने मशगूल हो गए कि कब सांझ हो गई पता ही नहीं चला। भूख- प्यास भी अब सताने लगी थी।

राजीव —- फिर क्या मंदिर में कोई भोजन की व्यवस्था थी कांति भाई?

कांति —— नहीं, ऐसी व्यवस्था सिर्फ़ गुरुद्वारों में ही सुनी जाती है लेकिन उन लोगों के पास अपना भोजन था और वे उसे निकाल कर खाने को तैयार थे कि एक अजनबी आया और भूख शांत करने की गुहार लगाने लगा। लालू के पास तीन व भालू के पास पाँच चपातियाँ थीं जो तीनों में समान मात्रा में बाँटीं नहीं जा सकती थी।

राकेश —-प्रॉब्लम तो जायज़ थी कांति भाई ?

कांति —— पर अजनबी ने एक विधि सुझाई कि आठों चपातियों के तीन- तीन टुकड़े करके हमें आठ-आठ टुकड़े मिल जाएँगे। अजनबी का विचार प्रैक्टिकल था और दोनों ने मान लिया। दिन भर की थकान व अन्न के नशे से वे तीनों नींद में झूलने लगे व मंदिर की सीढ़ियों पर ही सो गए।

राजीव ——कांति भाई, बिना कुछ बिछाने व ओढ़ने के नींद कैसे आएगी ?

कांति —— राजीव भैया, धर्म के लिए हम बहुत कुछ कर जाते हैं और करने के बाद हैरान होते हैं कि यह सब मैंने किया ? रात भर तीनों सोते रहे, जब सुबह नींद से जागे तो अजनबी को न पाकर स्तब्ध रह गए थे। कहाँ चला गया होगा ? उसका कोई सामान भी नहीं था, बिना बताए में जाना अखरता है पर ज्यों ही करवट बदली तो अजनबी के सोने की जगह कोई चमकदार वस्तु नज़र आई।

राजीव —— मंदिर की सीढ़ियों पर किसी महिला के सूट या साड़ी से कोई काँच का टुकड़ा गिर गया होगा ?

कांति — नहीं राजीव भैया, वो चमकीली वस्तु कुछ और नहीं बल्कि सोने की अशर्फ़ियाँ थीं।

देव ——- यह तो अजीब सा लग रहा है, जो अजनबी माँग कर चपातियाँ खा रहा है उसके पास अशर्फ़ियाँ ?

कांति —— आपका अविश्वास सत्य हो सकता है। दोनों दोस्तों ने विचार किया कि वे उन्हें आपस में बाँट लेंगे।

राकेश ——इसमें तो कोई ख़ास कठिनाई नहीं होगी, आठ अशर्फ़ियों में से दोनों को चार - चार मिल जाएँगी।

कांति ——इतना सरल नहीं है बंटवारा, राकेश भैया। भालू ने कहा- लालू, तेरे पास तीन चपातियाँ थीं और मेरे पास पाँच, अब कैसे होगा? मामला उलझन में पड़ा देख वे दोनों मंदिर के पुजारी के पास पहुँचे और आपबीती सुनाई।

पुजारी ने दोनों को चार-चार बाँटने को कहा तो दोनों ने इंकार कर दिया व सही विभाजन की माँग की।

राकेश —- अब पुजारी भी क्या करेंगे, इंतज़ार करना होगा ?

कांति —— हाँ राकेश भैया, पुजारी ने दोनों मित्रों को सोने की अशर्फ़ियाँ उसके पास छोड़ने व कल प्रातः काल में आने को कहा। दोनों मित्र पुजारी को अशर्फ़ियाँ सौंप कर चले गए।

राजीव —— दोनों का पुजारी पर विश्वास क़ाबिले तारीफ़ है लेकिन बिना किसी से व्यावहारिक परिचय के छल भी हो सकता है।

कांति ——पुजारी को तो मंदिर में ही रहना है इसलिए वह छल नहीं कर सकता। उसने खूब दिमाग़ दौड़ाया कि तीन चपाती वाले को तीन व पाँच वाले को पाँच अशर्फ़ियाँ देकर ठीक न्याय हो जाएगा पर उसे दिमाग़ में आया कि इतना सरल सा बँटवारा तो वे दोनों भी कर सकते थे। इसी उधेड़बुन में सारा दिन बीत गया पर हल नहीं मिला।

देव ——- अब तो पुजारी परेशानी में पड़ गया होगा ?

कांति —— हाँ, जब रात्रि में सोने को गया तो नींद कोसों दूर थीं। आधी रात में नींद ने जब उसे दबोच लिया तो वह अजनबी उसके सपने में प्रकट हुआ।

राजीव ——अब क्या होगा कांति भाई, कहानी में रहस्य बढ़ रहा है, दोनों दोस्त चार- चार बाँट लेते तो सब झंझट ख़त्म हो गया होता।

कांति —— राजीव भाई, मित्रता एक दिन के लिए या किसी स्वार्थ वश नहीं होती, यह सत्यता, आपसी विश्वास, त्याग व न्याय पर आधारित होती है। अगर दोनों के पास चार- चार चपाती होती तो कोई परेशानी नहीं थी।

राकेश —-तो उस अजनबी ने पुजारी के पूछने पर समाधान दिया होगा व अंतर्ध्यान हो गया होगा ?

कांति —यस राकेश भैया, सुबह दोनों मित्र पुजारी के पास पहुँचे। पुजारी भी दोनों की राह देख रहा था। पूजा-अर्चना के बाद पुजारी ने लालू को एक व भालू को सात अशर्फ़ी सुपुर्द कर दी तो दोनों दोस्त हैरान।

राजीव —— कांति भाई, ऐसा बँटवारा सुनकर तो हम भी हैरान हैं, शायद यह समाधान दोनों मित्रों को स्वीकार नहीं हो सकता, इससे तो दोनों मित्रों में दरार पड़ सकती है? इससे अच्छा तो वे किसी पढ़े लिखे आदमी से फ़ैसला करवाते ?

कांति —— पुजारी ने दोनों मित्रों को उस अजनबी के समाधान की तरकीब का ज़िक्र किया तो दोनों मित्र संतुष्ट होकर घर चले गए।

राकेश —— यह तो अजीब घटना है, क्या हल बताया होगा अजनबी ने पुजारी को ?

कांति —- आप तीनों मिलकर इसका हल खोजने की कोशिश करें।

राजीव — कांति भाई, दिन छिपने को आया है, जब तुम्हें पता ही है तो क्यों पहेलियाँ बुझा रहे हो ?

कांति —यह पहेली ही तो है, कोई असली घटना नहीं ? अगर तुम सब हार स्वीकार करते हो तो मैं बताऊँ ?

सभी एक स्वर में —- हाँ हाँ, हम हार मानते हैं, अब बताओ ?

कांति —— ध्यान से सुनो - अजनबी ने पुजारी को सपने में आकर समाधान दिया कि लालू के पास तीन चपातियाँ थीं जिनके नौ टुकड़े हुए और भालू के पास पाँच चपातियों के पंद्रह टुकड़े हुए। लालू के नौ में से आठ तो उसने ख़ुद ही खा लिए व एक फ़ालतू रहा। इसी प्रकार भालू ने भी सात टुकड़े बचाए तो दोनों के एक व सात टुकड़े अजनबी ने खाए, उसी हिसाब से अशर्फ़ियों का वितरण किया गया।

देव ——- वाह ! कांति भैया, बहुत सुंदर हल तलाश किया।

राजीव —- ग़ज़ब का समाधान किया।

राकेश — कांति भाई, पूरा न्याय किया गया है, यह हल तो सपने में ही आ सकता था। हम संतुष्ट हैं व घर जाने के लिए तत्पर है।आज देव भाई को भी ऐसा ही न्याय मिला है।

देव —— हाँ राकेश भैया, अब कल जाकर एडमिशन लूँगा।

सभी मित्र - हम सबकी शुभकामनाएँ तुम्हारे साथ हैं।

3

देव का भिवानी के सरकारी ट्रेनिंग कॉलेज में दाख़िला व अध्यापक दिवस समारोह

अगले दिन सुबह ही आठ बजे की बस में सवार हो कर देव भिवानी के लिए निकल गया, लगभग दो घंटे का सफ़र रहा था और दस बजे के क़रीब बस कॉलेज के स्टॉप पर पहुँच गई थीं। काफ़ी नवयुवक वहाँ कॉलेज में पढ़ने के लिए बस से नीचे उतरे, जिनमें कुछ डिग्री कॉलेज में व कुछ ट्रेनिंग सेंटर में जा रहे थे। देव ने शिक्षण संस्थान की ओर प्रस्थान किया। थोड़ी दूरी पर ही कार्यालय था जहां एडमिशन की प्रक्रिया शुरू करना था। यहाँ कॉलेज में बैचलर ऑफ़ एजुकेशन की एक सौ पचास सीटें थीं जिनमें अभी दो बाक़ी बची हुई थी।

चयनित उम्मीदवारों का एडमिशन आज के लिए ही अंतिम अवसर था और ऐसे उम्मीदवार के न पहुँचने पर प्रतीक्षा- सूची से अगले वरीयता प्राप्त क्रम से कॉल करने का अधिकार था। जब देव कार्यालय पहुँचा, पता चला कि एक उम्मीदवार दाख़िला ले चुका है व अब केवल एक सीट ही शेष है। हैड क्लर्क मि० शर्मा ने अपनी पारखी नज़रों से पहचान लिया था कि हो न हो यह एडमिशन लेने वाला ही अल्हड़ नवयुवक है।

मि० शर्मा —आप बी० एड० कोर्स में एडमिशन लेने आए हैं ?

देव —यस सर ! मुझे कल सायं ही अपने विद्यालय से परमिशन मिली है इसलिए पहले नहीं आ सका ?

मि० शर्मा—- हमें स्कूल या समिति से परमिशन का कोई प्रमाण पत्र नहीं चाहिए, आप अपने मूल सर्टिफ़िकेट हमें दीजिए, जो यूनिवर्सिटी से जाँच के बाद आपको मिल जाएँगे। यदि आपके पास इनकी ज़ीरोक्स कॉपी नहीं है

तो वहाँ सामने अपने ऑफिस से बनवा लें व वहीं से फ़ीस की रसीद भी प्राप्त कर लें।

देव —— यस सर, मैं अभी सब कर लेता हूँ, कुछ और क्या करना है ?

मि० शर्मा —- फ़ीस जमा के बाद आपका विधिवत एडमिशन हो जाएगा व आप मुझसे अपना रोल नंबर प्राप्त कर लेना।

देव —- रोल नंबर तो आख़िरी ही होगा शर्मा जी ?

शर्मा —— हाँ हाँ, आप फ़ीस जमा करवाइए, आपको आख़िरी ही मिलेगा।

पूरे कार्यालय में शांति का साम्राज्य था। कोई भी हो, इंसान या संस्थान जब अपने लक्ष्य को निर्विघ्न प्राप्त कर लेता है तो एक पूर्णता एवं संतुष्टि का भाव उभर कर आता है जो उसके चाल- ढाल व व्यवहार में दिखाई पड़ता है। कॉलेज कार्यालय ने जब प्रिंसिपल साहब को सूचित किया कि हमारी बी० एड० की सभी निर्धारित सीटें भर गई है तो उन्होंने ख़ुद वहाँ आकर देव से मुलाक़ात कर बधाई दी व कार्यालय को आदेश दिए कि सभी ट्रेनिज के प्रमाण पत्र सत्यापन के लिए यूनिवर्सिटी भेज दिए जाएँ व सभी स्टूडेंट्स को आई कार्ड उपलब्ध करा दिए जाएँ। यह आदेश जारी कर वे अपने ऑफिस में चलीं गई थीं।

मि० शर्मा ने देव को कहा कि वे लाइब्रेरी जाकर अपनी दो फ़ोटो भी जमा करवा दें ताकि पहचान पत्र बन सके व ट्यूटोरियल ग्रुप का भी पता चल सके ? देव ने लाइब्रेरी जाकर फ़ोटो जमा की व कुछ समय समाचारपत्र पढ़ने में व्यतीत किया। बाहर आकर कॉलेज का कुछ जायज़ा लिया। कॉलेज मूल रूप से कॉलेज की बिल्डिंग में नहीं था बल्कि आई.टी.आई. के लिए बनाए भवन में चल रहा था जो सिर्फ़ एक मंज़िल ही बना था। कॉलेज के एक कॉर्नर पर बनी एक कैंटीन से जलपान कर देव ने वापस जींद के लिए कॉलेज के गेट से ही बस ली व विजयी मुद्रा में घर पहुँचा।

अब कॉलेज में नियमित रूप से प्रशिक्षण कार्यक्रम व कक्षाएँ लगना शुरू हो गया था। सभी छात्र छात्राएँ अपनी -अपनी कक्षा में उपस्थित रहते व अन्य गतिविधियों में शामिल होते। हिंदी शिक्षक के लिए ओ.टी. का प्रशिक्षण भी यहाँ चल रहा था जिसमें क़रीब अस्सी प्रतिशत छात्राएँ दाख़िला पाएँ हुई थी। यह भी एक वर्ष की अवधि का ही कोर्स था। देव ने शहर की कृष्णा कालोनी में मंदिर के पास एक रूम किराए पर एक अन्य साथी के साथ मिलकर ले लिया था। दोनों अपनी- अपनी साईकिलों से ही कॉलेज आते-जातें व स्वयं ही भोजन बना कर पेट - पूजा करते।

कॉलेज में हर साल की तरह इस बार भी पाँच सितंबर (अध्यापक दिवस) मनाने का फ़ैसला लिया गया था। एक बड़े हॉल में दोनों ट्रेनिंगज के युवा छात्र -छात्राएँ एकत्रित हो गए थे। प्राचार्या को ही अध्यक्ष का आसन सौंपा गया था। यहाँ कॉलेज में आमतौर पर किसी भी राजनेता या नेता को पीठासीन करने की परंपरा नहीं है क्योंकि कॉलेज को राजनीति का अखाड़ा बनते देर नहीं लगती। प्राचार्य, शिक्षा विभाग अध्यक्ष या कोई शिक्षाविद् से ही समारोह कीं अध्यक्षता करने का प्रचलन ही प्रमुखता से रहा है। समारोह के प्रबंधक मनोविज्ञान के प्रोफ़ेसर डॉ. गुप्ता जी थे जो मंच- संचालन के लिए किसी प्रतिभा की तलाश में जुटे थे। ट्यूटोरियल ग्रुप से नामावली ली गई, टैगोर ग्रुप से देव का नाम भेजा गया था। डॉ. गुप्ता ने निःसंकोच उसे ही यह ज़िम्मेदारी सौंप दी क्योंकि देव पहले से ही शिक्षक चले आ रहे थे।

छात्राओं ने हॉल के गेट पर सुंदर रंगोली सजाई थीं जिसमें अनेक रंगों की विविधता से आकर्षक दृश्य उपस्थित हो रहा था। हॉल को फूलों, हरी पतियों व फ़ोटोज़ से सजाया गया था। माँ सरस्वती की प्रतिमा विशेष रूप से एक टेबल पर रखीं गई थीं जिस पर पुष्प माला सुशोभित थीं। प्राचार्या महोदया (समारोह की अध्यक्ष) पधार चुकी थी। डॉ. प्रोफ़ेसर गुप्ता, डॉ.चंद्र भानु आर्य ने दीप प्रज्ज्वलित करने में अध्यक्ष की सहायता की, तत्पश्चात् कॉलेज की ओ. टी. कक्षा की छात्राओं ने सरस्वती वंदना मधुर एवं आकर्षक वाणी में प्रस्तुत की। अब मंच- सचिव देव ने अपना मोर्चा संभाला व कार्यक्रम के प्रबंधक डॉ.गुप्ता को अध्यक्ष महोदया का स्वागत करने हेतु आमंत्रित किया।

डॉ. गुप्ता — आज के इस कार्यक्रम में मैं सुश्री मनोरमा का हृदय से आभार प्रकट करता हूँ कि हमें उत्साहित करने के लिए समय निकाला व समारोह की शान में वृद्धि की। (तालियों की गड़गड़ाहट से हॉल गूंजने लगता है।) मैडम मनोरमा जी जब से इस संस्थान में आई हैं, चहुँओर तरक़्क़ी की बयार बह रही है। इनका व्यक्तित्व गौरवशाली एवं अनुकरणीय है। शिक्षा जगत में इनका नाम सम्मान व श्रद्धा से लिया जाता है। मैं पुनः प्राचार्या महोदया जी का समारोह में पहुँचने पर सब ट्रेनिंज की ओर से भी हार्दिक स्वागत करता हूँ। आज अध्यापक दिवस के पावन अवसर पर मैं सभी भावी शिक्षकों के उज्ज्वल भविष्य की कामना करता हूँ। सभी का धन्यवाद ! और हाँ, मैं आपको बता दूँ कि आज के समारोह के मंच संचालक हैं टैगोर ट्यूटोरियल ग्रुप के मि० देव, जो पहले से ही वर्किंग टीचर हैं। आप सभी इनका भरपूर मात्रा में सहयोग करें व प्रोग्राम सफल बनाएँ।

मि० देव ——आप सभी ने डॉ. गुप्ता, अध्यक्ष मनोविज्ञान विभाग के अमूल्य विचार सुने व उससे पूर्व सरस्वती वंदना के मधुर स्वरों का रसपान किया। अब मैं हिंदी विभाग के अध्यक्ष डॉ.श्री चंद्र भानु आर्य से निवेदन करूँगा कि वे इस महत्वपूर्ण दिवस के विषय में छात्र- छात्राओं को संपूर्ण जानकारी प्रदान करें।

डॉ. आर्य —— सम्मान के योग्य सुश्री प्राचार्या महोदया जी, कार्यक्रम के सर्वेसर्वा डॉ. गुप्ता जी, अति उत्साही व पूजनीय मेरे सहयोगी स्टाफ़ सदस्य गण व भारत देश के नवनिर्माण में प्रयासरत प्रिय छात्र- छात्राओं ! पाँच सितंबर, भारत के ख़ास महत्व का दिन है। दरअसल यह देश के द्वितीय राष्ट्रपति राधाकृष्णन का जन्म दिन है। 5 सितंबर 1888 को तमिलनाडु में जन्में डॉ. राधाकृष्णन को भारतीय संस्कृति के संवाहक, प्रख्यात शिक्षाविद्, महान दार्शनिक के रूप में जाना जाता है, उन्हीं की इच्छानुसार 1962 से यह दिन अध्यापक दिवस के रूप में मनाया जाता है। मैं आपको बताना चाहता हूँ कि विश्व शिक्षक दिवस 5 अक्तूबर को ही मनाया जाता है। अधिक समय न लेते हुए मेरी आप भावी शिक्षकों को सलाह है कि हम डॉ. राधाकृष्णन के बताए सन्मार्ग पर चलकर देश व समाज का कल्याण करने में अपना जीवन समर्पित करें। जय हिंद- जय भारत !

मि० देव —— आप सभी ने डॉ. आर्य जी के पुनीत वचनों का श्रवण किया, अब बी० एड० सेक्शन 'सी' की छात्राएँ हरियाणवी नृत्यगीत प्रस्तुत कर रही है। नृत्यगीत तैयार करवाया है सुश्री धन्नो वालिया ने जो हमारे संस्थान की संगीत की सहायक प्रोफ़ेसर हैं। तो आप सभी आनंद लीजिए। (नृत्यगीत समाप्ति के बाद) अब मैं अध्यक्ष महोदया से निवेदन करूँगा कि वे स्टूडेंट्स को संबोधित करें।

प्राचार्या ——सम्मान के योग्य मेरे सभी साथियों व राष्ट्र- निर्माताओं, आज शिक्षक दिवस पर आप सभी जीवन में एक आदर्श अध्यापक बनें, समाज को उन्नत करें व बच्चों के भविष्य का निर्माण करें। आप ने पूरी तैयारी के साथ यह दिन मनाया, पंद्रह अगस्त भी आप ने बड़ी धूमधाम से मनाया व ध्वजारोहण किया था। त्यौहार मनाने से संस्कृति के पुष्प खिलते हैं, प्रेम व भाईचारा बढता है। भविष्य में भी ऐसे कार्यक्रम जारी रहने की परंपरा डालनी चाहिए। उत्तम मंच संचालन के लिए मैं मि० देव को बधाई देती हूँ जो कुछ समय पहले ही संस्थान में आए हैं। आप सभी को बधाई व धन्यवाद।

मि. देव —— हम सभी छात्र -छात्राएँ, प्राचार्या महोदया को विश्वास दिलाते हैं कि हम आपके कुशल नेतृत्व एवं सुयोग्य स्टाफ़ के मार्ग दर्शन में अच्छे व आदर्श अध्यापक होने का प्रयास करेंगे। अब कार्यक्रम का समापन हुआ। सभी ट्रेनिज अपनी- अपनी कक्षाओं में मूव करेंगे। कार्यक्रम की सफलता के लिए सब को बधाई !

***

4

देव का भित्ति पत्रिका संपादक चुने जाना व शिवि, देविना से मुलाक़ात

शिक्षण संस्थान में प्रवेश पाए देव को काफ़ी दिन बीत चुके थे। वह कॉलेज कैम्पस से पूरी तरह से परिचित हो गया था। कहाँ क्या है ? उसे जानकारी हो गई थीं। जैसे- संगीत कक्ष, पुस्तकालय भवन, विभाग अध्यक्षों के कक्ष, कृषि कक्ष, खेल कक्ष व कैंटीन बगैरह। सभी के साथ वह लेक्चर अटैंड करता व पीरियड के बाद दोस्तों के साथ गप्प- शप्प होती। ऑफिस के सामने गलियारे में टहलते हुए देव की नज़र नोटिस बोर्ड पर पड़ीं जहां छात्र-छात्राओं के लिए आवश्यक जानकारी मुहैया रहती है। देव ने देखा तो उसे बड़ी ख़ुशी हुई कि लंच के बाद मनोविज्ञान के प्रोफेसर डॉ. गुप्ता के रूम में एक टेस्ट का आयोजन किया गया है जो ट्रेनिज भित्ति पत्रिका के सम्पादक बनने के इच्छुक हैं वे रिपोर्ट करें। टेस्ट लिखित होगा व विषय मौक़े पर ही बताया जाएगा।

लगभग 20-25 छात्र-छात्राएँ लंच के बाद डॉ. गुप्ता के कक्ष में पहुँच गए थे। देव भी पूरे आत्मविश्वास के साथ इस प्रतियोगिता में भाग ले रहा था। डॉ. गुप्ता कक्ष में आए व इतनी भीड़ देख कर गदगद हो रहे थे। उन्होंने सभी को फ़र्श पर बिछी दरी पर बैठने को कहा व 'दो अक्तूबर का भारत के इतिहास में महत्व' विषय पर अधिकतम दस मिनट में लिखने को दिया और तक़रीबन एक-आध घंटे में ही सब टेस्ट जाँच कर निर्णय घोषित किया कि मि० 'देव' सैक्शन A को सम्पादक के लिए नियुक्त किया जाता है। मुझे उम्मीद है कि देव अपना दायित्व पूरी निष्ठा एवं ईमानदारी से निभाएँगे। सभी साथियों ने देव को मुबारकबाद दी व पूर्ण सहयोग का आश्वासन दिया।

बाहर आकर एक मधुर आवाज़ देव के कर्ण पटल से टकराई, यह उसी के सेक्शन की देविना थीं जो देव को बधाई पहुँचा रही थी।

देविना —आप वही हैं ना जिसने अध्यापक दिवस पर आयोजित कार्यक्रम में मंच -संचालन किया था ?

देव ——यस, आपने सही पहचाना, आप भी मेरे साथ सम्पादकीय काम कर सकती है ?

देविना —-मेरी रूचि तो साहित्यिक गतिविधियों में अवश्य है पर मैं नियमित रूप से समय नहीं दे पाऊँगी। हाँ, आपको समय- समय पर मदद ज़रूर करूँगी।

देव ——- आपसे मिल कर बहुत अच्छा लगा । आप देविना सेक्शन ए हैं ना?

देविना—— और आप मि० देव हैं ना ? सेक्शन ए (दोनों मुस्कुराते हैं)

डॉ. गुप्ता — आप सभी अब अपनी- अपनी कक्षाओं में जाएँ। मि० देव, यह भित्ति पत्रिका बॉक्स की चाबी है, इसे संभाल कर रखना है।

देव —- यस सर ! मैं पूरी सावधानी रखूँगा।

गुप्ता जी—- अपना काम संतुष्टि से करो, जब भी कोई परेशानी हो तो मुझसे संपर्क करने में संकोच ना हो। जो भी आर्टिकल पत्रिका में प्रकाशित करो, अच्छी तरह जाँच कर डालो। अश्लील व सनसनीख़ेज़ विषयों को इगनोर करना है। किसी के दबाव में न आकर गुणवत्ता के आधार पर रचनाओं का चुनाव करना है। कोशिश यह करो कि आर्टिकल मौलिक एवं स्वरचित हों व उस पर लेखक का हस्ताक्षर भी लगा हो। आर्टिकल एक सप्ताह से ज़्यादा नहीं रखना है व सभी आर्टिकल संभाल कर रखना है।

देव —— सर ! मैं पूरी तत्परता व ज़िम्मेदारी से काम करने का विश्वास आपको देता हूँ। इस विषय पर मैं पहले से ही लगाव में रहा हूँ।

डॉ. गुप्ता —- मुझे तुम्हारे लेखन शैली बहुत पसंद आई हैं, इसी आधार पर तुम्हें चुना गया है, किसी की सिफ़ारिश पर नहीं। अब तुम क्लास अटैंड कर सकते हो?

देव —— थैंक्यू सर ! (कक्ष से निकलते ही दरवाज़े पर नज़र पड़ी तो लगा कि कोई इंतज़ार में है।)

देविना ! तुम अभी क्लास में नहीं गई क्या ?

देविना ——मैं तुम्हारा ही इंतज़ार कर रही थी ये बताने के लिए कि कई लड़के, लड़कियों के विषय में सांकेतिक भाषा में कुछ ऊल-जलूल लिख देते हैं जिससे व्यक्तिगत वैमनस्य व विवाद होने की संभावना रहती है । ऐसे आर्टिकलज पर आपको पूरा ध्यान रखना होगा ?

देव ——अच्छा किया जो तुमने मुझे सावधान कर दिया, पर यह सब तुम मुझे फिर भी बता सकती थी ?

देविना —-मुझे अभी बताना अच्छा लग रहा है।

देव —— और मुझे सुनना भी। (दोनों मंद - मंद मुस्कान बिखेर कक्षा की ओर विदा हो गए थे।)

शहर की कृष्णा कालोनी जहां देव व शुभम रह रहे थे, मार्केट से लगभग दस मिनट के पैदल पहुँच पर थीं। आज क्योंकि कॉलेज में ही देर हो गई थी इसलिए देव ने प्लान किया कि सायं का भोजन किरोड़ीमल मंदिर के पास बने मारवाड़ी ढाबे पर ही लिया जाए। शुभम भी इस बात से सहमत था, कम से कम एक बार तो खाना बनाने से राहत मिलेगी ?

शुभम फ़रीदाबाद के एक मध्यम वर्गीय परिवार से संबंध रखता था। उसके पिता हालाँकि अच्छे व्यवसायी थे पर शुभम, देव की तरह एक आदर्श शिक्षक बनने की आकांक्षा व उमंग से यहाँ आया था। दो बहनों का एक भाई शुभम, जो उम्र मैं उससे ज़्यादा फ़ासले पर थीं। पिता रंजन गुप्ता अपनी पत्नी रंजना के साथ शहर के सेक्टर 11 में एक सुंदर व आलीशान घर में रहते थे। शुभम को उन्होंने कई बार समझाया कि नौकरी- पेशा में वह बात नहीं जो व्यापार में है पर शुभम ने अध्यापक बन कर देश व समाज की सेवा करने का व्रत धारण कर लिया था। उसने पिताजी को स्पष्ट बता दिया था कि वह अभी ट्रेनिंग लेगा और उसके बाद भी उसका हृदय परिवर्तन हो सकता है ? वह व्यापार भी नौकरी की तरह ही सत्यता व ईमानदारी से करना चाहता है शायद जो संभव नहीं।

आख़िर दो राहों से निजात पाकर उसने ट्रेनिंग प्रोग्राम करने का फ़ैसला किया व बी.एड. कोर्स में दाख़िला ले लिया।

देव व शुभम मस्ती भरे अंदाज़ में ढाबे की ओर बढ़ रहे थे पर मंदिर की कर्ण प्रिय घंटियों की आवाज़ ने उन्हें अपनी ओर आकर्षित कर लिया और वे "पहले पाठ-पूजा, फिर पेट पूजा" के भाव से मंदिर में प्रवेश कर गए। भिवानी शहर का किरोड़ीमल मंदिर प्राचीन, ऐतिहासिक एवं ख्याति प्राप्त है। दोनों पूजा आरती में शामिल हुए व प्रसाद ग्रहण कर निकलने लगे तो अचानक ठिठक गए। देव ने देविना को पहचान लिया था जो पूरी सज धज कर मंदिर पहुँचीं थीं अपनी सहेली व रूममेट शिवि के साथ।

देविना ——(हैरान सी होकर) देव, तुम यहाँ मंदिर में ! क्या माँगने आए हो भगवान से ? और ये तुम्हारे साथी हैं क्या ?

देव ——देविना, मैं अपने रूममेट शुभम के साथ मंदिर में कुछ माँगने नहीं बल्कि जो भी कुछ मिला हुआ है, उसके लिए आभार प्रकट करने आया हूँ। आज भित्ति पत्रिका का संपादक मनोनीत होने पर भगवान का शुक्रिया मनाने आया हूँ। यह साथ में तुम्हारी रूममेट है क्या?

देविना ——हाँ, यह शिवि है, ओ.टी. कोर्स में है व मेरी रूममेट है। हम दोनों एक ही शहर से हैं।

देव — कौन-सा शहर है तुम्हारा ? मेरा दोस्त शुभम तो फ़रीदाबाद से है।

देविना - हम इनसे बिलकुल विपरीत दिशा से हैं, 'अंबाला कैंट' महेश नगर।

देव — आप दोनों बहुत दूर से हैं, क्या उधर कहीं एडमिशन नहीं मिला?

देविना — यह सरकारी कॉलेज है, फ़ीस कम व फ़्रीडम अधिक। फिर ओ.टी. के लिए तो प्रदेश भर में यहीं पर एकमात्र संस्था है। मेरे पिताजी दूर संचार विभाग में एस. डी. ओ. व शिवि के पापा जे. ई. हैं। हम दोनों को यहाँ दाख़िला मिल गया सो हमने यहीं ठीक समझा।

शुभम —- हैलो शिवि !

शिवि —— हैलो !

देव —— आज मंदिर में खूब सजावट की गई है व अभी भी काम चल ही रहा है, शायद कोई त्यौहार नज़दीक आ रहा होगा ?

देविना —- मैं और शिवि लगभग छुट्टी के दिन रविवार को अक्सर यहाँ आते हैं। यह भगवान श्री कृष्ण का मंदिर है। कुछ दिनों के बाद जन्माष्टमी का पर्व आने वाला है। यहाँ बहुत बड़ा मेला लगता है व सारा बाज़ार दुल्हन की तरह सज जाता है।

देव —— हमें तो आज ही यहाँ आने का सौभाग्य प्राप्त हुआ है और आज ही आपसे मुलाक़ात हो गई।

देविना — आज कुछ आलस के कारण खाना तैयार नहीं हो सका, इसलिए मारवाड़ी ढाबे में डिनर लेने का विचार कर आए थे हम लोग पर पहले मंदिर आने का निश्चय किया।

देव —— आरती तो हो चुकी, अब भगवान कृष्ण के दर्शन कर लौट आओ। हम भी उसी ढाबे पर डिनर करने आए हैं। हम सब एक साथ डिनर लेंगे।

देविना — आप लोग ढाबे पर चलिए, सामने ही है, हम भी पहुँच रहे हैं।

देव —- हम इंतज़ार करेंगे।

देव व शुभम ढाबे की तरफ़ बढ़ते हैं व देविना तथा शिवि मंदिर के प्रांगण में दाख़िल होते हुए –

शिवि - (देविना से) कितना शांत स्वभाव है शुभम का, बस एक बार हैलो करके मौन रहा।

देविना — अच्छा ! पहली नज़र में ही असर हो गया। शिवि, मैं तुम्हारी पसंद को दाद देती हूँ।

शिवि — दीदी,आप मुझे ग़लत समझ रही है, मैंने वही कहा है जो मैंने महसूस किया है।

देविना — हाँ बेटा ! मैं भी वही कह रही हूँ जो मैंने देखा व महसूस किया है। बताओ, तुम्हें देव कैसा लगा ?

शिवि —- वह भी शांत स्वभाव का है, अच्छे संस्कार पाए हैं।

देविना — शिवि, तुम्हारी नज़रें बड़ी पारखी हैं, छोटी उम्र में ही तुम्हारे पेट में दाढ़ी निकल आई है।

शिवि — अब भगवान के दर्शन करो और ढाबे पर चलो, दोनों पंछी इंतज़ार में फड़फड़ा रहे होंगे ?

देविना — हाँ चलो, भूख के कारण पेट में बल पड़ गए हैं। मारवाड़ी थाली याद आते ही मुँह में पानी आ गया है।

दोनों सहेलियाँ पूजा- पाठ से मुक्त हो ढाबे पर पहुँच गई थी जहां बड़ी तत्परता से दोनों मित्र उनका इंतज़ार कर रहे थे।

देविना —आप लोगों ने कुछ आर्डर किया है या यूँ ही इंतज़ार में बैठे हुए हैं ?

देव ——यहाँ किसी आर्डर की ज़रूरत नहीं पड़ती, थाली में पाँच- छ: कटोरियाँ सब्ज़ियों से लदी होती हैं, पाँच ही चपाती भी होती हैं, थोड़ा चावल भी रहता है, सलाद में प्याज़ व खीरा है, इतना सब खाना केवल दो सौ रुपए में।

देविना — मैं तो पाँच चपाती नहीं हज़म कर सकती ?

शिवि — और मैं भी ?

देव — हम आपकी सहायता के लिए तैयार रहेंगे, आप ने जो लेना है लीजिए। मिष्ठान में खीर लेंगी या गुलाब जामुन ?

शिवि — खीर ही ठीक रहेगी।

डिनर आने के बाद उस पर धावा बोलते हुए व साथ ही बातचीत का सिलसिला जारी रखते हुए –

देविना — बहुत अच्छा खाना बना है, स्वादिष्ट भी है। नमक, मिर्च, तेल, खटाई की पूरी सावधानी व सब्ज़ियाँ भी बड़ी हल्की एवं स्वास्थ्यवर्धक।

शुभम — मैं तो पहली बार ही मारवाड़ी ढाबे पर आया हूँ, वैसे खाने में कोई कमी नहीं है, माँ के हाथों से बने जैसा शुद्ध व पौष्टिक है।

शिवि — बिल्कुल सहीं कहा आपने शुभम, अब तो माँ के हाथ का खाना लिए दो साल हो गए हैं। (आँसू छलक पड़ते हैं) जब तक खाना पूरा नहीं कर लेते, कई बार पूछतीं? बेटी कुछ और चाहिए, चपाती, सब्ज़ी, दही, सलाद या आईसक्रीम बगैरह ?

शुभम — शिवि धैर्य रखो, क्या कुछ माँ संबंधित समस्या है घर में ?

देविना — हाँ, माँ का ज़िक्र होते ही इसे अपनी माँ की याद सताने लगती हैं। दो वर्ष पहले कोविड से शिवानी आंटी को मौत ने अपने मुँह में निगल लिया। अंकल जी ने दूसरी शादी कर ली, सौतेली माँ का व्यवहार हम सब जानते हैं ?

शुभम — शिवि तुम आँसू मत बहाओ, हम सब तुम्हारे साथ हैं।

(आँसू पोंछता है, शिवि निढाल सी होकर शुभम की ओर आशा भरी निगाहों से देखती है।)

शिवि — शुभम, मैंने सबको परेशान किया, क्षमा चाहती हूँ पर मैं क्या करूँ ? ऐसा कौन-सा प्राणी इस धरा पर होगा जो अपनों को याद कर वक़्त-बेवक्त आँसू नहीं बहाता होगा ?

देव — वाह ! शिवि, तुम तो दार्शनिक हो। खाना लो फिर चलते है।

देविना — हाँ शिवि, मन ज़्यादा मैला न करो, संसार तो दुखों का घर ही माना जाता है।

देव — प्राणी अगर हिम्मत रखे तो वह अपनी जीवन यात्रा सुखद भी बना सकता है। आशा और विश्वास सुखद जीवन के दो पहिए हैं।

देविना — अब आज ही सब दार्शनिक मत बनो। अभी जीवन लंबा शेष है।

(डिनर कर सभी निकल जाते हैं।)

***

5

मनोविज्ञान के प्रोफ़ेसर डॉ. गुप्ता का लेक्चर व देव को भित्ति पत्रिका संबंधी निर्देश

कक्षा में पूरा सन्नाटा छाया हुआ था। अगर प्रोफ़ेसर डॉ. गुप्ता की आवाज़ न सुनें तो लगता है कि कोई यहाँ है ही नहीं, साइकोलॉजी की क्लास में अक्सर ऐसा होता है। विषय रोचक है व उस पर डॉ. गुप्ता का अंदाज़ -ए - बयां क़हर बरपाता है। आज जिस विषय पर लेक्चर हो रहा था 'स्वप्न क्यों आते हैं' डॉ. गुप्ता बता रहे हैं कि हर इंसान सपने देखता है, दिन के सपने व रात के सपनों मैं अंतर होता है। जैसे - वह डॉ. बनने का ख़्वाब (सपना) देख रहा है या आई. ए. एस. में सफल होने का सपना देख रहा है। दिन में हम अपने जीवन में जो स्वप्न देखते हैं उनके लिए प्रयास भी करते हैं कि वे पूरे हों, साधन जुटाते हैं, मार्गदर्शन लेते हैं, जी - जान से लगे रहते हैं। इसीलिए बड़े लोग बड़े सपने देखने की सलाह देते हैं।

डॉ. गुप्ता आगे बताते हैं कि रात में अभिप्राय नींद में जो सपने देखे जाते हैं वे अनायास होते हैं, उनको देखने के लिए किसी साधन या सामग्री की ज़रूरत नहीं। यदि ऐसा होता तो शायद गरीब मेहनतकश सपने नहीं देंख पाते? दिन में देखे सपने भविष्य की कल्पना भी हो सकते हैं पर रात्रि के सपने भूतकाल की घटनाओं पर आधारित होते हैं। सपनों के संसार के विश्लेषक हैं सिगमंड फ्रायड, जो आस्ट्रिया में 1856 में जन्मे। फ्रायड ने मन के तीन स्तर बताए हैं - चेतन - मन की वर्तमान स्थिति, अर्द्ध चेतन - ऐसा मन जिसमें याद होते हुए भी कोई चीज़ याद न आए पर ज़्यादा ज़ोर दिए जाने पर याद आ सकती है। अचेतन मन - जो मन चेतना में नहीं होता, यह दुखी, दमित इच्छाओं का आगार है। डॉ. गुप्ता - स्टूडेंट्स, फ्रायड ने मन की तुलना बर्फ़ से की है। जैसे बर्फ़ को अगर पानी में डालें तो 90% भाग पानी में व 10% भाग बाहर होता है उसी तरह 90% अचेतन मन व 10% चेतन मन होता है।

देविना — सर ! आप पहले सपनों का वर्णन कर रहे थे, अब मन के बारे में बताने लगे, क्या इन दोनों का कोई आपस में संबंध है ?

डॉ. गुप्ता — बहुत अच्छा प्रश्न किया, आगे हम इसी के बारे में संक्षेप में जानेंगे क्योंकि विषय काफ़ी विस्तृत है। फ्रायड के अनुसार लड़कों में ओडीपस व लड़कियों में एलेकट्रा ग्रंथि होने के कारण वे क्रमश माता- पिता से प्यार करते हैं। अब हम सपनों की दुनिया में प्रवेश करेंगे।

देव — सर ! अब हम दिन या रात के सपनों का ज़िक्र करेंगे ?

डॉ. गुप्ता - हम रात्रि के सपनों के बारे में जानेंगे क्योंकि दिवा स्वप्न तो प्रयास से लिए भी जा सकते हैं व पूरे भी किए जा सकते हैं ? जैसे - आप सभी अच्छे अध्यापक बनने का सपना पाले हुए हैं व इसे पूरा करने के प्रयास भी कर रहे हैं। दिवास्वप्न जितने उच्च होंगे उतने ही हमारे प्रयास भी। हमारा लक्ष्य रात्रि के सपनों का विश्लेषण करना है।

शुभम —— गुप्ता सर ! आप हमें यह सब क्यों समझा रहे हैं ?

डॉ. गुप्ता —- बेटा, ये आपके सिलेबस में हैं, इसीलिए बता रहा हूँ।

(कक्षा में हल्की हँसी की लहर उठती है।)

शुभम —- सर मेरा अभिप्राय यह जानने से हैं कि ये सब जानकर हमें क्या लाभ होगा ?

डॉ. गुप्ता —ट्रेनिंग के दौरान आपको ऐसी क्रियाएँ, विधियाँ व प्रयोग बताए जाते है जिनसे आप सभी बच्चों के व्यवहार का आकलन कर सकें ताकि पढ़ने - सीखने की प्रक्रिया लाभदायक सिद्ध हो। अगर आप मुझे आगे ध्यान से सुनेंगे तो ख़ुद ब ख़ुद इसके लाभों से परिचित हो जाएँगे। मैं कक्षा में लेक्चर दे रहा हूँ, अचानक बाहर से कोई व्यक्ति अंदर आने का आग्रह करता है तो मेरा लेक्चर आप के अर्द्ध चेतन मन में चला जाएगा और व्यक्ति संबंधित गतिविधियाँ चेतन मन में आ जाएँगी। व्यक्ति के चले जाने पर पुन: लेक्चर शुरू होने पर स्थिति वही हो जाएगी जो पहले थीं। चेतन मन वर्तमान में व अर्द्ध चेतन मन भूतकाल में निवास करता है। अब हम अचेतन मन की बात करेंगे।

बाहर से चार बार घंटियाँ बजने की आवाज़ सुनाई देती है, सभी छात्र - छात्राएँ राहत महसूस करते हैं।

डॉ. गुप्ता — देव, तुम मुझे अभी मेरे रूम पर मिलो।

देव — यस सर !

चार पीरियड के बाद आधी छुट्टी का समय हो गया था, छात्र -छात्राएँ कक्षा से निकलकर कोई कैंटीन पर चाय पीने के लिए, कोई लाइब्रेरी में, कोई खेल के मैदान में या अपने किसी काम से कार्यालय में जाने लगे थे। आज आम चर्चा यह थीं कि डॉ.गुप्ता का लेक्चर इतना रुचिकर एवं प्रभावी नहीं था, कुछ बोरियत सी महसूस होने लगी थी, पर देव को इससे मतलब नहीं था। वह सीधे ही डॉ. गुप्ता के ऑफिस में शुभम के साथ गया व किसी भी आदेश की इंतज़ार में डॉ.गुप्ता की टेबुल के सामने खड़ा हो गया।शुभम उसके बाईं ओर जमा था।

डॉ. गुप्ता — देव बाबू, अभी तक आपने भित्ति पत्रिका का एक भी अंक नहीं निकाला, तीन दिन बीत चुके हैं, कुछ प्रोग्रेस है क्या ?

देव — सर ! मैंने भित्ति पत्रिका पर परसों ही नोटिस चिपका दिया था अपनी- अपनी रचनाएँ देने के लिए।

डॉ. गुप्ता — तो उसका क्या परिणाम रहा ?

देव — सर ! दो- तीन आर्टिकल मिले हैं, मैं निजी तौर पर छात्र छात्राओं से सम्पर्क कर रहा हूँ। सर ! मेरी आपसे एक प्रार्थना है, अगर इजाज़त हो तो कहूँ ?

डॉ. गुप्ता — कोई भी बात कहनी या पूछनीं है तो निःसंकोच कहिए, ऐसे भूमिका बांधने की आवश्यकता नहीं है। निर्भीक होकर खुले मन से किया गया काम सफलता प्राप्त करता है, बोलिए क्या प्रार्थना है ?

देव — सर! छात्राओं से सम्पर्क के लिए मुझे एक छात्रा की सहायता लेनी होगी, अगर मैं किसी साहित्यिक अभिरुचि की छात्रा को साथ ले लूँ, तो अनुचित तो नहीं होगा ?

डॉ. गुप्ता — यस, तुम किसी लड़की को मुझे विश्वास में लेकर रख सकते हो। अगर टेस्ट रखना चाहो तो वह भी किया जा सकता है ?

देव — सर ! मैं कल आपको रिपोर्ट करूँगा।

डॉ. गुप्ता — ओ. के., पहला अंक मंगलवार तक तैयार हो कर दीवार पर लग जाना चाहिए। आज वीरवार है, अभी पाँच दिन हैं।

देव — सर ! मंगलवार सायं तक अंक तैयार मिलेगा, आप बुधवार सुबह छात्र- छात्राओं के झुंड को पत्रिका के सामने खड़ा पाओगे।

डॉ. गुप्ता — मैं तुम्हारे आत्मविश्वास की प्रशंसा करता हूँ, और हाँ, आज का लेक्चर कैसा लगा ?

देव — सर ! शुभम बताएगा, इसी ने बीच में खड़े होकर आप से कुछ सवाल पूछा था।

शुभम — सर ! शायद हमें विषय की भूमिका व प्रयोग के बारे में अनभिज्ञता रही, इसलिए रूचि कम रही।

डॉ. गुप्ता — कल हम शेष बचा लेक्चर पूरा करेंगे तो उसमें उदाहरण देकर समझाया जाएगा जिससे रोचकता बढ़ेगी। अब आप दोनों जाकर काम में प्रवृत्त हो जाइए।

(दोनों बाहर आते हुए कुछ विचार - विमर्श करते हुए)

देव —- शुभम, क्या शिवि को मैं अपने साथ पत्रिका के संपादन के लिए रख सकता हूँ ?

शुभम —- बी. एड. से ही कोई लड़की ठीक रहेगी, देविना को क्यों नहीं मौक़ा देते? वह हिंदी विषय में पी. जी. भी है।

देव —- हाँ, उससे बात कर सकते हैं, अभी तो गर्ल्स रूम में होगी, शायद घंटी बजने वाली है,क्लास में ही बात कर लेंगे।

शुभम —- बात क्या करनी है, देविना होशियार व समझदार भी है, तुम्हारी बात को टालेगी नहीं ?

देव —— तुम्हें इतना भरोसा कहाँ से मिला ? मुझे तो इतनी परख नहीं होती किसी के स्वभाव की।

शुभम —- हर कोई हर कार्य में दक्ष नहीं होता, मुझे देविना एक मज़बूत व परिश्रमी लड़की जान पड़ती हैं, वह तुम्हें क़दम- कदम पर मदद करेगी। लो, वह शिवि के साथ इधर ही आ रही है। मैं बुलाता हूँ, देविना, एक बात सुनना ज़रा।

देविना — (क़रीब आकर) शुभम, तुमने मुझे पुकारा है या शिवि को?

शुभम —- जिसका नाम पुकारा गया है, उसी को पुकारा है।

देविना — अगर यह सत्य है तो बोलो, क्यों पुकारा है ?

शुभम —- असल में गुप्ता सर ने देव को भित्ति पत्रिका के लिए बुलाया था, अभी तक एक भी अंक नहीं लगा, आप यदि देव का सहयोग करें तो काम गति पकड़ लेगा। आप भाषा में पी.जी. भी हैं।

देविना — क्यों नहीं ? मैं हर समय तैयार हूँ पर आपको ओ. टी. क्लास से भी एक छात्र-छात्रा की ज़रूरत पड़ेगी, ताकि वहाँ से भी रचनाएँ मिल सकें ?

देव —- तो क्यों न हम शिवि की सहायता लें ? क्यों शिवि, क्या विचार है तुम्हारा ?

शिवि — जैसे दीदी कहेंगी, वैसे करूँगी।

शुभम — ठीक है, फ़ैसला हो गया, हम चारों मिलकर काम करेंगे।

देव — यह तो हमारा अपना फ़ैसला हुआ, गुप्ता सर को एक नाम रिपोर्ट किस का करें, और वह भी फ़ीमेल हो।

देविना — आप शिवि का नाम रिपोर्ट करें क्योंकि उस क्लास का प्रतिनिधित्व भी आवश्यक है। शुभम, ठीक रहेगा या नहीं ?

शुभम — जैसा आप उचित समझें।

देव —- चलो हो गया फ़ैसला, अब शीघ्र अति शीघ्र अंक लगाने का प्रयास करेंगे। शिवि व देविना, दोनों का धन्यवाद।

आज भी डॉ. गुप्ता का शेष लेक्चर जारी रहा। सभी छात्र छात्राएँ उत्सुक थे कि आज कुछ मनोरंजक ज़रूर होगा। डॉ. गुप्ता ने शुरू किया - प्रिय

स्टूडेंट्स, कल हमने मन के प्रकार व दिवा स्वप्न के विषय में पढ़ा था, आज जानेंगे कि सपनों का क्या आधार है ? सपने क्यों आते हैं ?

स्टूडेंट्स - फ़्रायड का मानना था कि मनुष्य अपनी इच्छाओं, यौन कामनाओं और आवश्यकताओं की पूर्ति में नाकाम रहने पर होनेवाली तकलीफ़ के अहसास को दबाता है। इस प्रक्रिया में उसके भीतर अपूर्ण कामनाओं के प्रति अपराध बोध पैदा हो जाता है जिससे कुंठा, आत्मालोचना और एक सीमा के बाद आत्महीनता व आत्मग्लानि की अनुभूतियाँ उभरने लगतीं हैं। यह सब कार्य- व्यापार अचेतन मन में चलता रहता है पर यह मन हमेशा दबा नहीं रहता बल्कि सपनों के रुप में या घटनाओं से भिन्न अनुक्रियाओं में सामने आता है, जैसे - तेज़ रफ़्तार से गाड़ी चलाना या बहुत ग़ुस्सा करना।

फ़्रायड के अनुसार स्वप्न हमारी उन इच्छाओं को सामान्य या प्रतीक रूप में व्यक्त करता है जिसकी तृप्ति जाग्रत अवस्था में नहीं हो पातीं।पिता या माता की डांट- डपट से डरा बालक जब मिठाई व खिलौने नहीं ख़रीद पाता या इच्छा व्यक्त नहीं कर सकता तो उसकी दमित इच्छा स्वप्न के द्वारा तृप्ति पा लेती है। मनुष्य की मुख्य वासना, कामवासना है और इसी का जीवन में सर्वाधिक दमन होता है। स्वप्न में अधिकतर हमारी दबी हुई इच्छाएँ ही विभिन्न प्रकार के प्रतीकों द्वारा अभिव्यक्त होती हैं व सबसे ज़्यादा स्वप्न कामेच्छा से ही संबंध रखते हैं।

एक छात्रा —- सर ! किसी उदाहरण द्वारा यह स्पष्ट करें तो अच्छा होगा, अभी हम पूरी तरह से फोलो नहीं कर पा रहे ?

डॉ. गुप्ता — एक महिला के घर में पालतू कुत्ता अचानक दुर्घटना ग्रस्त होकर मृत्यु को प्राप्त हो गया। घर के सभी सदस्य अपने प्रिय कुत्ते की मौत पर दुख से आंसू बहा रहे थे लेकिन वह महिला खूब ज़ोर- ज़ोर से रो रही थी व उसे शांत कराना भी बेकार साबित हो रहा था। उसको जितना चुप कराने की कोशिश करते उतना ही ज़ोर से वह चिल्लाने लगती। उसका रोना -धोना कई दिनों तक चलता रहा। आख़िर उसे एक मनोचिकित्सक के पास ले ज़ाया गया जिसने महिला से भूतकाल में हुई घटनाओं के विषय में जानकारी माँगी तो महिला ने किसी से भी ज़िक्र न करने की शर्त पर मनोचिकित्सक को बताया कि

कुछ समय पहले उसने एक बच्चे को जन्म दिया था।अविवाहित होने के कारण लोक लाज से बचने के लिए उसने बच्चे को पास के कुँए में फैंक दिया।उसका दर्द,वह किसी को नहीं बता सकी। जिसके कारण उसे आत्महीनता व आत्मग्लानि हुई व कुत्ते की मृत्यु पर उसकी दमित इच्छा ज़ोर-ज़ोर से रोने के रूप में प्रकट हुई।

एक छात्र —- सर ! महिला कुत्ते की मौत पर नहीं बल्कि अपने बच्चे को याद कर रो रही थी और ज़ोर से इसलिए रो रही थी क्योंकि उस समय रो नहीं पाई व उस की दमित इच्छा प्रकट नहीं हुई थी।

डॉ. गुप्ता — गुड ! यदि कोई बच्चा स्वप्न में राक्षस बगैरह देखता है तो वह शायद पहले अपने माँ बाप या अध्यापक से प्रताड़ित हुआ होगा ? अब हमें यह देखना है कि पढ़ने- पढ़ाने में इसका क्या रोल है ? शिक्षा का उद्देश्य मानव के व्यवहार में सकारात्मक परिवर्तन लाना है यदि अध्यापक को मन व उसकी गतिविधियों का ज्ञान होगा तब वह अपनी पढ़ाने की विधि में आवश्यक बदलाव कर सकता है। छात्रों को डरा धमकाकर या डंडे से पिटाई करके शिक्षा देने से उसके अचेतन मन में अध्यापक की कारगुज़ारी बहुत समय तक बनी रहेगी। एक अध्यापक ने पिछले साल एक क़िस्सा सुनाया था जो मैं आपको सुना रहा हूँ। दस वर्ष पूर्व एक अध्यापक को अपना एक शिष्य मिला। शिष्य ने गुरूजी को प्रणाम नहीं किया तो अध्यापक ने उससे पूछा कि प्रणाम किस कारण से नहीं किया तो शिष्य ने अकड़ कर कहा कि आप हमें पीटते थे व एक दिन तो आपने मेरी पिटाई बिना क़सूर के ही कर दी। अध्यापक ने कहा कि मै तुम्हें व्यक्तिगत तौर पर नहीं जानता, तुम्हारा नाम नहीं जानता, इसलिए यदि आप की पिटाई हुई है तो वह स्वाभाविक थी न कि किसी वजह से। मेरा मक़सद केवल शिक्षा तक ही सीमित था। शिष्य थोड़ा नरम तो ज़रूर हुआ पर इतना तो उसने कहा कि सर ! बच्चों की पिटाई से ज़्यादा लाभ नहीं मिलता ?

स्टूडेंट्स ! मेरा मंतव्य यही है कि अप्रकट इच्छाएँ जिनका दमन हो गया, वे स्वप्न रूप में या अनुक्रियाओं में व्यक्त होने से मन का विरेचन हो जाता है या तृप्ति हो जाती है जो जाग्रत अवस्था में नहीं हो सकती।

आज इतना ही !

6

राकेश बाबू की डॉ. भगवत स्वरूप जी से मुलाक़ात व मित्रों के साथ सरिता सैर

डॉ. साहब, नमस्कार ! राकेश ने दोनों हाथ जोड़कर कहा।

नमस्कार भैया, मैं शायद पहचान नहीं पाया आपको? डॉ. भगवत स्वरूप ने विनम्रतापूर्वक कहा।

राकेश —-सर ! डॉ. साहब, मैं आपके विद्यालय के हिंदी अध्यापक देव का दोस्त हूँ व उसकी बी.एड. की छुट्टी की मंज़ूरी के लिए दो तीन बार आपकी सेवा में उपस्थित हुआ था।

डॉ. भगवत स्वरूप—अच्छा, हाँ याद आया, आप तो सरकारी अस्पताल में दांतों के डॉक्टर हैं न ?

राकेश —जी बिल्कुल, आपने सही पहचान लिया। मुझे यहाँ सर्विस में लगभग एक वर्ष होने को आया है।

डॉ. भगवत स्वरूप —आप देव को कैसे जानते हैं ?

राकेश —— सर ! वह मेरे ही गाँव से है व हम दोनों एक ही क्लास में पढते थे। देव मुझ से भी होशियार लडका है लेकिन उसके पिताजी ने उसे आगे पढ़ाने की बजाय कपड़े की दुकान पर बिठा दिया। तीन-चार महीने में ही व्यापार से उकता गया और पिताजी की मर्ज़ी के ख़िलाफ़ जाकर टीचर की ट्रेनिंग करने लगा।

डॉ. भगवत स्वरूप—मुझे भी काफ़ी इंटेलिजेंट व शरीफ़ लगता है देव।

राकेश —- सर ! अगर उसे पढ़ाई का मौक़ा मिल जाता तो शायद वह आई.ए.एस. एग्ज़ाम भी फ़तह कर लेता लेकिन वही होता है जो मंज़ूरे ख़ुदा होता है।

डॉ. भगवत स्वरूप—मैंने भी उसके गुणों को पहचान कर बड़ा कदम उठाने का निश्चय किया था। प्रतिभावान व्यक्ति खुशामद नहीं कर सकता, यह निकम्मे व नकारा लोगों का हथियार होता है। हमारे मुखिया खुशामद पसंद करते हैं, योग्यता को दूसरे पायदान पर रखते हैं।

राकेश —— सर ! खुशामद अच्छी सबको लगती है पर प्रतिभा को अधिमान आवश्यक है। देव को अवकाश के लिए मुखिया का इस तरह का अड़ियल रूख जायज़ नहीं कहा जा सकता। इसीलिए हमें भी देव की पैरवी के लिए आगे आना पड़ा।

डॉ. भगवत स्वरूप—और मुझे भी इसीलिए। उभरते व्यक्तित्व को सहारा मिलना चाहिए।

राकेश —आपने बहुत नेक काम किया है सर ! प्रधान जी ने भी बड़ी चतुराई से समिति का विभाजन टाल दिया।

डॉ. भगवत स्वरूप— वे पुराने राजनीतिज्ञ हैं, सब दाँव-पेंच जानते हैं व परिस्थिति को भाँप लेते हैं। यदि वे हस्तक्षेप नहीं करते तो मत विभाजन होता और मन विभाजन भी।

राकेश —- सर ! आपने उम्मीद से ज़्यादा सहयोग किया, हम सब आपके आभारी है।

डॉ. भगवत स्वरूप— उसका दाख़िला बगैरह सब हो गया होगा, कौनसा कॉलेज कहाँ मिला है ?

राकेश — सर ! उसने मीटिंग से मंज़ूरी के बाद अगले दिन ही राजकीय शिक्षण महाविद्यालय, भिवानी में दाख़िला कर लिया था। अब उसकी ट्रेनिंग पूरे ज़ोर शोर से चल रही है। शायद दीपावली पर ही यहाँ आएगा।

डॉ.भगवत स्वरूप—-अगर भिवानी मैं कोई परेशानी हो तो हमें बताना, हमारे लड़के की ससुराल है वहाँ। पं० शंकर प्रसाद की बहन हमारी बहू है। वे ख़ुद कई संस्थाओं से जुड़े हैं। किरोड़ीमल कॉलेज (बी. एड. ट्रेनिंग) के तो उप प्रधान हैं।

राकेश —- बहुत ख़ुशी हुई यह जानकर, किसी मदद की ज़रूरत होगी तो आपसे मिल लेंगे ?

डॉ. भगवत स्वरूप —- तुमने कहाँ से ट्रेनिंग की है राकेश बाबू ?

राकेश — सर ! मैंने यमुनानगर के हिंदू कॉलेज फ़ॉर मेडिकल साईंसिस से यह डिग्री कुरुक्षेत्र यूनिवर्सिटी के अंतर्गत ली है।

डॉ. भगवत स्वरूप — अरे डॉ. बाबू ! हमारी पौत्री भी वहीं से बी. डी. एस. कर रही है। कभी किसी समय छुट्टियों में आएगी तो मैं तुमसे मिलवाऊँगा।

राकेश —— कौन-सा साल है सर ?

डॉ. भगवत स्वरूप—साल का तो निश्चित नहीं है मुझे पर तीन साल तो हो गए हैं यहाँ घर से गए हुए।

राकेश — फिर तो आख़िरी साल में ही होगी, आपके दर्शन कर कृतार्थ हुआ, अब आज्ञा चाहूँगा।

डॉ. भगवत स्वरूप — जब भी दिल करे यहाँ क्लीनिक पर आ जाया करो। किसी प्रकार की परेशानी तो नहीं आ रही ?

राकेश —— नहीं सर ! ड्यूटी के बाद मैं अस्पताल परिसर में बने क्वार्टर में चला जाता हूँ। मेरा एक साथी है कांति जो कोर्ट में ही जॉब कर रहा है। कई बार शाम को मेरे पास आ जाता है, चाय बगैरह लेकर घूमने निकल जाते हैं।

डॉ. भगवत स्वरूप —- भोजन आदि की क्या व्यवस्था है ?

राकेश - सुबह मैं ख़ुद ही नाश्ता तैयार कर लेता हूँ, दोपहर में कैंटीन में अच्छा लंच मिल जाता है व शाम को 'भारद्वाज मारवाड़ी' ढाबे से टिफ़िन आ जाता है।

डॉ. भगवत स्वरूप — भारद्वाज अपने ख़ास मित्रों में से है, मैं उनको कहूँगा कि वे आपका पूरा ख़्याल रखें ?

राकेश —-जी बहुत अच्छा ! वैसे उनका भेजा टिफ़िन का खाना उम्दा क़िस्म का ही होता है। मुझे कोई शिकायत नहीं है फिर भी भविष्य के लिए आप उन्हें सचेत करें तो अच्छा ही रहेगा।

डॉ. भगवत स्वरूप —- कुछ गर्म- ठंडा लेंगे आप ?

राकेश —— नो सर ! थैंक्यू ! मैं चाय दिन में सिर्फ़ एक बार ड्यूटी के दौरान लेता हूँ। मुझे उम्मीद है कि आपके दर्शन का मुझे फिर कभी अवसर प्राप्त होगा।

(नमस्कार)

अरे कांति भाई, कब से इंतज़ार कर रहे हो ? राकेश ने आते ही पूछा।

कांति —- अभी आकर खड़ा हुआ हूँ। दरवाज़ा नॉक किया था पर कुंडी की तरफ़ नज़र पड़ी तो ताला पड़ा था। सोच ही रहा था कि आज पंछी कहाँ उड़ गया ?

राकेश —मैंने भी तुम्हें सामने से देख लिया था इसलिए थोड़ा तेज चलकर आ रहा हूँ। कहो, कैसे हो ?

कांति —- बस अभी कोर्ट से ही आ रहा हूँ, तुम कहाँ से आ रहे हो?

राकेश —- आज दोपहर की शिफ़्ट में कोई ख़ास काम नहीं था, सोचा कि मार्केट का ही राउंड ले लिया जाए, तभी देव के स्कूल के मैनेजर डॉ. भगवत स्वरूप जी क्लीनिक पर बैठे दिखाई दिए। उनसे ही बातचीत का सिलसिला चल पड़ा। अभी सीधा वही से आ रहा हूँ।

कांति —— क्या कह रहे थे डॉ. भगवत स्वरूप जी ? नेक व भले इंसान लगते हैं, तुम्हारा क्या विचार है?

राकेश —- आओ, पहले अंदर बैठते हैं फिर बातचीत करेंगे। (अंदर आकर) हाँ बताओ, क्या जानना चाह रहे हो ?

कांति —- यही कि डॉ. भगवत स्वरूप जी के बारे में ?

राकेश —- वाक़ई, भले व नेक इंसान हैं। प्रतिभा के उपासक हैं। हर इंसान की मदद करने को तत्पर रहते हैं। अब तुम बताओ, कोर्ट में कोई नया केस आया क्या?

कांति —— कोर्ट में रोज़ ही अनेकों केस आते हैं। दीवानी, फ़ौजदारी, पारिवारिक, सभी तरह के। सब सहनशक्ति का अभाव, आपसी मन-मुटाव व समझ की कमी से पैदा होते हैं। एक दूसरे पर अविश्वास, स्वार्थ व धन लोलुपता के कारण दिन प्रति दिन केसों की संख्या में वृद्धि हो रही है।

बाहर से दरवाज़े पर नॉक होती है, राकेश दरवाज़ा खोलता है व राजीव को देखकर— हैलो सर ! क्या हाल-चाल हैं ?

राजीव —- मैं अच्छा हूँ, तुम कैसे हो और दिन में ही दरवाज़े बंद किए क्यों बैठे हो? ज़रा बाहर की ताज़ा हवा भी लिया करो ?

कांति —- (राजीव की आवाज़ पहचान कर) अरे राजीव भाई, अंदर आ जाओ, हम आपके चहेते आपके दर्शनों के प्यासे हो रहे हैं।

राजीव —- यह तो कांति भाई की नाटकीय भाषा है, बाहर आ जाओ, कितना अच्छा मौसम है, अंदर क्यों सड़ रहे हो ?

कांति —- (बाहर दरवाज़े पर आकर) आज कई दिनों के बाद याद किया ?

राजीव —- हाँ, सोचा कि मौसम सुहावना है, कहीं घूमने के लिए चलेंगे। संयोग से दोनों एक जगह ही मिल गए। क्या देव दाख़िले के बाद नहीं आया ?

कांति —- अब तक एक बार ही आया था, वह भी न के बराबर, रक्षाबंधन आ कर चला गया,शायद जन्माष्टमी भी यूँ ही निकल जाएगी। भिवानी कॉलेज में ही उसका दिल लग गया है शायद।

राकेश —- मैंने कल उससे बात की थी, कह रहा था कि काम बहुत है, पल भर की फ़ुरसत नहीं मिलती, जन्माष्टमी पर भी वहीं रहेगा।

कांति —- ऐसा क्या काम है वहाँ ? टीचर्स ट्रेनिंग ही तो लेना है। कॉलेज के बाद तो फ़ुरसत ही रहती है।

राकेश — बता रहा था कि उसे भित्ति पत्रिका का संपादक बना दिया गया है जो बहुत ज़िम्मेदारी का काम है।

राजीव —- ठीक है, उसे काम करने दो और हमें आराम। आओ ईवनिंग वॉक के लिए चलते हैं। कांति भाई, आज मनवा कुछ उदास सा है, कोई ऐसी बात सुनाओ कि हंसने का मौक़ा मिले।

राकेश —- हाँ कांति भाई, कई दिनों से निराशा का माहौल बना हुआ है। दिल कहीं लगता नहीं ?

कांति ——तो सुनो - एक आदमी अपने मित्रों के साथ बैठा है हमारी तरह, बहुत बेचैन, परेशान, भाई राजीव की तरह और ऐसा लगता था कि कोई कष्ट भीतर छुपाए है, कोई पीड़ा दबाए है। अंततः मित्रों ने पूछा- इतनी परेशानी का कारण क्या है ?

उस आदमी ने कहा - मुझे न सिर में दर्द न पेट में पीड़ा है, मेरे जूते पाँव को काट रहे हैं, बहुत तंग है जूते।

राजीव —- अजीब आदमी है, जूते काट रहे हैं तो निकाल दें या थोड़ा ठीक नया जूता ख़रीद ले ?

कांति —-उस आदमी ने कहा - नहीं, यह नहीं हो सकेगा, मैं वैसे ही बहुत मुसीबत में हूँ, पत्नी चलीं गई, लड़की ने मनमाना लड़का ढूँढ लिया है और लड़का जुआरी है, मेरी हालत दिवालिए के क़रीब है।

राकेश —- तो इन सबका जूते से क्या लेना देना? यह तो पागलपन जैसा लगता है। जूते को तो कम से कम बदल ही लें।

कांति —— उस आदमी ने कहा कि जूते के साथ ही मेरा एकमात्र सुख रह गया है। सभी मित्र हैरान रह गए और पूछा- कैसा सुख है? उसने कहा- मैं इतनी मुसीबत में हूँ, दिन भर जूता मुझे काटता है, शाम को जब मैं जूते को उतारता हूँ तो मुझे बड़ी राहत मिलती है। एक ही सुख मेरे पास बचा है। बाक़ी तो दुख ही दुख हैं।

राजीव —- अजीब आदमी है, जूते उतारने को ही सुख मान रहा है?

कांति —— मनुष्य की सुख की यही तो कल्पना है। वह आदमी उसी राहत को सुख मान बैठा और जूता बदलने से इंकार कर दिया।

राकेश —— कांति भाई, आप क्या संदेश देना चाहते हैं ?

कांति —- मैं कहना चाहता हूँ कि संसार के सुख सिर्फ़ राहत है इसलिए मनुष्य को इनके झमेले में न पड़ कर हिम्मत से जीना चाहिए। राजीव भाई, उदासी कुछ कम हुई ?

राजीव —- उस आदमी की हालत देख कर तो हंसी आती है, जूते उतारने की राहत को ही सब सुख मान रहा है ?

राकेश —अब हमें लौटना होगा, समय काफ़ी निकल गया है, टिफ़िन ब्वाय इंतज़ार कर रहा होगा ?

राजीव व कांति - ड्यूटी के बाद घर ही नहीं गए हैं, चिंतित हो रहे होंगे सब।

***

7

शिवि, देविना व शुभम की संपादकीय नियुक्ति पर मौज मस्ती

डॉ. गुप्ता सर की क्लास ख़त्म होते ही देव, शुभम उनके रूम पर पहुँच गए थे और उधर से देविना व शिवि भी आ गई थीं।

देव —सर ! कल मैंने आपसे निवेदन किया था कि भित्ति पत्रिका के संचालन के लिए एक छात्र/ छात्रा की ज़रूरत होगी। आज मैं आपके सामने उसे प्रस्तुत कर रहा हूँ।

डॉ. गुप्ता —-इन्हीं तीनों में से है कोई ?

देव — यस सर ! ओ. टी. की छात्रा शिवि है जो मेरे साथ उप संपादक का कार्य करेगी। साहित्यिक अभिरुचि के साथ संवेदनशील लड़की है।

डॉ. गुप्ता —- मुझे तो तुम चारों ही साहित्यिक अभिरुचि के लग रहे हो व अपने कर्तव्य के प्रति संवेदनशील भी ?

देव —— सर ! आपने हम सब के मन की बात जान ली, हम चारों ही भित्ति पत्रिका के लिए मिल जुलकर काम करेंगे व एक मिसाल क़ायम करेंगे।

डॉ. गुप्ता —- आप के काम के प्रति उत्साह की मैं मुक्त कंठ से प्रशंसा करता हूँ।

देव —— सर ! हमें काम करने के लिए एक रूम की ज़रूरत होगी। आर्टिकल, फ़ाइल व काग़ज़ात के लिए ?

डॉ. गुप्ता —- अलग से रूम की व्यवस्था तो मुश्किल है, इसी रूम में अलमारी का एक कॉलम काफ़ी रहेगा व फ़र्श पर दरी डालकर काम किया जा सकता है।

शुभम — सर ! आपको व्यवधान उत्पन्न होगा ? हमें भी संकोच रहेगा। वैसे भी यहाँ छात्र छात्राओं का आना-जाना लगा रहता है। कहीं एकांत सा स्थल हो तो अच्छा होगा ?

डॉ. गुप्ता —-आप लोग लाइब्रेरी में बैठ कर भी काम कर सकते हैं पर वहाँ भी डिस्टरबैंस बहुत रहेगी। तुम इसी रूम में ही अपना काम शुरू करो। किसी मार्गदर्शन या सलाह मशविरा के लिए भी यहाँ सुविधा रहेगी व एकांत के प्रश्न चिह्न से भी बचाव रहेगा ?

सभी एक स्वर में - ठीक है सर ! हम यहीं बैठकर काम करेंगे।

डॉ. गुप्ता —- देव, शिवि का नाम उपसंपादक के लिए डालकर नोटिस बोर्ड पर लगा दो ताकि उसे भी आर्टिकल मिलना शुरू हो जाएँ, वैसे कल के बाद कुछ आर्टिकल आए हैं ?

देव —- हाँ सर ! कल आधी छुट्टी के बाद आठ दस स्टूडेंट्स ने हिम्मत की है।

आज कुछ ज़्यादा की उम्मीद है क्योंकि कल जन्माष्टमी की छुट्टी व परसों रविवार होगा।

डॉ. गुप्ता —- अंक तो मंगलवार को ही लगेगा, सोमवार को ज़्यादा आर्टिकल आने की संभावना है। अब आप लोग जाइए व जब भी ज़रूरत पड़े, रूम आमतौर पर खुला ही रहता है, बैठ कर शांति से काम करें।

देव —- (बाहर आकर)। शिवि, अपना सेक्शन व रोल नंबर मुझे बताओ ताकि नोटिस बोर्ड पर डिस्प्ले किया जा सके ?

शिवि —- सेक्शन 'ए' रोल न० 44.

देव —- ओ. के., अब तुम आज ही से अपनी ड्यूटी शुरू कर दो और जो भी आर्टिकल आए, अपने पास रखो, ज़्यादा हो जाएं तो मुझे दे दो ताकि मैं उन्हें अलमारी में रख दूँ।

शिवि —- हाँ मैं आपके कहने का तात्पर्य समझ गई हूँ। शुभम से, आप जन्माष्टमी पर घर नहीं जा रहे क्या ?

शुभम —- घर जाकर व्रत रख कर कौन भूखों मरे ? अब की तो यहाँ भिवानी के किरोड़ीमल मंदिर का मेला देखेंगे। तुम दोनों भी यहीं हो क्या ?

शिवि —— हाँ, दीदी व मैंने यहीं रहने व मेला देखने का प्लान बनाया है, हम सुबह ही ग्यारह बजे मेले के लिए निकलेंगे।

शुभम —- मेला तो सायं छ: बजे शुरू होगा, ग्यारह बजे क्या मारवाड़ी ढाबे पर जाओगी ?

शिवि —- अच्छा फिर सायं को ही निकलेंगे पर उस समय तो अंधेरा हो जाएगा।

शुभम —- हम रहेंगे न साथ, आप दोनों को घर छोड़कर फिर अपने रूम पर आएँगे।

देविना —- मेरे दिमाग़ में एक आइडिया जन्मा है।

शुभम —— प्रकट कीजिए अपना आइडिया, महादेवी जी ! (सभी हँसते हैं।)

देविना — हम दोपहर का लंच लेकर आपके रूम पर आ जाएँगे, वहाँ पत्रिका का अंक लगाने के लिए आर्टिकल सेलेक्ट करेंगे। अब जितने भी आए हैं, उन्हीं से काम चलाएँगे। सोमवार को जो मिलेंगे, उन्हें अगले अंक में एडजस्ट करेंगे।

देव —— विचार तो नेक है पर हमें अपना रूम साफ़ करने में ही घंटों लग जाएँगे। मेरा विचार कुछ भिन्न है।

शुभम —— आप भी अपनी मधुर वाणी का आनंद हमें उपलब्ध करवाएँ, महादेव जी !

देव —— क्यों न हम लंच के बाद फ़िल्म देखने का प्लान करें ? मैटिनी शो तीन से छ: बजे तक रहता है।

शुभम —— अरे भाई साहब, क्या आइडिया पटका है ? यहाँ आए क़रीब एक माह गुजर गया, एक भी फ़िल्म देखने का मौक़ा नहीं मिला। क्यों दीदी देविना ?

देविना — यह आइडिया भी वाजिब लगता है पर अभी तक हमें आई कार्ड नहीं मिले हैं ?

देव —- हम पूरी क़ीमत चुकाकर ही फ़िल्म देखेंगे। सभी आइडिया फ़ाइनल करते हैं। फ़िल्म के बाद मेला देखना, घूमना भी अच्छा रहेगा।

शुभम —— और मेला देखकर मारवाड़ी ढाबे पर खाना भी जमेगा। चलो अब, अपनी- अपनी कक्षाओं में।

देवसर रोड पर स्थित 'प्रभात' थियेटर में कोई विशेष रौनक़ नहीं थी, कारण-जन्माष्टमी का पर्व जिसमें लोग व्रत रखते हैं व दूसरे, शो का समय। इस शो में अक्सर इतनी भीड़ नहीं होती जितनी इवनिंग व रात्रि शो में रहती है। कॉलेजों के ही कुछ लडके-लड़कियाँ, कर्मचारी, जिन्हें आज अवकाश था या गाँवों से कुछ युवक ही थियेटर पर दिखाई दे रहे थे। अभी पिछला शो ही चल रहा था फिर भी टिकट कांउटर खुल गए थे। देव व शुभम ऑटो रिक्शा से थियेटर पर अभी पहुँच गए व दोनों देवियों की इंतज़ार में थे। देव ने शुभम को लाईन में खड़ा कर दिया था ताकि ज़्यादा भीड़ होने की स्थिति में टिकट से वंचित न होना पड़े। पंक्ति में लोग आगे सरक रहे थे और शुभम भी खिड़की के नज़दीक पहुँच गया था पर देविना व शिवि का कहीं नामोनिशान नज़र नहीं आया?

देव को आइडिया आया और शुभम को दो टिकट ही ख़रीदने को कहा व स्वयं भी लाईन में पीछे खड़ा हो गया। शुभम ने दो टिकट मार लिए व देव भी खिड़की के नज़दीक पहुँचने को था कि शिवि व देविना के पहुँचने का समाचार शुभम ने देव को दिया ताकि वह और दो टिकट ख़रीद सके। शुभम ने दोनों से पूछताछ की तो देविना ने बताया।

देविना —-ऑटो रिक्शा में एक कि० मी० ही चल पाए होंगे कि उसका टायर पंक्चर हो गया। अब वहाँ कोई और रिक्शा नहीं था, इंतज़ार करना पड़ा, उसी में आधा घंटा चला गया। दूसरा रिक्शा स्पेशल किराया माँग रहा था, फिर भी हम चुका कर पहुँच गए हैं।

शिवि —— इन लोगों का व्यवहार इतना सकारात्मक नहीं होता।

शुभम —— सभी अंगुलियाँ तो बराबर नहीं होती फिर भी अधिकांश अटपटा व्यवहार करते ही हैं।

देव ——ये लो दोनों टिकटें शुभम, पिक्चर शुरू होने वाली है, जल्दी आओ सब लोग।

शुभम —चलो, सब चारों टिकट मेरे पास हैं, गेट मैन को देते हुए, हमें चारों सीट इकट्ठा ही दे दीजिए ?

गेटममैन —-सर ! ये अलग अलग सीट नंबर है, दो ऊपरी कोने में है व दो पाँच पंक्तियों में आगे दीवार के साथ सटी हुई।

शुभम —- देव भाई, यह तो चक्कर ही पड़ गया, अब कैसे करें ? दो-दो को बैठना पड़ेगा ?

देव — शुभम, तुम व शिवि पीछे की कार्नर सीट पर बैठ जाओ और मैं व देविना आगे बैठ जाएँगे, ठीक है न देविना ?

देविना —- इसमें क्या फ़र्क़ पड़ता है, फ़िल्म ही तो देखना है, कहीं भी बैठ कर देख लो ?

अब फ़िल्म शुरू हो चुकी थी, हॉल में ज़्यादा सीटें नहीं भरी थी फिर भी बैठना तो सीट नंबर से ही होता है। 'मुझसे शादी करोगी' एक हास्य प्रेम कहानी फ़िल्म है जिसमें सलमान, अक्षय व प्रियंका चोपड़ा मुख्य भूमिका में हैं। सलमान तुनकमिजाज है इसलिए रोमा उससे किनारा कर लेतीं है और सलमान (समीर) गोवा में जाकर एक लाइफ़ गार्ड बन जाता है व एक फ़ैशन डिज़ाइनर रानी सिंह से प्यार करने लगता है। अक्षय कुमार (सनी) भी रानी सिंह से प्यार करने लगता है।

शुभम — देखो शिवि, समीर का प्यार कितना निश्छल है, रानी को प्यार से बाँहों के घेरे में समाए हुए है।

शिवि —- आज कल फ़िल्मों में ऐसे दृश्य तो आम बात हो गई है।

शुभम —- हाँ फ़िल्मों में ही क्यों, आम जीवन में भी इस तरह की क्रियाएँ खुलकर होने लगीं हैं। पार्क में, बीच पर, इस तरह के दृश्य सरेआम बेरोकटोक दिखाई पड़ते हैं।

शिवि ——अब पुराना समय नहीं रहा, औरत भी अब पुरुष से बराबरी कर रही है तो पुरूष समाज के साथ रहकर उसे बंधन तो खोलने ही पड़ेंगे। छोटे बच्चे भी आजकल गर्ल व ब्वॉय फ्रैंड बनने लगे हैं।

शुभम -— क्या तुम मेरी गर्ल फ्रैंड हो, ऐसा मैं मान सकता हूँ ?

शिवि —- अभी हम कॉलेज फ्रैंड हैं, इसी तरह चलता रहा तो धीरे-धीरे हम वह भी बन सकते हैं जो आप कह रहे हैं ?

शुभम —— शिवि, मैं तुम्हें अपनी गोद में लेना चाहता हूँ, समीर की रानी की तरह?

शिवि —- अभी आप जल्दी में हैं, हम इतने आगे तक नहीं बढ़े हैं अभी तक ?

(शुभम शिवि को अपनी ओर खींच कर प्यार से मुख चूम कर)

शुभम — हम यहाँ तक तो पहुँच गए हैं न शिवि, मैं समीर बनकर देख रहा हूँ।

शिवि —- सचमुच ही समीर बन रहे हो, जब सनी आएगा तब कहाँ छिपोगे ?

शुभम —- वह मेरा ही तो रूममेट है।

शिवि —- ज़मीन और जोरू के लिए अपनों में ही विवाद- फ़साद जन्म लेते हैं।

शुभम —-वाह शिवि ! कितना कटु सत्य व तर्क पूर्ण कहा है, इसी बात पर बाईं ओर भी एक 'किस' बनता है।

शिवि —— चेहरे पर मेकअप बिगड़ने से निशान दिखाई देंगे, चुपचाप फ़िल्म देखो, फ़िल्म बनाने की चेष्टा न करो ?

शुभम —- लो इंटरमिशन हो गया है, चलो थोड़ा बाहर ताज़ा हवा ले लेते हैं।

शिवि —- चलो।

देविना व देव क्योंकि अगली सीटों पर बैठे थे इसलिए पहले ही बाहर आ गए थे।

शिवि को देख कर देविना ने कहा –

देविना — शिवि, यह क्या हाल बना रखा है, फ़िल्म देखने आए हो या हनीमून मनाने?

शिवि —- मैंने शुभम को बहुत कहा पर वह स्वयं पर कंट्रोल नहीं कर पाया, मैं भी ज़्यादा विरोध नहीं कर सकीं ?

देविना —-अभी जल्दी है, धोखा खाना अच्छा नहीं रहता, लो इधर आओ, रूमाल दो, मैं चेहरा क्लीन किए देती हूँ, अब शांति रखना।

फ़िल्म फिर शुरू हो गई है, सभी हॉल में प्रवेश कर जाते हैं व अपनी - अपनी सीटों पर जम जाते हैं। देविना अपनी सीटोंपर शुभम व शिवि को व ख़ुद दोनों उनकी सीटों पर चले जाते हैं। सीट बदल जाती हैं।

देविना —-दोनों ने बुरा हाल मचा रखा है।

देव —- ये तो हम ही शरीफ़ - संन्यासी हैं जो अनियंत्रित नहीं होना जानते, वरना आग के पास ईंधन कैसे सुरक्षित रह सकता है ? उसमें तो अग्नि प्रज्वलित होगी ही?

देविना — लगता है तुम्हारा कामदेव भी कुलाँचे मारने लगा है। पुरूष हो, चौबीसों घंटे मूड में बने रहनेवाले हो। जानवरों का भी निश्चित समय होता है पर आदमियों का नहीं ?

देव —- हम दोनों पिछले एक घंटे से शांत हैं मगर अब शांत नहीं रहा जा रहा।

(देविना को अपनी ओर खींच कर प्यार से मुख व होंठ चूमने लगता है।)

देविना — अब छोड़ो, लगे ही रहोगे, यह सीट ही सैक्सी है।

देव —— हाँ, एकांत में काम शक्तिशाली हो जाता है, अपना मुखड़ा तो पोंछ लो वरना शिवि को पोंछना पड़ेगा ?

देविना —-अभी तो फ़िल्म बाक़ी है।

देव —- अच्छा तो मुझे 'सनी' बना कर छोड़ोगी। थोड़ा इधर खिसक आओ मेरी गोदी में सहारा लो व पाँव अपनी सीट पर ही रहने दो।

(प्यार से मुख चूमता है, अधरपान करता है, देविना भी बिना विरोध किए आनंद में डूबी रहती है। शिवि ने उसकी ज्वाला को जाग्रत कर दिया था, शोले बरसने लगे थे।)

देविना —- मुझे अपनी बाँहों में भर लो देव, आज मैं सब कुछ पा जाना चाहती हूँ, मुझे अपने मैं समा लो, अब मेरा, सब कुछ तुम्हारा हो गया है। हम दोनों एक हो जाएँ, एकाकार हो जाएँ।

देव —-यहाँ थियेटर में ज़्यादा मचलना ठीक नहीं,आसपास के लोग कुछ समय ही शांत रहते हैं। चलो, अपनी सीट पर बैठ कर फ़िल्म देखो ?

देविना —-फ़िल्म वास्तविक जीवन की ही तो अनुकृति है। समीर व सनी स्क्रीन पर प्यार कर रहे हैं और हम जीते - जागते जीवन में। फ़िल्मी प्यार एक ड्रामा भर है, हमारा प्यार वास्तविक, निश्छल एवं अनंत है।

देव —- अब फ़िल्म ख़त्म होने वाली है, हॉल में रोशनी भी होने वाली है, जरा संभल कर बैठो।

देविना —ये रोशनियाँ भी प्यार की दुश्मन हैं, अंधेरे ही प्यार के उजाले हैं।

देव —-ज़्यादा भावुकता अच्छी नहीं, हमें अभी लंबा रास्ता तय करना है ?

देविना —मेरा रास्ता तो तुम तक पहुँच कर पूरा हो चुका है, हमने अपना हमराज़ चुन लिया है।

देव —— शायद हम एक-दूसरे के लिए ही बने हैं, हमारा मिलन ही मुझे यहाँ खींच लाया वरना स्कूल से अवकाश मिलना ही मुश्किल था ?

फ़िल्म ख़त्म हो गई है, सभी बाहर निकल रहे हैं। शुभम व शिवि पहले ही बाहर आ गए थे। शिवि की नज़र देविना के मुखमंडल पर टिकीं थी, प्यार कहाँ छुपता है, बोली-

शिवि—- देविना दीदी ! आप भी !!

8

डॉ. भगवत स्वरूप का अपनी पौत्री रश्मि के साथ अस्पताल में पहुँचना

डॉ. भगवत स्वरूप के दांत का दर्द दूर होने का नाम ही नहीं ले रहा था। दिन में कई बार ज़ैल लगाते व सुबह - शाम भोजन के बाद ब्रश करते व खाना-पीना भी संयम से करते फिर भी दर्द कम न होकर बढ़ ही रहा था। जन्माष्टमी के कारण अस्पताल बंद था व एक प्राइवेट डॉ. भी अपने घर गया हुआ था।

दर्द से राहत के लिए अब दर्द निवारक का ही सहारा रह गया था। रश्मि भी दादा जी के दांत के लिए चिंतित थीं क्योंकि वह दांतों की ही पढ़ाई कर रही थी पर कुछ कर नहीं पा रही थी। दादा जी जब भी कुछ गर्म ठंडा लेते दांतों में सनसनी फैल जाती, दांत जैसे विक्षिप्त से हो जाते।

जन्माष्टमी पर रश्मि एक सप्ताह के लिए घर आ गई थीं। आज सोमवार का दिन था, रश्मि दादा जी को लेकर अस्पताल जाने की तैयारी में थी क्योंकि दादा जी ने उसे बताया था कि सरकारी अस्पताल में तुम्हारे कॉलेज से ट्रेंड डॉक्टर कुछ समय पहले ही यहाँ नियुक्त हुआ है, उससे दांत चैकअप करवाएँगे व तुम्हारी मुलाक़ात भी करवाएँगे। ड्राइवर गाड़ी गैरेज से बाहर ले आया था, रश्मि ने ख़ुद ही ड्राइव करने का इरादा जताया व ड्राइवर को आराम करने को कहा। दादा जी आज सुबह क्लीनिक पर नहीं गए थे, घर से बाहर आकर देखा तो रश्मि कार के पास खड़ी थी। दादा जी को देख कर बोली –

रश्मि —— दादा जी आ जाओ, पीछे बैठ जाओ, आज मैं ही ड्राइवर हूँ आपकी।

दादा जी — ड्राइवर कहाँ चला गया बेटी ? अभी तो यहीं आवाज़ सुनाई पड़ रही थी।

रश्मि —- हाँ दादा जी, मैंने ही उसे आराम करने को कहा है, अस्पताल में पता नहीं कितना समय लग जाए, वह दूसरी गाड़ी से कोई और काम भी कर सकता है। सरकारी अस्पताल ज़्यादा दूर भी नहीं है।

दादा जी — ठीक है बेटी, चलो, गाड़ी को ज़रा धीरे चलाना ?

रश्मि —यस दादा जी, धीरे-धीरे ही चलाऊँगी, आप फ़िक्र न करें। (दस मिनट में ही अस्पताल पहुंच गए व गाड़ी पार्क कर आते हुए)

रश्मि —-दादा जी, आओ हम अस्पताल के अंदर चलें।

दादा जी — चलो बेटी, तुम्हें दंत चिकित्सा कक्ष का पता हैं न किस ओर है ?

रश्मि —- मैं वहाँ नोटिस बोर्ड पर देख लूँगी या पूछताछ कांउटर से जानकारी प्राप्त कर लूँगी। इतना तय है कि यह भूमि तल पर ही होगा ?

दोनों गाड़ी से उतरकर धीरे-धीरे अस्पताल के गेट तक पहुँचते हैं, वहाँ इन्क्वायरी पर विराजमान महिला ने बताया कि दंत चिकित्सा विभाग बाईं ओर रूम 40 है व आज एक बजे तक डॉ. राकेश व उनके सीनियर डॉ. ज्ञान चंद्र जैन ड्यूटी पर हैं। धन्यवाद कर रश्मि दादा जी के साथ 40 नंबर रूम पर पहुंच गई थी। सामने ही डॉ. राकेश रोगियों की देखभाल मैं व्यस्त थे। डॉ. भगवत स्वरूप जी को देखकर प्रणाम किया। रश्मि ने भी डॉ. राकेश को नमस्कार बुलाया।

राकेश — सर, डॉ. साहब ! आपको यहाँ पहुंचने में कोई परेशानी तो नहीं हुई?

डॉ. भगवत स्वरूप —मेरी पौत्री रश्मि है जो यमुनानगर से बी. डी. एस. कर रही है, गाड़ी में बिठाकर ले आई, सो कोई परेशानी नहीं हुई।

राकेश —- हैलो रश्मि !

रश्मि —- हैलो, डॉक्टर राकेश ! दादा जी को तीन दिन से बाई ओर ऊपर से दूसरी दाढ़ में असहनीय दर्द है, दर्द निवारक खाते- खाते तंग आ चुके हैं।

राकेश —-आइए मेरे साथ (रश्मि जी, आप यहाँ ही चेयर पर बैठ जाइए) डॉ. ज्ञान चंद्र जैन से, सर ! ये हमारे शहर के प्रसिद्ध समाज -सेवी डॉ. भगवत स्वरूप जी हैं, ख़ुद भी आयुर्वेद में चिकित्सक हैं, दो तीन दिन से दांत- दर्द से परेशान हैं।

डॉ. जैन —- आओ डॉ. साहब, यहाँ विराजिए, आप एस.डी. स्कूल के मैनेजर हैं न ?

डॉ. भगवत स्वरूप — जी।

डॉ. जैन —- मेरे लड़के की वाइफ़ नलिनी आप के स्कूल में हिंदी विषय में लेक्चरर है।

डॉ. भगवत स्वरूप—बड़ी ख़ुशी की बात है, आप की भी स्कूल में हिस्सेदारी है। स्टाफ़ को तो व्यक्तिगत तौर पर सबको नहीं पहचानता, वैसे भी गर्ल्स विंग में जाने का कोई ख़ास मतलब नहीं पड़ता, कोई सेवा हो तो बताना ?

डॉ. जैन ——अवश्य ! अब आप अपना दांत दिखाइए, यहाँ डैंटल चेयर पर लेट जाइए, (दांत चैकअप करने के बाद) डॉ. साहब, दांत में कीड़ा लगा है, काफ़ी खोखला हो गया है, शायद आर. सी. टी. करना पड़े या निकालने की नौबत भी आ सकती है। एक्स-रे से असली पोज़ीशन का पता चलेगा ?

डॉ. भगवत स्वरूप — यदि ऐसा है तो एक्स-रे कर लीजिए पर दर्द की दवा ज़रूर करना, तीन दिन से न कुछ खाना-पीना हुआ न नींद। बड़ी परेशानी में बीती है जन्माष्टमी नंद बाबा की तरह।

(दोनों ठहाका लगाते हैं।)

डॉ. जैन —— (एक्स-रे जाँच कर) ख़ैरियत है प्रभु की, अभी इतनी दिक़्क़त नहीं है शायद डैंटल सीमेंट भरने से काम चल जाए लेकिन आपको कम से कम दो विज़िट करनीं होंगी। अभी मैं क्लीन करके फ़ीलिंग कर देता हूँ। शाम तक इस तरफ़ से कुछ भी नहीं चबाना है। दर्द भी चला जाएगा।

डॉ. भगवत स्वरूप —— लगता है कि आप का काफ़ी लंबा तजुर्बा है।

डॉ. जैन — हाँ मुझे लगभग 28 वर्ष के सेवाकाल का अनुभव है, हमारे साथी राकेश बाबू की उम्र अभी 25 साल ही है।

राकेश —— यस सर ! आपने मुझे पुकारा है ?

डॉ. जैन —- नहीं तो।

राकेश —- मुझे अपना नाम सुनाई दिया इसलिए सोचा कि आप मुझे बुला रहे हैं।

डॉ. जैन —- हाँ, बातचीत में तुम्हारा नाम आया था पर आपको बुलाया किसी ने नहीं। क्या आप वहाँ अकेले हैं या कोई पेशेंट है ?

राकेश — सर ! पेशेंट तो नहीं, डॉ. साहब की पौत्री रश्मि बैठी हैं, उनसे ही बातचीत चल रही थी।

डॉ. जैन — तो जारी रखिए अपनी बातचीत, मैं इनकी दांत की फिलिंग कर देता हूँ।

राकेश —- (लौट कर) हाँ रश्मि जी, आपका अंतिम वर्ष चल रहा है, कोई पिछला तो शेष नहीं है ?

रश्मि —- मेरे सब पेपर क्लीयर हैं, आप कभी आइए न अपने पुराने कॉलेज में, बड़ा मन लगेगा पुरानी यादें ताज़ा करके।

राकेश —हाँ रश्मि जी, एकाध बार विचार किया भी पर मन नहीं माना, कोई साथी वहाँ रहा नहीं, बिना मित्र - यार के दिल भी नहीं लगेगा। वैसे भी कॉलेज में लड़कियाँ ज़्यादा हैं।

रश्मि —- हम बन जाएँगे आपके मित्र, आओ किसी दिन।

राकेश —लड़कियों की मित्रता लंगड़ी होती है, न घूम- फिर सकते और रात्रि में सोने की प्रॉब्लम अलग से। मेस में खाना भी खुलकर नहीं ले सकते ?

रश्मि —- हाँ, कुछ तो बंधन रहता ही है पर यह सोचकर अटपटा सा लगता है। डॉक्टर स्टूडेंट्स काफ़ी हद तक मिलनसार व खुले दिमाग़ के होते हैं, चाहे मेल या फ़ीमेल हों।

राकेश —— शायद कुछ दिनों के बाद कॉलेज में दीक्षांत समारोह का आयोजन हो, मैं उसमें शिरकत अवश्य करूँगा व तभी आप से भी मुलाक़ात कर सकता हूँ?

रश्मि —- अपना वायदा ध्यान में रखना, मैं भी जब यहाँ घर में आऊँगी आप से मिलती रहूँगी। आपने जो टिप्स दिए हैं उनके लिए धन्यवाद।

राकेश —- अरे रश्मि जी ! हम आपके किसी काम आएँ ये हमारा सौभाग्य होगा?

रश्मि —- घर में और कौन-कौन हैं ?

राकेश —- एक छोटी बहन है, माता पिता के न रहने से उसे हिसार के एक रैजिडैंसियल स्कूल में डाल रखा है।

रश्मि —- माता पिता कैसे क्या हुआ ?

राकेश —- दो वर्ष पहले, मेरा अंतिम वर्ष था कोर्स का, दोनों को कोविड ने अपनी चपेट में ले लिया। पिता की मौत के बाद माँ ने भी ज़्यादा जीवन नहीं जिया। मेरा एम. डी. एस. का सपना भी अधूरा ही रह गया व कोर्स पूरा होते ही नौकरी करना पड़ा।

रश्मि —- बड़ी दुखद है कोविड से मृत्यु, दोनों का चले जाना भारी क्षति है, इंसान पर विपत्तियों का पहाड़ कब टूट पड़ेगा, भगवान ही जानता है। अब घर सूना ही पड़ा है ?

राकेश —- हाँ रश्मि जी, जब कोई रहने वाला ही नहीं तो सूना ही रहेगा। गाँवों में तो किराएदार भी नहीं मिलते ?

रश्मि ——आपको मिल कर दिल ख़ुश हुआ था पर यह सब सुनकर बड़ा दुख हुआ।

(अंदर से आवाज़ सुनाई देती है, चलो बेटी काफ़ी देर हो गई।)

रश्मि—— दादाजी आपका सब ठीक हो गया ?

दादा जी —-हाँ बेटी, थोड़ी फिलिंग आज हुई है, बाक़ी दो तीन दिन के बाद वीरवार को होगी। उसके बाद शनिवार को चैकअप होगा, पूरे सप्ताह का प्लान बनाया है डॉ. ज्ञान चंद्र जैन ने।

रश्मि —- (डॉ. जैन से) अब दादा जी को दर्द तो नहीं होगा ?

डॉ. जैन —- हाँ होगा, यदि इस तरफ़ से सायं तक कुछ खाने की कोशिश की तो और इलाज के लिए भी तीन दिन और बढ़ जाएँगे।

रश्मि —— हम दादा जी का ख़्याल रखेंगे डॉ. साहब ! आपका बहुत धन्यवाद।

डॉ. जैन —- दादा जी कह रहे थे कि तुम भी दांतों के डॉक्टर का कोर्स कर रही हो ?

रश्मि —- यस सर ! मेरा कोर्स पूरा होने में अभी चार महीने और लगेंगे। कुछ समय इंटर्नशिप में भी लगेगा।

डॉ. जैन —- ओ. के. बेटा, अब वीरवार को दादा जी के साथ आना है। हम दोनों की ड्यूटी सप्ताह के पिछले तीन दिन इवनिंग में 4-6 बजे तक रहती है।

डॉ. भगवत स्वरूप—-जी दुरुस्त फ़रमाया डॉ. ज्ञान चंद्र जैन। अच्छा राकेश बाबू, कभी क्लीनिक पर आना, अभी रश्मि यहीं है, सोमवार को जाएगी।

राकेश —- जी में समय रहने पर ज़रूर आपसे मिलता रहूँगा। देव से भी मेरी बातचीत होती रहती है, सब कुशल चल रहा है उसका।

डॉ. भगवत स्वरूप — अच्छी बात है, जन्माष्टमी का त्यौहार कैसा रहा ?

राकेश — जी सर ! छोटी बहन नेहा यहीं आ गई थीं, आज सुबह ही गई है।

डॉ. भगवत स्वरूप —ठीक है, ख़ुश रहो। अपनी ड्यूटी ईमानदारी से निभा कर देश की सेवा करो। चलो रश्मि बेटी, तुम्हें भी भूख- प्यास लग रही होगी ?

डॉ. राकेश —- ठीक है सर ! आपसे मिलकर संतुष्टि मिलीं, नमस्कार !

***

9

संपादक मंडल के सदस्यों का किरोड़ीमल मंदिर दर्शन

चारों पंथी 'प्रभात' थियेटर से फ़िल्म दर्शन कर पैदल ही चले आ रहे थे किरोड़ीमल मंदिर का नजारा देखने के लिए पर शिवि व शुभम ने कुछ रिफ़्रेशमैंट लेने को कहा तो सभी फलों वाली एक दुकान में घुस गए व अपनी अपनी पसंद के जूस की फ़रमाइश करने लगे। देव ने अपने लिए मौसम्मी, देविना के लिए अनार व शिवि -शुभम के लिए ऑरेंज जूस का आर्डर दिया।

देव —- कैसी रही फ़िल्म शिवि ?

शिवि — हास्य प्रेम कहानी है, हम सबको तो ऐसी फ़िल्में अच्छी लगेंगी।

देव —— शुभम, तुम्हारा क्या विचार है ?

शुभम —आनंद आ गया, रोज़ कॉलेज जाने की बजाय सिनेमा हॉल में ही आया करेंगे।

देव —- अकेले ही या सभी ?

शुभम —-एक अकेला, दो का मेला, अकेला या तो रोगी रहता है या संन्यासी।

देविना —-तो अब तुम किस कैटेगरी में हो ?

शुभम —- दीदी, न हम संन्यासी हैं न भोगी, बस रोगी ही रह गए हैं दिल के और इस रोग में अकेला कोई जी नहीं सकता ?

देव —-लो रोगी होने से पहले जूस पी लो।

(सभी धीरे-धीरे आनंद लेते हुए जूसपान करते हैं।)

अब हमें किरोड़ीमल मंदिर के लिए जाना है, वहाँ मेले में घूमेंगे, फिरेंगे और उसके बाद मारवाड़ी ढाबे पर खाना लेकर अपने - अपने रूम के लिए प्रस्थान करेंगे।

शुभम —- सभी ने जूस पी लिया हो तो मंदिर के लिए गमन करें।

देव —— हाँ, पाँच मिनट की दूरी पर ही तो है मंदिर यहाँ से, निकले और पहुँचे।

लो गीतों की मधुर आवाज़ कानों में रस घोलने लगी है।

भगवान कृष्ण का यह भव्य मंदिर सेठ किरोड़ीमल ने बनवाया था, मंदिर की दीवारों पर गीता के श्लोक उकेरे गए हैं। इस क्षेत्र का ही नहीं बल्कि यह विश्व भर में प्रसिद्ध मंदिर है।

देविना— चलते बात करते हुए ही मंदिर पहुँच गए हैं। जूते- चप्पल सामने निकाल कर रखो, वहाँ सेवादार मौजूद हैं।

सभी अपने जूते - चप्पल उतार कर मंदिर में प्रवेश करते हुए, मंदिर को रोशनी, फूलमालाओं व ग़ुब्बारों से खूब सजाया गया है। प्रवेश करते ही भगवान श्री कृष्ण बाल रूप में पालने में झूलते नज़र आ रहे हैं। दीवारों पर बनी झांकियों में नंद बाबा का कृष्ण को टोकरे में लेकर जाना, नदी पार करना, ब्रज पहुँच कर वापस आना, कई तरह की झांकियाँ सुंदर बन पड़ी थी। गोपियों संग रासलीला का सजीव चित्रण सभी के मन को लुभा रहा था। मंदिर का पुजारी व अन्य स्वयं सेवक तथा मंदिर समिति के पदाधिकारी व्यवस्था दुरुस्त रखने में व्यस्त नज़र आ रहे थे।

शिवि —- क्या ख़ूब सज़ा है भगवान श्री कृष्ण का मंदिर। श्री कृष्ण के बाल, युवा रूपों का, सजीव प्रतीत होता वर्णन, झांकियों द्वारा प्रशंसनीय व सराहनीय है।

देव —- लोग मंदिर में दाख़िल होते ही पालने को झुलाते हैं, भेंट चढ़ाते हैं।

शुभम — वाक़ई मंदिर परिसर आकर्षक रूप में सजाया गया है।

देविना —-अब हमें ज़्यादा वक़्त न गँवा कर डिनर के लिए ढाबे पर चलना चाहिए। यों तो करते - करते आधी रात यहीं हो जाएगी।

देव ——हाँ, अब सभी भोजन के लिए चलते हैं। (ढाबे पर पहुँच कर भौंचक्के) आज यहाँ कोई खाना- वाना तैयार नहीं है, जन्माष्टमी के कारण बंद लग रहा है।

शुभम —-मैनेजर से, देखिए सर ! हम कॉलेज स्टूडेंट्स हैं, लंच के बाद हमने कुछ भी नहीं खाया है और न ही रूम पर जाकर खाना बनाया जा सकता है। कृपया कुछ प्रबंध अवश्य करें।

मैनेजर ——आज जन्माष्टमी के कारण काफ़ी स्टाफ़ छुट्टी पर हैं, मैं भी भूख से ग्रस्त हूँ, आप लोगों के बहाने मुझे भी कुछ नसीब हो जाएगा। आप लोग बैठिए, मैं पता करवाता हूँ।

शुभम —— अच्छा आदमी लगता है, लगता है हम पेट - पूजा कर पाएँगे।

मैनेजर ——(लौट कर) हम अपने ढाबे पर आए हुए मेहमानों को निराश नहीं लौटाते इसलिए दाल - रोटी से ही आपको संतोष करना होगा ?

शुभम —- ठीक है सर ! हम कोई रईस नहीं कि चार- पाँच सब्ज़ियाँ, सलाद, अचार, स्वीट डिस के बिना गुज़ारा न हो, हमें तो केवल क्षुधा शांत करने से अभिप्राय है।

मैनेजर — अभी दस मिनट में दाल गर्म होगी व रोटियाँ भी तैयार हो जाएँगी। आप सब एक ही कॉलेज में पढ़ते हैं ?

देव —— हाँ सर ! हम सरकारी कॉलेज में बी. एड. के स्टूडेंट्स हैं, घर जाना हुआ नहीं, सोचा कि भिवानी की जन्माष्टमी का आनंद ले लें।

मैनेजर — यहाँ कई मंदिर हैं, जिन्हें खूब सजाया गया है लेकिन किरोड़ीमल मंदिर की बात ही कुछ और है।

देव —— हाँ, काफ़ी सुंदर व आकर्षक ढंग से सजाया गया है, मंदिर से बाहर आने का मन ही नहीं करता पर क्या करें, लंच के बाद पेट में एक दाना भी नहीं गया है।

मैनेजर - लो, उस बैंच के सामने टेबुल पर खाना लग गया है, सभी शांतिपूर्वक सेवन करें।

(डिनर के बाद सभी संतुष्ट नज़र आए। देविना व शिवि को रूम पर छोड़ कर लौटते हुए शुभम शिवि की गाल को चूमते हुए 'गुड नाइट डियर' ।)

देविना—- ज़्यादा शरारत अच्छी नहीं, जाओ अब आराम करो, गुड नाइट !

***

10

डॉ. भगवत स्वरूप के साथ मुखिया ब्रज किशोर गुप्ता की मुलाक़ात

हिंदी-अध्यापक देव को ट्रेनिंग के लिए मंज़ूरी मिलने पर स्कूल के मुखिया ब्रज किशोर गुप्ता स्वयं को सारहीन व महत्वहीन समझने लगे थे। अभी दस दिन भी नहीं गुजरे थे कि उनके सब्र का बांध टूट गया और वे समिति के मैनेजर डॉ. भगवत स्वरूप से मिलने उन के क्लीनिक पर जा पहुँचे।

डॉ. भगवत स्वरूप स्कूल मुखिया के अप्रत्याशित आगमन से कुछ अनहोनी का संकेत समझ रहे थे जो वास्तव में ही सत्य सिद्ध हुआ। मुखिया गुप्ता जी ने डॉ. भगवत स्वरूप को बताया कि पिछले कई दिनों से स्वयं को अस्तित्व विहीन महसूस कर रहे हैं। उनकी इच्छा के विरुद्ध अध्यापक देव बाबू को परमिशन देने से स्टाफ़ में जो मैसेज गया है उससे वे खुश नहीं हैं। उन्हें लगने लगा है कि समिति व मुखिया में मतभेद उभरे व बढ़े हैं जिससे कुछ और अध्यापक अपना सिर उठाने लगे हैं जो स्कूल में अनुशासनहीनता को जन्म दे सकता है।

डॉ. भगवत स्वरूप— गुप्ता जी, आप एक उत्तम, उच्च व प्रोग्रेसिव संस्था के मुखिया होते हुए इन तुच्छ विचारों को क्यों पकड़े हुए हैं ? एक अध्यापक की परमिशन से आप ख़ुद को हीन व दीन मत समझें और न ही इसे अनुशासनहीनता के लिए कारण का जामा पहनाएँ। इस तरह के अवसर तो मुखिया के समक्ष उपस्थित होते ही रहते हैं।

गुप्ता जी —- डॉ. साहब, इतने दिनों की सर्विस व मुखिया रहते हुए मुझे इतना तुच्छ होने का अहसास कभी नहीं हुआ जितना मैं अब महसूस कर रहा हूँ। मुझे लगता है कि अब मैनेजमेंट को मुझ पर ज़्यादा भरोसा व विश्वास नहीं रहा।

डॉ. भगवत स्वरूप —- गुप्ता जी, आप नाहक ही तिल का ताड़ व राई का पहाड़ इस घटना को बनाने में जुटे हैं। आप इसे किसी भले काम के रूप में समझें तो आपके मन का भ्रम खंडित हो कर हल्कापन अनुभव करेगा।

गुप्ता जी —- आप जानते हैं कि मैं अपने निश्चय पर अटल रहने वाली मिट्टी से बना हूँ। मुझे लांघ कर, उपेक्षित कर संस्था में कुछ किया जाता है तो मैं स्वयं को निराश पाता हूँ, कमजोर समझने लगता हूँ। मैं कई दिनों से आप से मिलना चाहता था पर जन्माष्टमी त्यौहार के कारण आने से बचता रहा।

डॉ. भगवत स्वरूप —अगर कोई विशेष बात है तो बताइए ? स्कूल में सब ठीक चल रहा है न ?

गुप्ता जी —- अभी तक सब ठीक है लेकिन आज के बाद मैं स्वयं को इस उत्तरदायित्व से मुक्त कर रहा हूँ (एक काग़ज़ का टुकड़ा डॉ. भगवत की ओर बढ़ाते हुए)

डॉ. भगवत स्वरूप— क्या है यह ? (पढ़ते हुए) यह क्या बचकाना हरकत कर रहे हैं आप ? इतनी सी बात पर ही इस्तीफ़ा, मुखिया को बड़ा दिल रखना चाहिए।

गुप्ता जी —-यह बात इतनी सी नहीं बहुत गहरी है डॉ. साहब ! आज एक सिर उठ रहा है, कल दो उठेंगे और यह क्रम बढता ही रहेगा। इसीलिए मैंने सोच-समझ कर फ़ैसला लिया है।

डॉ. भगवत स्वरूप —- आप ने इतने वर्षों का लगाव एक झटके में ही समाप्त कर दिया, क्या आपको संस्था से प्रेम नहीं रहा ?

गुप्ता जी —- आपने ही कहा था कि एक व्यक्ति से संस्था नहीं चलती और न ही एक व्यक्ति संस्था हो सकता है, अब मैं संस्था चलाने में असमर्थ हूँ।

डॉ. भगवत स्वरूप —आप स्वयं को आत्महीनता का शिकार क्यों बना रहे हैं ? हम सब पर संस्था को चलाने की ज़िम्मेदारी जनता ने सौंपी है। मिल-जुलकर आपसी सहयोग से संस्थाएँ चलती हैं, अकड़ व ऐंठ से नहीं।

गुप्ता जी ——अब आप कैसे भी चलाइए, मुझे अपने दायित्व से मुक्त कीजिए।

डॉ. भगवत स्वरूप ——आपका इस्तीफ़ा मैनेजिंग कमेटी की बैठक में रखा जाएगा, विचार- मंथन होगा और सर्वसम्मति से जो भी निर्णय होगा, वही मानना होगा। मैं ख़ुद अकेला इसमें कुछ नहीं कर सकता ?

गुप्ता जी —- समिति का निर्णय चाहे कुछ भी हो, मेरा निर्णय अटल है। मैं अपने फ़ैसले बदलता नहीं, ढुलमुल रवैया मेरे जीवन पर हावी नहीं हो सकता ? मुझे एक अध्यापक से भी कम आंका गया, मेरी हैसियत ही क्या रह गई है ?

डॉ. भगवत स्वरूप—-हम सब आपके साथ हैं, आप एक ही बात को आधार बनाकर अपना व संस्था का भविष्य धूमिल कर रहे हैं।

गुप्ता जी ——संस्थाएँ किसी एक व्यक्ति के आने या जाने से प्रभावित नहीं होतीं लेकिन सिद्धांतों व नियमों की तिलांजलि देने से व्यक्ति की हैसियत ज़रूर कम हो जाती हैं। मुझे अपने सिद्धांतों से समझौता नहीं करना है।

डॉ. भगवत स्वरूप—ठीक है, अगर आप इस्तीफ़े पर ही अडिग हैं तो मैं क्या कर सकता हूँ ? पर इतना ज़रूर जानता हूँ कि किसी का भला करना किसी की हैसियत में न्यूनता नहीं, वृद्धि व अधिकता लाता है। आप किसी भी संस्था में रहें, कुछ न कुछ असामान्य झेलना ही पड़ता है।

गुप्ता जी ——मुझे इजाज़त दीजिए, अभी इस्तीफ़े की एक प्रति प्रधान बाबू राम कृष्ण जी को भी देना है।

डॉ. भगवत स्वरूप— वे राजनीतिज्ञ हैं, कुछ न कुछ हल ज़रूर खोज लेंगे। आप उनसे ज़रूर मिलें। मुझे पूरा भरोसा है कि जो काम मुझसे नहीं हुआ, वह उनके लिए बाएँ हाथ का खेल होगा।

***

11

कॉलेज में छात्र संघ चुनाव व भित्ति पत्रिका का नया अंक प्रकाशित

आज सोमवार से कॉलेज में दो दिनों के लिए पढ़ाई नहीं हो रही है क्योंकि प्रधान पद के चुनाव के लिए वोटिंग होनी है व मंगलवार शाम को ही परिणाम भी घोषित करने हैं। प्रचार के लिए कुछ दिन का ही समय मिला था। प्रधान पद के लिए सतविंदर राणा व दिलेर सिंह बी. एड. से व जाह्नवी नायडू ओ. टी. से उम्मीदवार थे। सचिव पद के लिए ओ. टी. से अन्नु व बी. एड. से किरण व सूर्य प्रकाश चुनाव मुक़ाबले में थे। सभी प्रत्याशी अपनी- अपनी जीत का दम भर रहे थे व ज़ोर - शोर से चुनाव- प्रचार में लगे थे। खेल विभाग के लेक्चरर अरुण सिंह तेवतिया चुनाव प्रभारी का दायित्व निभा रहे थे। उन्होंने दोनों पदों के लिए उम्मीदवारों को समझा दिया था कि ट्रेनिंग कॉलेज में हम सभी प्रशिक्षणार्थियों का ख़ास ख़्याल रखते हैं इसलिए चुनाव की कोई धरातलीय आवश्यकता नहीं थी। यह सिर्फ़ ट्रेनिंग के हिस्से के रूप में ही देखा जाना चाहिए।

सभी उम्मीदवारों ने तेवतिया जी को यह भरोसा दिलाया था कि वे संस्थान में किसी प्रकार का हो-हल्ला नहीं होने देंगे व बाहरी किसी भी छात्र-छात्रा को हस्तक्षेप, प्रचार- प्रसार की इजाज़त नहीं देंगे। सभी उम्मीदवारों ने छात्र- छात्राओं से संपर्क करके अपने लिए वोट माँगें व उनको सब्ज़बाग़ दिखाए। शाम पाँच बजे तक प्रचार चलता रहा व उसके बाद घर- घर जा कर यह आंदोलन जारी रहा। हॉस्टल में जाकर भी वोट की अपील होती रही।

चुनाव प्रचार के शोरगुल में अपना पहला अंक प्रकाशित करने की तैयारी में भित्ति पत्रिका के संपादक देव अपने साथियों के साथ डॉ. गुप्ता के कक्ष में कांट- छाँट में जुटे हुए थे। इससे पूर्व चारों ने हिम्मत दिखाते हुए काफ़ी आर्टिकल एकत्रित कर लिए थे। कई दिनों की छुट्टी के कारण छात्र-छात्राओं ने

खूब रचनाएँ तैयार की थी व आज संपादक मंडल को सौंप दी। शुभम ने रविवार को कुछ शेर लिख डाले और देव को सुनाने लगा ताकि वह उनमें से चयन कर अंक में शामिल कर ले। शुभम, अर्ज़ किया है –

कह दो अपनी आँखों से, न देखें हमारी आँखों में।

वरना आँखों के रास्ते, दिल में समा जाएँगे हम।।

रोज़ चलाती हो तुम नज़रों के तीर, रोज़ हम मर जाते हैं।

जाने कौन ज़िंदा कर जाता हमें ? फिर से मरने के लिए।।

आँखों में समाकर मुख चूम लूँ तुम्हारा।

बस इक पल के लिये पलकें तो उठाओ।।

देव — शुभम, क्या तुम्हारी यह अपनी रचना है, आज तक तो तुमने कभी कुछ लिखा नहीं। एक दिन में कैसे ग़ालिब बन गए ?

शुभम —-जब दिल में प्यार का तूफान उठता है तो हर कोई ग़ालिब बन जाता है। कल तुम भी बन सकते हो ?

देव ——मैं गुप्ता सर से पूछ कर ही इसका फ़ैसला लूँगा, ये कुल कितने शेर हैं शुभम ?

शुभम — दस शेर लिखे थे मैंने, वैसे तो सभी दिल की गहराइयों से फूटे हैं फिर भी तुम जो ठीक समझो, वही करो।

देव —वहीं उपस्थित गुप्ता जी से, सर ! ये शुभम के दस शेर हैं जो इसने ख़ुद लिखे हैं। अंक में शामिल कर लूँ ?

डॉ. गुप्ता —- शुभम से स्वरचित का प्रमाण पत्र लेकर आधे इस बार व शेष अगली बार शामिल कर लो।

देव ——थैंक्यू सर ! सर, और काफ़ी आर्टिकल आए हैं, उनमें प्रेरक-प्रसंग, हास्य - व्यंग्य, संक्षिप्त- निबंध, अनमोल वचन, लघु कहानी व कविताएँ, सब प्रचुर मात्रा में मिले हैं।

डॉ. गुप्ता —-अब आप लोग मिल-जुलकर फ़ैसला लें, सब मैं कैसे करूँगा। संपादक तो आप लोग ही हैं न ?

देव—— सॉरी सर ! हम सब कर लेंगे, कष्ट के लिए क्षमा चाहता हूँ।

देविना —- ये अनमोल वचन के दो सेट मैंने चुन लिए हैं।

देव —— ठीक है, इस तरफ़ रख दो तथा दो प्रेरक - प्रसंग भी चुन लो ? शिवि तुम लघु कथा छांटो और शुभम तुम शायर बने हो तो कविताएँ चुनो।

दोनों —- यस सर जी !

लंच तक काफ़ी आर्टिकल्स का सेलेक्शन हो गया था, अब उन्हें भित्ति पत्रिका पर प्रकाशित करना था जिसके लिए लंच के बाद का समय निर्धारित किया गया। कैंटीन में चाय के अतिरिक्त कुछ शेष नहीं बचा था। चुनाव के कारण सभी गतिविधियाँ कैंटीन पर ही केंद्रित रहीं। समोसे- छोले, कचौड़ी, बर्फ़ी- पेड़ा, पतीसा, मूंग- लड्डू सब का नामोनिशान मिट गया था। चारों प्राणी उसी मुँह से लौट आए व निर्णय लिया कि एक घंटे में अंतिम सेलेक्शन कर कल सुबह अंक प्रकाशित करेंगे।

कॉलेज में आते ही भित्ति पत्रिका दल साइकोलॉजी कक्ष में अपने मिशन में तल्लीन हो गया था। कक्ष के बाहर चारों तरफ़ छात्र छात्राओं का मेला सा लगा था, कोई ऊपर- नीचे, बाहर-अंदर, लाइब्रेरी व क्लास रूम में आ जा रहे थे। ग्रुप बनाकर बातचीत व वोटों का सिलसिला जारी था। मतदान सुबह कॉलेज खुलते ही आरंभ हो गया था। श्री अरुण सिंह तेवतिया चुनाव अधिकारी थे, उन्होंने अपने खेल विभाग के सभी कर्मचारियों को ड्यूटी पर तैनात कर दिया था, एक दो क्लर्क को भी ज़िम्मेदारी सौंपी गई थी। उत्सव से माहौल में छात्र -छात्राएँ आज अपनी निर्धारित ड्रेस छोड़ कर मनभावन पोशाकों में सजे हुए थे।

मत डालने के लिए एक पेटिका रखी गई थी, एक चार्ट पेपर के टुकड़े पर अपने पसंदीदा उम्मीदवार का नाम लिखकर (अपनी कक्षा, रोल न०, सेक्शन जो पहले ही पेपर पर अंकित था) पेटिका में डालना था व रजिस्टर में हस्ताक्षर

छोड़ बाहर जाना था। कुल दो सौ पचास वोट थे जिनमें एक सौ पचास बी. एड. व सौ ओ. टी. के छात्र-छात्राओं के थे। टीचिंग स्टाफ़ सब स्टाफ़ रूम में गप्प- शप्प में मस्त थे।। प्रिंसिपल साहब ने ग्यारह बजे सबके लिए जलपान का प्रबंध किया था ताकि सब मिल बैठकर कॉलेज के मौजूदा हालात पर चर्चा कर सकें। प्रिंसिपल ख़ुद भी जलपान में शामिल हुईं।

संगीत विभाग से रमा ने चुनाव का लोकतंत्र में महत्व विषय पर एक शानदार गीत प्रस्तुत किया, जिसे तालियाँ देकर सराहा गया। स्वयं प्रिंसिपल साहब ने कुछ शेर साझा किए जो उच्च स्तर के तो थे ही दिल की गहराइयों को भी छूने वाले थे। दर्शनशास्त्र के सर ने एक हास्य चुटकुला कुछ यूँ पेश किया - एक दफ़ा बर्नाड शॉ बीमार पड़ा और लगा कि कहीं मर न जाए ? डॉक्टर को फ़ोन लगाया रात बारह बजे, डॉक्टर दौड़ा आया, नींद में ही सीढ़ियाँ चढ़ा, बूढा आदमी है डॉक्टर भी, हाँफने लगा व आँखें बंद की और आराम से कुर्सी पर लेट गया। बर्नाड शॉ घबराकर उठा और डॉक्टर को चैक किया कि कहीं हार्ट अटैक तो नहीं आ गया। डॉक्टर से पूछा कि क्या हुआ ? डॉक्टर ने कहा, 'मैं तो जाता हूँ, मेरे घर सबको कह देना।' शॉ अपनी बीमारी भूलकर डॉक्टर की सेवा में जुट गया। पानी का छींटा दिया, हवा की, पसीना पोंछा, बिस्तर पर लिटाया। आधे घंटे के बाद जब डॉक्टर ठीक हुआ तो बोला - अच्छा, मैं चलूँ, मेरी फ़ीस दे दो। बर्नाड शॉ ने कहा - फ़ीस काहे की ? उसने कहा- तुम्हें ठीक करने की। मेरा इलाज करने का यही तरीक़ा है सभी डॉक्टर के संवाद से खिलखिला कर हंस पड़े थे।

जलपान व हँसी मज़ाक़ के बाद प्रिंसिपल ने अपने ऑफिस में एक मीटिंग का आयोजन किया व कॉलेज की समस्याओं, छात्र छात्राओं की परेशानियों व स्टाफ़ की दिक़्क़तों पर चर्चा की। कॉलेज में खेलों के आयोजन की आवश्यकता भी जताई गई। तेवतिया के चुनाव में व्यस्त होने के कारण इस विषय पर ज़्यादा चर्चा नहीं हो सकीं। डॉ. गुप्ता ने प्रिंसिपल के संज्ञान में लाया कि भित्ति पत्रिका का संपादक, उप संपादक नियुक्त कर दिया है व पहला अंक आज प्रकाशित हो रहा है। प्रिंसिपल ने डॉ. गुप्ता की सराहना की व गुप्ता जी ने भी धन्यवाद कर आभार प्रकट किया। लाइब्रेरियन कुमारी मोहिनी

अग्रवाल ने पुस्तकालय में पुस्तकों की कमी का ज़िक्र किया व कुछ पुस्तकें तत्काल प्रभाव से मँगवाने के लिए सूची प्रिंसिपल को सुपुर्द कीं जिसे प्रिंसिपल साहब ने लाइब्रेरी कमेटी के अध्यक्ष डॉ. गुप्ता को सौंप दिया। कार्यालय की ओर से भी सामान मँगवाने के लिए लिस्ट बना कर दी गई।

प्रिंसिपल साहब ने हैड क्लर्क को सब सामान मुहैया करवाने के आदेश दिए। अपने- अपने ट्यूटोरियल ग्रुप के आई - कार्ड, अगर किसी के शेष रह गए हैं, बनाकर शीघ्र छात्र- छात्राओं को वितरित करें। कक्षा- इंचार्ज, फ़ीस माफ़ी व छात्रवृत्तियों के लिए आवेदन प्राप्त कर सिफ़ारिश सहित कार्यालय में जमा करवाएँ। किसी को कुछ कहना है तो निःसंकोच कह सकता है।

शारदा पीयन — मैडम, मेरी माँ बीमार रहती हैं, मेरे सिवाय उनकी देखभाल करने वाला कोई नहीं, मुझे इतनी छुट्टी भी नहीं हैं। कृपया मुझे थोड़ा सा वक़्त से जाने की छूट दे दें ?

प्रिंसिपल — (हैड क्लर्क से) इनके मामले पर सहानुभूतिपूर्वक विचार करें ?

हैड क्लर्क — मैडम, सुबह तो ऑफिस, कार्यालय, क्लास रूम सब खोलने होते हैं, शाम को ध्यानपूर्वक बंद करना होता है। बीच के समय में छूट दी जा सकती है?

प्रिंसिपल — तुम मिलजुल कर मानवीय आधार पर सहमति बना लेना व मुझे भी संज्ञान में रखना। कोई और प्रॉब्लम, सुझाव, स्वागत है। (ओ. के. थैंक्स टू ऑल।)

अब भित्ति पत्रिका संपादक मंडल नीचे आ चुका था। सभी ने सावधानी बरतते हुए पहला अंक आज प्रकाशित कर ही दिया। छात्र-छात्राओं ने बॉलकनी में आकर पत्रिका का दर्शन किया व पढ़ना शुरू किया। जिनकी रचनाएँ प्रकाशित हो चुकी थी वे संतुष्ट नज़र आ रहे थे। देव ने स्टाफ़ रूम में जाकर भित्ति पत्रिका के इंचार्ज डॉ. गुप्ता को निरीक्षण के लिए आमंत्रित किया। सब देखने के बाद डॉ. गुप्ता ने देव व साथियों की प्रशंसा की।

अब चुनाव भी संपन्न हो गया था। चुनाव अधिकारी तेवतिया ने मतों की गिनती करवा कर विजयी उम्मीदवार घोषित किए - आज मतदान बड़े शांत व अनुशासित ढंग से संपन्न हुआ,वोटों की गिनती पूरी हो चुकी है। सबसे बड़ी बात यह रही कि एक भी वोट रद्द नहीं हुआ। कुल दो सौ पचास मतों में से दो सौ इकतीस वोट पोल हुए। परिणाम इस प्रकार हैं –

श्री सतविंदर राणा —— 101 वोट— विजयी

श्री दिलेर सिंह—— 49 वोट

सुश्री जाह्नवी जाखड —- 81 वोट

सचिव पद के लिए भी तीन उम्मीदवारों ने संघर्ष किया, जिनके परिणाम इस तरह से हैं –

1. अन्नु जिंदल —- 141 विजयी

2. सूर्य प्रकाश —- —60

3. किरण ——— 30

तेवतिया जी —- शांति पूर्वक मतदान के लिए सभी को धन्यवाद व विजयी छात्र छात्राओं को मुबारकबाद ! परिणाम की सूची प्रिंसिपल साहब को सुपुर्द करने ऑफिस आए तो प्रिंसिपल ने तेवतिया व चुनाव में लगे स्टाफ़ की प्रशंसा की व शाम को डिनर के लिए इक्कीस सौ रुपये की राशि भेंट की। विजयी उम्मीदवार अपने समर्थकों के साथ जुलूस निकाल रहे थे। सतविंदर यहीं पास के गाँव देवसर व अन्नु जिंदल हिसार से संबंध रखते थे। जुलूस हाँसी गेट से गुजरता हुआ किरोड़ीमल मंदिर तक जा पहुँचा। राणा ने मंदिर में भगवान श्री कृष्ण के दर्शन किए व प्रसाद ग्रहण किया।

अन्नु जिंदल ने अपने समर्थकों में लड्डू बाँट कर ख़ुशी का इज़हार किया। कॉलेज का पूरा स्टाफ़ इस बात से गदगद था कि चुनाव बिना फ़साद के शांतिपूर्ण निपट गए। इसके लिए सभी ने तेवतिया जी को बधाई दी एवं सराहना भी की।

***

12

राकेश व मित्रों की मस्ती भरी मुलाक़ात

अरे राकेश भैया, घर में हो क्या ? या उस दिन की तरह इंतज़ार करना पड़ेगा ?

बटन दबाते हुए कांति ने कहा।

राकेश —- मैं यहीं हूँ भाई साहब, अभी दरवाज़ा खोलता हूँ। आइए, अंदर आइए।

कांति —- आज मार्निंग सेशन में ही ड्यूटी थी ?

राकेश — कल से इवनिंग में होगी, तीन दिन सुबह, तीन दिन शाम, संडे को ले लो प्रभु हरि का नाम।

कांति —— अच्छी तुकबंदी बनाई है कोई तीर- तुक्का चल गया क्या?

राकेश —— तीर- तुक्का तो मिल गया पर चलेगा या नहीं समय बताएगा ?

कांति —- निराश मत हो प्राणी, आशा पर ज़माना टिका है, संतोष रखो, जो क़िस्मत में है अवश्य मिलेगा। इंतज़ार का फल मीठा ही पैदा होगा।

राकेश—— हम आशावादी हैं, परिश्रम करेंगे, मेहनत की खाएँगे।

कांति —— कितना परिश्रम करना पड़ेगा भाई साहब, ज़्यादा मोटी मुर्ग़ी है क्या ? हम भी दाना डालने में मदद करें ?

राकेश —ऐसी कोई बात नहीं ? मैं आपको सब बता रहा हूँ पर अभी अपने तक ही सीमित रहना।

कांति ——क्या राकेश भैया ? आज कल हर गली- नुक्कड़ पर, समुद्री बीच पर, नदी मुहाने प्रेमियों की भीड़ जमा रहती है, इतना क्यों घबराते हो ?

राकेश —— कांति भाई, गली- नुक्कड़, बीच के प्रेमी हम नहीं बन सकते। उनकी तो चार दिन की चाँदनी है, हमें तो ताउम्र साथ बिताना है फिर मुर्ग़ी भी सोने का अंडा देनेवाली व इज़्ज़तदार है।

राजीव —- (घर में कदम रखते हुए) मुर्ग़ियों की भी इज़्ज़त होती है क्या ? कभी सुना नहीं ? हाँ सोने का अंडा देने की कहानी अवश्य सुनी है।

राकेश ——आइए राजीव बाबू, आज तो बड़े ख़ुश मूड में लग रहे हो। कोई नया मुक़दमा मिल गया क्या ?

राजीव —मुक़दमे तो आजकल भरमार है, इतने वकील हैं कोर्ट में, सब व्यस्त रहते हैं। मुंशी मुवक्किलों के साथ कैंटीन में घुसे रहते हैं। वकील टाईपिंग के लिए कंप्यूटर शॉप की लाइन में लगे रहते हैं, सांस लेने की फ़ुरसत नहीं ?

कांति —— सांस नहीं ले पा रहे हो इसीलिए डॉक्टर की शरण में आए हो, सारे दांत निकाल देंगे फिर आराम से ऑक्सीजन का प्रवाह हो जाएगा। (तीनों ठहाका लगाते है) नेहा तो अपने स्कूल चली गई होगी राकेश बाबू ?

राकेश ——हाँ, वह सोमवार को छ: की बस से चलीं गई थी। हर बार मम्मी-पापा को याद कर रोतीं है, मुझे भी रूलाती है। मैं क्या करूँ कांति भाई ?

कांति —- लेकिन तुम्हारी बात सुनकर मैं रोने वाला नहीं, इतना अवश्य जान गया कि तुम जो रासलीला रचा रहे हो वह समय की माँग है।

राजीव ——दोनों में क्या खिचड़ी पक रही है, हमें भी बातचीत में शामिल करो। कोई पंछी जाल में फँस गया है क्या ?

कांति —— अभी राकेश भैया मुर्ग़ी का ज़िक्र कर रहे थे तो तुम आ गए।

राजीव —हाँ तो बताओ भैया, कैसी मुर्ग़ी है, मुर्ग़े के मुताबिक़ है या भारी पड़ने वालीं है ?

राकेश—अपने देव भाई साहब हैं न, उनके स्कूल के मैनेजर की पौत्री है, यमुनानगर में बी. डी. एस. के अंतिम दौर में है। अभी पहली ही मुलाक़ात हुई है, कल सायं शायद फिर आएगी दादा जी (मैनेजर साहब) के साथ।

राजीव ——मैनेजर डॉ. भगवत स्वरूप जी, हम देव की परमिशन के लिए दो बार उनके पास गए हैं, बड़े सज्जन व इंसानियत की कद्र करने वाले शख़्स हैं।

राकेश —- मैनेजर साहब के दांत में दर्द था, जिसकी फ़ीलिंग की गई है, कल भी फिलिंग होगी व उसके बाद एक विज़िट और होगी।

राजीव —- तुम दोनों अपना- अपना दर्द बांट लो,मैनेजर साहब का दांत दर्द दूर करो, वे तुम्हारा दर्द दूर कर देंगे।

राकेश —- अच्छा बताओ, नया केस किस तरह का है ?

राजीव—— अभी तो दीक्षित जी से बातचीत चल रही है, उसके बाद हमें पता चलेगा, वैसे मेरा अनुमान है कि मामला तलाक़ से संबंधित हैं।

कांति —- दीक्षित जी जाने - माने एडवोकेट हैं, जीवन में शायद ही कोई केस हारे होंगे ?

राजीव —- इसीलिए उनके पैनल में मेरे जैसे कई वकील रहते हैं। कितने ही पहले ट्रेंड होकर स्वतंत्र रूप से वकालत कर रहे हैं।

कांति — जज लोग भी दीक्षित जी का सिक्का मानते हैं व उनकी प्रतिभा तथा तर्क के क़ायल हैं। आओ कहीं बाहर घूमने चलें ?

राकेश ——आज मूड नहीं है घूमने का,मनवा ख़ुश नहीं है।

कांति —— अब मनवा तो कुछ महीने ऐसे ही ऊपर- नीचे रहेगा, हमारी मदद की ज़रूरत पड़े तो संकोच न करना।

राकेश —— कांति भाई, तुम्हें हर बात का इतना ज्ञान व अनुभव कैसे हैं ?

कांति —— हम बंद कमरों में नहीं बैठते, लोगों के संपर्क में रहते हैं, इसी से सामान्य ज्ञान बढ़ता है व अनुभव प्राप्त होता है।

राजीव —— देव का क्या समाचार है, हमें भूल ही गया लगता है। कहीं वह भी मुर्ग़ी के चक्कर में तो नहीं उलझ गया ?

राकेश ——नहीं, वह निहायत शरीफ़ आदमी है, काम से ही निजात नहीं मिलती उसे।

राजीव —— तुम कौनसे बदमाशों की श्रेणी में हो, आज कल की लड़कियाँ शरीफ़ों पर ही डोरे डालती हैं व प्रेम जाल में फँसाकर सारी उम्र पति को गुलाम बनाकर रखती व ऐश करती हैं।

राकेश —— क्या बात करते हो राजीव भाई, सभी कुछ ऐसा नहीं होता। हाँ, कुछ में संभव है।

राजीव —— कांति भाई, बताओ भाई साहब को, आज कल नौजवान जोड़ों के तलाक़ के कितने केस आते हैं ?

कांति —— राजीव भैया ठीक कह रहे हैं, अब लड़कियाँ स्वच्छंद जीवन चाहने लगीं हैं। 'खाओ- पीओ करो आनंद।' उनके जीवन का मंत्र बन गया है।

राजीव ——अब चला जाए कांति भैया, आओ मेरे साथ मार्केट का एक चक्कर लगाएँगे, कल राकेश से पूछेंगे कि मुर्ग़ी ने अंडा दिया या नहीं।

***

13

मुखिया ब्रज किशोर गुप्ता की प्रधान बाबू रामकृष्ण से भेंट

ब्रज किशोर गुप्ता अब प्रधान बाबू राम कृष्ण के घर चर्चा में लीन थे। मैनेजर साहब को इस्तीफ़े की एक प्रति सुपुर्द कर वे अब उनको भी अपने निर्णय की सूचना देने पहुँचे थे। बाबू रामकृष्ण बड़े सूझबूझ वाले व तेज़ तर्रार प्रकृति के व्यक्ति थे। मुखिया जी ने जब उनको इस्तीफ़ा सौंपना चाहा तो वे बोले- मुखिया पद ऐसे ही नहीं मिलते, कोई समय था जब बिना सिफ़ारिश के ऐसा पद मिल गया। हमें तो एक रिक्ति के लिए हज़ारों का इंटरव्यू लेना पड़ेगा व एक को नियुक्त करना होगा पर आपको हज़ार इंटरव्यू देकर भी ऐसे पद की गारंटी नहीं ?

मुखिया —- प्रधान जी, अगर नौकरी नहीं मिली तो वह अपना स्कूल खोल लेंगे।

प्रधान —— इतना आसान नहीं है स्कूल चलाना, आप मेरी सलाह सुनिए और अपनी अकड़ की गठरी जरा ढीली कीजिए। आप अकारण ही हठ धारण कर इस्तीफ़े पर अड़े हैं जो कोई भी जायज़ नहीं मानेगा ? हम आपको इतना मान- सम्मान दिलवाएँगे कि आप यहाँ से ज़बरदस्ती करने पर भी छोड़ कर नहीं जाओगे।

मुखिया —- मुझे किसी वस्तु का कोई लालच नहीं है, मैं सम्मान को ही प्राथमिकता देता हूँ।

प्रधान ——आप ज़िद के कारण विवेक शून्य हुए जा रहे हैं। मैं मान-सम्मान की ही बात कर रहा हूँ, वस्तु की नहीं। किसी भी राजनेता से बैर लेना अच्छा नहीं रहता, आप मुझपर भरोसा रखिए, जो आप चाहेंगे वही सब होगा।

मुखिया —— मैं कुछ आत्महीनता महसूस करने लगा हूँ, एक टीचर ने, वह भी पिद्दी टीचर ने मुझे धूल चटा दी है।

प्रधान —— याद रखो गुप्ता, धूल को ठोकर मारोगे तो सिर पर चढ़ेगी। आप जमाने के अनुसार नहीं बदल रहे, वही अहम का सवाल। तुम क्या जानो ? मुख्यमंत्री कई बार विधायकों के चरणों में सलाम ठोंकते हैं। पढ़- लिख कर शायद बुद्धि ख़राब हो जाती है। सुनो ! हम आपको सम्मान स्वरूप दो अग्रिम वेतन वृद्धि देंगे, जिससे आप का आर्थिक हित भी होगा व सम्मान भी बढ़ेगा। दूसरे, मैं शिक्षा मंत्री से बात कर तुम्हें स्टेट अवार्ड से सम्मानित करवाने की कोशिश करूँगा।

इससे ज़्यादा आपको क्या चाहिए ?

मुखिया —— तो क्या स्टेट अवार्ड के लिए मैं अपना केस तैयार कर लूँ ?

प्रधान ——क्यों नहीं ? आने वाले शिक्षक दिवस पर आपके गले में तमग़ा, हाथों में सर्टिफिकेट,जेब में नक़दी व दो साल की सेवा बढ़ोतरी।

मुखिया —- यह तो बहुत बड़ा सम्मान है। पूरे प्रांत में चर्चा का विषय होगा व स्कूल का नाम भी रोशन होगा।

प्रधान ——आम के आम, गुठलियों के दाम। गुप्ता जी, आए अवसर को ठोकर मारना मूर्खता कहलाता है। जीवन में ऐसे क्षण दुर्लभ हैं।

मुखिया —— ठीक है प्रधान जी, मैं अब खूब मन लगाकर स्कूल चलाऊँगा व सब विवाद ख़त्म समझिए।

प्रधान —— एक बात और गौर करने की है, बी. एड. कर आने के बाद उस टीचर को मास्टर ग्रेड के समय भी तुम्हें शांत रहना होगा, ऐसा न हो कि अकड़ की गाँठ फिर बंध जाए।

मुखिया —- अब मुझे आपकी बात समझ में आ गई, विनम्रतापूर्वक काम निकालना होगा। जीवन में अनेक प्रकार के स्वभाव वाले अध्यापकों से वास्ता पड़ेगा पर स्वयं मैं परिवर्तन करना ज़रूरी है।

प्रधान —- अब आप का विवेक सही दिशा में काम कर रहा है, ग़ुस्सा व ऐंठ विवाद बढ़ाते हैं। बड़प्पन इसी में है कि शांत व विनम्र रहकर काम को अंजाम दें। बच्चे तो ज़िद करें, उनका अधिकार है, बड़े ज़िद करें तो बेकार है।

मुखिया —- (अपना इस्तीफ़ा फाड़ते हुए) लो, मैंने यह विवाद यहीं समाप्त कर दिया। मैनेजर साहब को जो सौंपा है, उसे भी जातें समय ले लूँगा।

प्रधान —— यह सब मुझपर छोड़ दो, मैं डॉ. भगवत स्वरूप जी को फ़ोन करके कह दूँगा कि वे इस्तीफ़े को इग्नोर कर दें व किसी के सामने क़तई ज़िक्र न करें और आप भी इस विषय को स्मृति से डिलीट कर दें।

मुखिया —- आपका बड़ा तजुर्बा है, मैंने आज तक अपनी ज़िद नहीं छोड़ा था लेकिन अब लग रहा है कि ज़िद में कोई सार नहीं केवल तनाव व क्रोध ही है।

प्रधान —— जिन बातों का हम जीवन भर पालन करते हैं, एक समय आता है जब उन्हें चुपचाप तिलांजलि दे देते हैं। मैं आपकी तारीफ़ करता हूँ कि आपने स्कूल व बच्चों के हित में फ़ैसला लिया। अब मुझे एक मीटिंग में जाना है, क्षमा करेंगे।

मुखिया —— आपको अकारण परेशान किया, क्षमा तो मुझे चाहिए।

प्रधान —— अरे मुखिया जी, परेशानियाँ तो हमारी परीक्षाएँ होती हैं, आप ने परेशान किया तो पास हुआ। इसी तरह लोग हमें परेशान करते हैं और हम उनकी परेशानी दूर कर परीक्षा उत्तीर्ण करते हैं। आप जैसों को यदि पब्लिक का काम सौंप दिया जाए तो भाग खड़े होंगे।

मुखिया —- वाक़ई, बहुत धैर्य रखना पड़ता है जनता के साथ व्यवहार में। ग़ुस्सा करो तो नारेबाज़ी होते देर नहीं लगती फिर अगले चुनाव में वोट भी पाने होते हैं।

प्रधान —— यही तो आप को समझा रहा था। नम्र रहकर नाम कमाया जाता है।

आप तो निश्चिंत व मौज में हैं, ऐसी नौकरी लाखों भेंट कर भी नहीं मिलती, तुम कोड़ियों में लुटा रहे थे।

मुखिया —— आप ने मेरी आँखें खोलकर मुझ पर बड़ा उपकार किया है। मैंने अकड़ व ज़िद में अपना व स्कूल का अहित किया है।

प्रधान ——- सुबह का भूला शाम को घर आ जाए तो उसे भूला नहीं कहते, देर आए, दुरुस्त आए। अब जो क्षति हुई है उसकी भरपाई के लिए परिश्रम करो। कोई परेशानी आए तो हमें परीक्षा का मौक़ा दो। हम विद्यालय व समाज की भलाई में आपके साथ हर समय खड़े रहेंगे।

***

14

डॉ. भगवत स्वरूप का दांत चैक अप के लिए अस्पताल जाना

डॉ. भगवत स्वरूप काफ़ी देर से अपने लड़के आलोक नाथ की इंतज़ार में थे ताकि दांत के इलाज के लिए अस्पताल जा सकें। एक चौथाई घंटे की इंतज़ार के बाद आलोक क्लीनिक पर आया व पिता जी को बताया कि रश्मि की दो सहेलियाँ बहुत समय के बाद उससे मिलने आई हैं व गपशप में मस्त हैं। अगर आपको कोई परेशानी न हो तो मैं आपके साथ जा सकता हूँ। ड्राइवर तो आपके साथ जाएगा ही ?

डॉ. भगवत स्वरूप —मैं ड्राइवर के साथ ही कार में सवार होकर चला जाऊँगा, तुम्हें यहाँ पेशेंटस को देखना ज़रूरी है। आज कोई ज़्यादा देर का काम नहीं है।

आलोक - ठीक है, ड्राइवर गाड़ी लिए सामने इंतज़ार कर रहा है, मैं आपको गाड़ी में बिठा देता हूँ।

डॉ. भगवत स्वरूप—- मैं ख़ुद संभाल लूँगा, तुम अपना काम करो। पेशेंट काफ़ी देर से परेशान हो रहे हैं।

गाड़ी में बैठकर अस्पताल पहुँचते हैं व ड्राइवर को गाड़ी पार्क कर साथ चलने का निर्देश देते हैं। दंत चिकित्सा वार्ड में जाकर डॉ. राकेश व ज्ञान चंद्र जैन के कक्ष में प्रवेश करते हैं।

डॉ. भगवत स्वरूप— हैलो डॉ.राकेश, कैसे हो ?

राकेश ——डॉ. साहब को मेरा प्रणाम, आइए बैठिए।

डॉ. भगवत स्वरूप—डॉ.जैन अंदर ही होंगे ?

राकेश —- मैं आपके साथ चलता हूँ, (ड्राइवर से) आप यहीं बैठें, मैं आ रहा हूँ।

डॉ. जैन ——(डॉ. भगवत स्वरूप को देख कर) आइए सर, कैसी तबीयत है आपकी, दांत में दर्द बगैरह तो नहीं होगा ?

डॉ. भगवत स्वरूप—जैन साहब, दांत में तो दर्द नहीं है पर कुछ ख़ाली-ख़ाली सा लगता है। खाना बगैरह भी इसमें डेरा डाल लेता है।

डॉ. जैन —— ख़ाली तो हमने जानबूझकर छोड़ रखा है, एक बारगी में पूरा नहीं भरा जा सकता है ? इधर आइए, आज आपका ख़ालीपन भी दूर कर देते हैं।

डॉ. राकेश —सर मैं अपनी सीट पर पेशेंटस को संभाल रहा हूँ। (बाहर आकर) ड्राइवर साहब, आप कब से हैं डॉ. भगवत स्वरूप जी के साथ ?

ड्राइवर —- डॉ. साहब, मुझे क़रीब दस साल हो गए इनके पास। दिल लगा हुआ है, मेरे दोनों बच्चों की फ़ीस माफ़ है व स्कूल से वज़ीफ़ा भी मिल रहा है डॉ.भगवत स्वरूप जी की दया से।

राकेश —- वज़ीफ़ा किस आधार पर मिल रहा है ?

ड्राइवर —- सर ! शहर में काफ़ी लोग अमीर भी हैं, वे अपने किसी दिवंगत परिजन के सम्मान में निर्धन व निपुण बच्चों के लिए आर्थिक सहायता मुहैया करवाते हैं। अब आप की कृपा से मेरे दोनों बच्चे निर्धन मेरे कारण व निपुण ख़ुद से हैं।

डॉ. राकेश —- आपका बातचीत करने का सलीका बहुत प्रभावशाली है।

ड्राइवर —-डॉ. साहब, उच्च ख़ानदान व संस्कारवान उत्कृष्ट जनों के साथ व सत्संग का ही परिणाम है यह सब वरना हम किसी कर्म के नहीं थे।

राकेश बाबू ! (अंदर से डॉ. जैन ने पुकारा) ड्राइवर को यहाँ भेज दो, फिलिंग का काम पूरा हो गया है। डॉ. भगवत स्वरूप जी को ले जाएगा।

डॉ. राकेश—— ख़ुद अंदर जाकर, आइए डॉ. साहब जी, मेरे साथ ही आ जाइए।

डॉ. भगवत स्वरूप — अब कुछ परहेज़ बगैरह तो नहीं करना जैन साहब?

डॉ. जैन ——नहीं, जैसे पहले किया था, सिर्फ़ आज रात तक इस तरफ़ से कुछ नहीं खाना है और दूसरी ओर से कुछ भी छोड़ना नहीं है।

(दोनों ठहाका लगाते हैं)

डॉ. भगवत स्वरूप — बाहर आकर राकेश के पास बैठते हुए, आज रश्मि की कुछ सहेलियों बहुत दिनों के बाद मिलने के लिए आईं हुई हैं।

राकेश ——हाँ सर ! बहुत दिनों के बाद जब कोई अपना मिलता है,संसार विस्मृत और मन मुग्ध व प्रफुल्लित हो जाता है।

डॉ. भगवत स्वरूप— आप में कुछ लिटरेरी झलक मिल रही है मुझे, कहीं देव की संगति का प्रभाव तो नहीं ?

डॉ. राकेश — सर ! हर व्यक्ति में ऐसे कुछ गुण होते हैं जो समय व परिस्थिति मिलने पर फलने फूलने लगते हैं। संयोग में खिल जाना व वियोग में मुरझा जाना दिल की फ़ितरत ही होती है।

डॉ. भगवत स्वरूप — आपकी पारिवारिक स्थिति क्या व कैसी है ? रश्मि बिटिया ने ज़िक्र कर मुझसे खुलासा तो कर दिया था, वह भी काफ़ी हमदर्दी जता रहीं थीं।

राकेश —— हाँ, उसके पूछने पर ही मैंने ज़िक्र कर दिया था, अब आप या परिवार से कोई बात छिपाने का मन नहीं होता। आप के प्रभाव से मुझ में कई बदलाव आने लगे हैं। ड्राइवर ने अपने बच्चों के बारे में जो बताया व छात्रवृत्ति की चर्चा की, मुझे छू गई।

डॉ. भगवत स्वरूप— राकेश बाबू, इस संसार में हर प्रकार का प्राणी है, हम सबका अनुकरण व अनुसरण नहीं कर सकते। हमें अपनी चादर के हिसाब से ही पाँव पसारने चाहिए। आपका एकाकी जीवन कैसा व्यतीत हो रहा है, छोटी बहन किस क्लास में पढ़ रही है ?

राकेश —— सर, मैं अभी तक माता पिता के वियोग से उबर नहीं पाया हूँ, बाहर से जितना शांत व सुखी नज़र आ रहा हूँ, भीतर से उतना ही अशांत व दुखी हूँ। मैं स्वयं को चौराहे पर खड़ा महसूस कर रहा हूँ।

डॉ. भगवत स्वरूप — बरखुरदार, दिल छोटा नहीं करते, डॉक्टरों का दिल मज़बूत होता है।

राकेश —अंकल, जो जितना कठोर होता है उतना ही मुलायम भी होता है। डॉक्टर की कठोरता अपने रोगियों तक सीमित है ताकि वे रोग के समय उसके निर्देशों का पालन करें। जब अपनों का सवाल आता है तो डॉक्टर भी समाज की धारा में बहने लगता है। वह भी धड़कते दिल को रोक नहीं पाता है ?

डॉ. भगवत स्वरूप —-बहुत सुंदर बातें कहीं, कल मॉर्निंग की ड्यूटी ऑफ है बेशक क्लीनिक पर आ जाना। तुम्हारे साथी देव का क्या हाल है ?

राकेश - शायद दीपावली पर ही आएगा, वह कॉलेज की भित्ति पत्रिका का संपादक बन गया है।

डॉ. भगवत स्वरूप —- प्रतिभा जहाँ जाएगी, अपना रंग तो दिखाएगी। आज मुखिया जी क्लीनिक पर आए थे, देव के प्रति उनके दृष्टिकोण में सकारात्मक बदलाव आया है।

राकेश —— अच्छी बात है। आज ज़िद व अकड़ का ज़माना नहीं रहा, तरक़्क़ी के लिए विनम्रतापूर्वक व्यवहार आवश्यक है।

डॉ. भगवत स्वरूप —— अब मैं जाना चाहूँगा, शनिवार को परसों सुबह रश्मि को लेकर आऊँगा, कुछ बातचीत करने से नॉलेज में वृद्धि होगी।

डॉ. राकेश —— सर सप्ताह के पिछले तीन दिन सायंकाल में ड्यूटी होती है।

डॉ. भगवत स्वरूप —— हम सायंकाल में आ जायेंगे।

***

15

राकेश की डॉ. जैन से गुफ़्तगू व सरिता सैर में राजीव का किसी मुक़दमे का ज़िक्र

अपनों के अभाव में उनसे जुड़ी वस्तुओं व प्राणियों के वियोग से भी उतना ही दुख उठाना पड़ता है जितना अपनों के बिछुड़ने से। डॉ. भगवत के चले जाने के बाद राकेश को लगा कि उसका संसार अपनों से रहित हो गया है। उसका दम घुटने लगा था, ड्यूटी के शेष बचे दस मिनट मानो उसे दस दिशाओं से काट रहे थे। वह डॉ. ज्ञान चंद्र जैन से घर जाने की इजाज़त पाने उनके पास गया तो वे राकेश के उतरे चेहरे को देख भांप गए कि राकेश डॉ. भगवत के साथ रश्मि के न आने से बेचैन है। उन्होंने राकेश से पूछा - बेचैन हो, शनिवार तक रहेगी ही, लाइलाज रोग है।

राकेश —-जैसा आप सोच रहे हैं वैसा कुछ नहीं है, रश्मि से मेरा कुछ भी संबंध नहीं है।

डॉ. जैन — बेटा, मेरे दांत उम्र के हिसाब से गिरे हैं वरना मैं भी दाँतों का डॉक्टर था, क्यों गिरने देता ? उम्र का तजुर्बा मुझे बता रहा है कि रश्मि के न आने से आपका दिल कितना अशांत है।

राकेश —- रश्मि से मेरा कोई पहले परिचय नहीं है, पाँच- दस मिनट की मुलाक़ात से क्या फ़र्क़ पड़ता है ?

डॉ. जैन —- बड़ी हैरानी की बात है, किसी के इंतज़ार में हम दिन, महीने, साल बिता सकते हैं पर लंबी इंतज़ार के बाद भी अपना हमदम न मिले तो एक- एक पल पहाड़ हो जाता है। तुम्हें अभी ये दस मिनट दस साल लग रहे हैं। शनिवार तक धैर्य रखो, डॉक्टर हो, डट कर रहो, डर कर नहीं।

राकेश —— हो सकता है आप सत्य कह रहे हों पर मेरा कोई लगाव रश्मि से नहीं है।

डॉ. जैन ——सांस ले रहे हो पर हवा के दर्शन नहीं, लगाव दिखाई नहीं पड़ता, हलचल से प्रतीत हो जाता है। तुम्हें मैं कुछ समय से रीड कर रहा हूँ और मेरी रीडिंग अचूक रहती है। अच्छा है, लगाव अच्छी बात है, दोनों दाँतों के डॉक्टर हो जाओगे। हमारा आशीर्वाद तुम्हारे साथ हैं। शनिवार को मैं डॉ. भगवत स्वरूप के इलाज में जानबूझकर ज़्यादा समय खर्च करूँगा ताकि तुम सपनों के संसार में डुबकी लगाते रहो व असीम आनंद को प्राप्त कर सको। अब शायद समय पूरा हो गया, हमें चलना चाहिए।

राकेश — अवश्य, कल फिर ड्यूटी पर मिलेंगे सर !

पाँच मिनट बाद ही राकेश अपने घर पर था, दरवाज़ा बंद किया व लेट गया। क्यों सभी मेरे पीछे पड़े हैं, माता पिता जी की अकाल मृत्यु, अब रश्मि की उपेक्षा, मैं कैसे जिऊँगा ? एक सहारा बनने की उम्मीद जगी थी, दो दिन के बाद ही पानी फिर गया। उस दिन की मीठी मीठी बातें आज दिमाग़ में ज़हर बनकर सब कुछ विषाक्त किए दे रही हैं।

कितनी सहानुभूति जताई थी रश्मि ने जब उसे माँ बाप के दिवंगत होने के बारे में बताया था और आज सूचना के लिए एक शब्द भी नहीं, 'एक शब्द ही मेरा दो दिन का अवलंबन बन जाता।' डॉ. भगवत स्वरूप कह रहे थे कि उसकी फ्रेंड्स आई हैं इसलिए वह नहीं आ सकीं। क्या फ्रैंड्स से फिर मुलाक़ात नहीं हो सकती थीं ?

रविवार को छुट्टी के दिन खूब बतिया सकती थी, पर मैं कौन हूँ यह सुझाव देने वाला, रश्मि मेरी कौन है ? मैं शायद अनाधिकार चेष्टा कर रहा हूँ। वह किसी से कभी भी बात कर सकतीं हैं, मेरा हस्तक्षेप क्या अर्थ रखता है। राकेश बाबू ! तू कहाँ खड़ा है, तेरी हैसियत क्या है रश्मि के सामने। तेरे पास है ही क्या जो रश्मि को अपना समझने लगा है, कहाँ राजा भोज, कहां गंगू तेली। डॉ. जैन भांप गए दिल की धड़कन, डॉ. भगवत स्वरूप भी भांप गए होंगे इसीलिए कह रहे थे कि शनिवार को रश्मि के साथ आएँगे। कब तक छिपाऊँगा दिल की लगी को ? गंजी खोपड़ी सब जान लेती है।

(वह पड़ा था विचारों, सपनों में खोया हुआ अगर कांति दरवाज़ा खोलकर अंदर नहीं आता।)

राकेश —— कांति भाई, तुम कैसे आए ? शायद मैं दरवाज़े पर चिटकनी चढ़ाना भूल गया।

कांति - पता नहीं क्या-क्या भूलोगे बेटा ? यह रोग अपने आप को भी भुला दिया करता है। आज शायद दर्शन नहीं हुए देवी जी के, चार दिन की चाँदनी थीं, आज अंधेरा छा गया।

राकेश —- कांति भाई, क्यों घावों पर नमक छिड़क रहे हो ? पहले ही निष्प्राण होने को हूँ।

कांति —- निष्प्राण हो कर भी श्वास चलता रहेगा, प्रेम रोग न जीने देगा न मरने, दुधारी तलवार है बेटा, एक ही मीटिंग में गए काम से। आगे क्या होगा? आज नहीं मौक़ा मिला आँख सेंकने का, दांत पीसते ही रह गए।

(राजीव का आगमन)

राजीव- गुड इवनिंग, दोनों मित्रों को। क्या हाल व समाचार हैं ?

कांति —- हाल बेहाल है, समाचार बुरा है।

राजीव —- कांति भाई, ऐसा क्यों बोल रहे हो, तुम तो हंसमुख प्राणी थे?

कांति —— मैं अपने मित्र राकेश बाबू की बात कर रहा हूँ। आज डॉ. भगवत स्वरूप के साथ रश्मि ने आना था, शायद नहीं आईं, आईं होगी तो मिलीं नहीं, मिली होगी तो झगड़ा हुआ होगा, झगड़ा हुआ है तभी यह खामोशी का आलम बसा है।

राजीव —- क्यों राकेश भैया, कांति की कहानी का निष्कर्ष सत्य है?

राकेश —- कांति का ज्ञान बहुत ज़्यादा है, कुछ तो सही ही कह रहा है।

कांति —- हम कोई ऐरा- गैरा नहीं, भविष्य वक्ता हैं। सब के दिलों की बात जान लेते हैं, हमसे कोई कुछ नहीं छिपा सकता ?

राजीव —- तुम भूतकाल की घटनाओं का ज़िक्र कर के भविष्य वक्ता बन रहे हो, आगे क्या होगा, यह बताओ ?

कांति —- सुनो कान लगाकर, अब शनिवार को रश्मि आएगी व रोगी डॉक्टर की दवा करेगी ।

राकेश —- तुम्हें कहीं से खबर मिली है, बताओ कहाँ से ?

कांति —- आप सबके चेहरे पर ही लिखा होता है सब कुछ । मैं तो कोर्ट में भी रीडर हूँ, यहाँ भी रीड कर रहा हूँ, मेरा काम तो रीडिंग करना है । अगर रश्मि से आज मिलते तो घर को नाच- नाच कर सिर पर उठा लेते । अब नहीं मिलीं तो तकिए में सिर घुसाएँ पड़े हैं ।

राजीव —- क्यों राकेश भैया, कांति सहीं है ?

राकेश —- सौ प्रतिशत,आज डॉ. भगवत स्वरूप के साथ उनका ड्राइवर आया था, मेरे आधे प्राण तो उसी समय सूख गए थे, शेष उनके जाने के बाद । अब मैं प्राणविहीन हूँ, बस लुहार की धौंकनीं की तरह श्वांस चल रहा है ।

राजीव —पहला प्यार ही तुम पर वार कर गया । ज़्यादा भावुकता अच्छी नहीं, प्यार का श्रृंगार करो, आनंद आएगा । यह एक- दो दिन का खेल नहीं, लंबी पारी के लिए तैयार रहना चाहिए । शनिवार का इंतज़ार करो, सुबह कांति भैया के साथ शनि मंदिर में तेल चढ़ा कर आओ, क्यों कांति भाई, शनि की छुट्टी है कि नहीं ?

कांति —- जो माल खाएगा वही तेल चढ़ाएगा, जब हमारी बारी आएगी, पूरा ड्रम उँडेल देंगे शनि महाराज पर । हमारी लैला जहां भी होगी, दौड़ी आएगी ।

राजीव —- कांति भाई, तुम हर वक़्त मज़ाक़ मोड में रहते हो, कभी सीरियस बात भी किया करो ।

कांति ——हम सीरियस बात को भी मज़ाक़ मोड में ही कहते हैं । मन मसोसकर डॉ. राकेश की तरह तो मैं बैठ नहीं सकता । आज कहीं घूमने का विचार है क्या या घर में पड़े रह कर सिसकियाँ भरनी है ।

राकेश —- आज कुछ भी दिल नहीं कर रहा, फिर भी चलो, कुछ मन बहल जाएगा। राजीव भैया, कुछ कोर्ट की बात सुनाओ।

राजीव —-हाँ, एक केस जो कुछ दिन पहले ही आया था, दीक्षित जी ने मुझे सौंपा था। बड़ा विचित्र केस है, बाहर चलकर ही इस पर चर्चा करेंगे।

कांति —- चलो सभी नदी तट पर ही चलते हैं।

मंद- मंद पवन के झोंकों से नदिया में उठती लहरें तटों से संगम करती हुई अपने शुद्ध व पवित्र जल से तर कर उन्हें मज़बूत कर रही थी, ज्यों कोई नवयौवना प्रकृति से अरुणाई लब्ध कर मुख- मंडल पर कांति पा रही हो। हल्के सफ़ेद रंग से सने मेघ सूरज की ढलती रोशनी से लालिमा को प्राप्त हो रहे थे मानो नायिका, अपने नायक का प्यार पाकर खिलखिलाते हुए अबीर बिखेर रही हो। पृथ्वी आकाश के मिलन को सूरज धीरे-धीरे झांक रहा था जैसे कोई सखी अपनी नायिका को प्रियतम से प्रेम-पाश के आलिंगन में निहार रही हो। अस्ताचलगामी भास्कर भुवन से विदाई लेकर भवन की तलाश में भटक रहा था मानो परित्यक्ता प्रेमिका बिछोह की अनल में तपती हुई अपने दिल के आँगन में स्थित होने को तत्पर हो।

ऐसे सुवासित, मनमोहक वातावरण में तीनों मित्र सरिता मुहाने पर जमा थे। राकेश अब बेहतर महसूस करने लगा था, कांति शांत था और राजीव अपने केस की कथा सुनाने को आकुल।

कांति ने कह ही दिया - राजीव भैया, आज महफ़िल की कमान तुम्हारे हाथ है, कितने तीर चलाओगे ?

राजीव — मेरा मुवक्किल पहले ही क्षत विक्षत है, हम तीर नहीं तक़दीर चलाएँगे।

कांति — जो भी चलाओ, आरंभ करो, राकेश का दिल धक्- धक् कर रहा है।

राकेश —मैं अब बिल्कुल नार्मल हूँ, घर में ही कुछ ग़ुब्बार सा चढ़ गया था। राजीव भाई, हो जाओ शुरू।

राजीव — मेरा मुवक्किल केवल तीस वर्ष की वय का है, चार साल पहले उसकी शादी एक एजेंट के माध्यम से एक सुंदर व भोली- भाली कन्या से संपन्न हुई थी। शादी के कुछ दिनों के बाद ही पति- पत्नी में तू तू - मैं मैं भी शुरू हो गई। मेरा मुवक्किल ज्यों ही सायंकाल में ऑफिस से घर लौटता, लड़ाई-झगड़ा आरंभ हो जाता था। इसी रंजिश व ग़म में वह सूख कर कांटा हो गया। माँ- बाप से अपने एकमात्र पुत्र की यह दुर्दशा देखी नहीं गई और उन्होंने अपने समधी व समधिन से बात करने की ठानीं। पर उल्टा चोर कोतवाल को डांटे।

राकेश —- ऐसा क्या हुआ था राजीव भैया ?

राजीव —- लड़की की माँ ने लड़के को ही झगड़ालू व विक्षिप्त बताना शुरू कर दिया। एजेंट से बात की तो उसने भी लड़की को निहायत शरीफ, मेहनती व ईमानदार बताया।

कांति —- फिर क्या हल निकला राजीव भैया ?

राजीव —- ऐसी बातों का क्या हल निकलता है कांति भाई। एक भला - चंगा परिवार टूट के कगार पर आ पहुँचा।

राकेश — जीवन में इस तरह के घटनाक्रम उथल-पुथल मचा देते हैं।

कांति — राकेश भैया, तुम तो आज बिना कुछ घटनाक्रम हुए ही उलट-पुलट हो गए थे। राजीव भाई, अब क्या लड़के ने लड़की से अलग होने का फ़ैसला कर लिया?

राजीव — जब कोई उपाय शेष नहीं रहा तो यह आख़िरी विकल्प अपनाना विवशता है।

राकेश — क्या शादी करवाने में किसी रिश्तेदार या मित्र का कोई रोल नहीं था?

राजीव - यही चूक सबसे ख़तरनाक सिद्ध हुई। शादी एजेंट के विश्वास पर ही सब काम संपन्न हुआ। अब देखना है कि किस तरह केस का निपटारा होगा ?

कांति ——राजीव भैया, कोर्ट के बाहर ही समझौता कराने का प्रयास करें तो ठीक रहेगा, वरना कोर्ट में तो मामले सालों-साल प्रोसेस में रहते हैं।

राजीव — यह सब दीक्षित जी पर निर्भर करेगा, जैसी परिस्थितियाँ होंगी तदानुसार विचार पूर्वक फ़ैसला लेंगे।

राकेश —- राजीव भैया, अंधकार पाँव पसारने लगा है, अब हमें भी घर लौटने का तो फ़ैसला ले ही लेना चाहिए।

(सभी का प्रस्थान)

***

16

डॉ. राकेश की रश्मि व उसकी सहेलियों से रेस्टोरेन्ट में भेंट

आज शनिवार का दिन था। राकेश ने शुक्रवार का दिन जैसे- तैसे गुजारा। आज प्रातःकाल ही वॉक पर निकला व लौटते वक़्त हेयर सेलून में सेव बनवाई। अमूमन वह वक़्त के हिसाब से ही सेव ख़ुद करता था पर आज कोई बाल चेहरे की रंगत न बिगाड़ दे, सौ मूँछों की कटाई- छँटाई भी पूरी सतर्कता से करवाई। घर आकर तेल मालिश से शरीर को रगड़ा लगाया व कुछ व्यायाम के बाद आधा घंटे तक अख़बार का अध्ययन किया।

अपनों के आने की आहट मात्र से ही दुनिया रंगीन लगने लगती है। दो दिन पहले जो सपनों का संसार उजड़ सा गया था आज फिर लहलहाने लगा था। स्नान आदि से निवृत्त हो कर नाश्ते के लिए अस्पताल से लगभग एक कि० मी० की दूरी पर 'तनेजा रेस्तराँ' पर पैदल ही पहुँच गया व छोले- भटूरे सेवन कर परम आनंद प्राप्त किया। काउंटर पर बिल चुका जब बाहर निकलने को थे तो रेस्टोरेन्ट की ओर बढ़ते कदमों की आहट पाकर कुछ अपनों की झलक महसूस हुई व गौर से देखा तो पाया कि रश्मि अपनी कुछ सहेलियों के साथ शायद नाश्ते के लिए यहीं आ रही है, तो कदम ठहर गए। रश्मि की नज़र भी जब कुछ परिचित से चेहरे पर पड़ी तो ठिठक गई और मुख से अनायास निकल गया, हैलो, डॉक्टर साहब !

राकेश —- हैलो रश्मि जी, कैसी है आप ?

रश्मि —— सब मंगल है, डॉक्टर साहब ! ये मेरे दो मामाओं की दोनों लड़कियाँ हैं।

राकेश —- वैरी गुड, आपके मामा पं० शंकर प्रसाद जी ही हैं ना ?

रश्मि — आश्चर्य से, आप मामा जी से परिचित हैं, यह दिव्या है, उन्हीं की सुपुत्री हैं।

राकेश —- हैलो दिव्या जी, और ये दूसरी लड़की कौन है ?

रश्मि —- यह मेरे यमुनानगर वाले मामा की लड़की काम्या है, अभी मैट्रिक स्टैंडर्ड में है।

राकेश —- हैलो काम्या, हम भी आपके शहर में चार साल बिता कर आए हैं।

काम्या —- आपने दाँतों का कोर्स किया होगा ?

राकेश —-बिल्कुल, तुमने सही कहा। तुम्हारे पिताजी जी मुझे जानते हैं, भैया समीर से मैं पढ़ा हूँ। भैया समीर की शादी हो गई ?

काम्या — अभी नहीं हुई, रश्मि दीदी ने एक भाभी पसंद कर ली है, मैंने भी देखी थी व मुझे बहुत पसंद आई।

राकेश —- अच्छा, रश्मि दीदी से कहना, मेरे लिए भी कोई सुंदर लड़की ढूँढ देंगी।

काम्या —- दीदी तो आपको पसंद करती हैं, आपकी फ्रैंड बन गई है न दीदी ?

राकेश —- मुझे तो नहीं पता कब बनी है, मैं तो तुम्हारी दीदी से एक बार ही मिला हूँ।

काम्या —- पहली बार में ही पसंद कर लिया दीदी ने आपको।

रश्मि — काम्या, अब चलो नाश्ते के लिए विलंब हो रहा है।

राकेश —- दिव्या तुम क्या पढ़ रही हो ? रश्मि, दिव्या के पापा तो भिवानी शहर के नामी लोगों में से हैं। के. एम. कॉलेज के उप प्रधान भी है।

रश्मि —- आप तो मामा जी का पूरा इतिहास जानते हैं पर कब से?

राकेश —-आपके जानने से एक सप्ताह पहले से, (सभी मुस्कुराते हैं) हाँ, आप के दादा जी के साथ एक दिन क्लीनिक पर बैठा था तो उन्होंने तुम्हारा व मामा जी का परिचय दिया था।

रश्मि—— अच्छा तो नई- नई जानकारी है,हम भी आपके लिए नए ही परिचित हैं।

राकेश —हैं तो नव परिचित पर लगता है कि हम एक दूसरे को बहुत समय से जानते हैं।

रश्मि —— चिकित्सा क्षेत्र में होकर साहित्यिक भाषा बोल रहे हैं आप?

दिव्या ——(जो अब तक मौन व शांत थी) दो डॉक्टरों के बीच फँस गई हूँ, जाने कब निजात मिलेगी ?

राकेश ——फंसना तो एक न एक दिन सभी को पड़ता है दिव्या जी, डॉक्टर हो या मास्टर, एडवोकेट हो या ट्रेडर।

दिव्या ——हमें नहीं इन चक्करों में पड़ना, हम अपने ही संसार में जीवन बिताएँगे।

रश्मि —- दिव्या हो गई शुरू, आओ नाश्ते के लिए अंदर चलते हैं।

राकेश ——यस, आप लोग नाश्ता करें, मैं ले चुका।

रश्मि —- दिव्या को शहर के नामी रेस्टोरेन्ट में नाश्ता करवाने के लिए लाई थी, आप भी रोज़ाना यहीं नाश्ता लेते हैं ?

राकेश — जब दिल करे तब चला आता हूँ, आज पैदल ही मूड बन गया था आने का। आज दादा जी के साथ आ रही हो सायं काल में?

रश्मि —— हाँ अवश्य, वीरवार को दोनों के रहने के कारण नहीं आ पाई, आप को दादा जी ने बताया होगा, दादा जी आपको बहुत लाइक करते हैं।

राकेश ——बड़े नेक इंसान हैं, मैं उनका हृदय से सम्मान करता हूँ।

दिव्या —- चलिए न दीदी, आप तो यहाँ गेट पर ही लंच का टाइम कर दोगी ?

रश्मि —— हाँ चलो, हम आपको नाश्ता करवाते हैं डॉ. साहब !

राकेश —- जी धन्यवाद ! मैं चलूँगा, आप इत्मीनान से नाश्ता कीजिए।

राकेश अभी घर के रास्ते में ही था कि पीछे से आवाज़ सुनाई दी, पीछे मुड़कर देखा तो रश्मि व दिव्या नज़र आईं। पास आकर रश्मि ने पर्स लहराते हुए कहा-

रश्मि —- यह डॉक्टर साहब का ही वॉलेट है न ?

राकेश — (पैंट की पिछली जेब में हाथ डालते हुए) हाँ लगता है वहीं रेस्टोरेन्ट में रह गया था।

रश्मि —- काउंटर पर मैनेजर ने बताया कि आप सब जिस शख़्स से बातचीत कर रहीं थीं, उसका वॉलेट यहीं छूट गया है। अभी रास्ते में ही होंगे, क्या आप उन्हें यह पहुँचा सकती है ? मैने आव देखा न ताव, फ़ौरन दिव्या के साथ दौड़ लगाई व आपको पकड़ लिया।

राकेश —- हम जल्दी ही आप की पकड़ में आ गए।

रश्मि —क्यों नहीं, जब कोई काम दिल से किया जाए तो सफलता अवश्य मिलती है। हमने दिल की पुकार सुनी है।

राकेश —- हमने भी आप के दिल की पुकार सुनी है, आओ घर चलें, वह सामने ही है।

रश्मि —— फिर कभी ज़रूर आऊँगी, अब नाश्ते में बहुत देर हो गई है। लड़कियाँ हैं, घर भी सवालों के जवाब देने पड़ते हैं।

राकेश — ओ. के. जाइए, दिव्या जी को भी भूख लगी होगी ?

रश्मि —- जी शुक्रिया, मेहमान का ध्यान रखने के लिए।

राकेश —- मेहमान तो हम बनेंगे किसी दिन इनके, भिवानी जाएँगे तो मिलेंगे।

दिव्या —- अवश्य, होने वाले जीजा जी !

रश्मि —- क्या दिव्या, अभी तो मेरा कोर्स ही चल रहा है।

दिव्या —- कोर्स भी चलता रहेगा पर मेरी वाणी को याद रखना जो निकल गया वह शत प्रतिशत पूरा होगा।

राकेश —- हम आपकी वाणी को सलाम करते हैं।

रश्मि —- लौटते समय, चलें ज्योतिषी जी महाराज नाश्ते के लिए ?

दिव्या —चलो बच्चा, अब ज़्यादा देर मत करो, समय निकल गया तो हाथ नहीं आएगा।

रश्मि —- यह देखो, (राकेश की फ़ोटो दिखाते हुए) तुम्हारे जीजा जी मेरी मुट्ठी में क़ैद हैं। तुम मुझे सिर्फ़ डॉक्टर ही समझती हो।

दिव्या —— यह वॉलेट से मारा होगा ?

रश्मि —— देखा मेरा चमत्कार ! अब पकड़ में आएगा संसार, मेरा भोला राजकुमार !

***

17

देव की भूप गुप्ता से बातचीत व गुप्ता सर की क्लास

सितंबर मास के आख़िरी दिन बीत रहे थे, अब कॉलेज में पढ़ाई के लिए दबाव बढ़ गया था। देव व शुभम भित्ति पत्रिका का अंक लगभग एक सप्ताह में नया डाल देते थे। सभी साथी बड़े प्रयास कर आर्टिकल एकत्रित करते व स्वयं भी लिखते, तब कहीं जाकर पूरी सामग्री तैयार होती। एक बार देव ने अपने परम मित्र भूप गुप्ता के साथ आर्टिकल एकत्रित करने का अभियान शुरू किया तो कपिल, सुरेंद्र, रमेश व साथियों से रचनाएँ आमंत्रित की तो उन्होंने पूर्ण सहयोग का भरोसा दिलाया। भूप गुप्ता ने देव को बताया कि ये सब लोग अच्छा लिखते हैं लेकिन आप को कोई रचना नहीं देंगे।

देव —- ऐसा कौन-सा कारण आपको ज्ञात है जिससे इन्होंने ऐसा निर्णय लिया।

भूप — ये लोग आपकी संपादक के लिए नियुक्ति के ख़िलाफ़ है जबकि आप बाक़ायदा टेस्ट के बाद डॉ. गुप्ता द्वारा नियुक्त किए गए हैं। फिर भी ये सब आप से वैमनस्य रखते हैं।

देव —- मैं तो व्यक्तिगत तौर पर इनमें से किसी को भी नहीं जानता, न कभी कोई मेरी इनसे किसी भी प्रकार की बात या विवाद हुआ।

भूप —- भाई साहब, ये लोग ज़ुबान के मीठे व मन से खट्टे हैं। अच्छा होगा कि आप इन लोगों से रचनाएँ आमंत्रित न करें।

देव — आप ने दुरुस्त कहा है, मैंने पहले भी कई बार इनसे रचनाएँ आमंत्रित की पर इन लोगों ने न इंकार किया और न ही कुछ सहयोग किया। ऐसे लोग तो शिक्षा के क्षेत्र में लायक़ नहीं रहते।

भूप — भाई साहब,आप ईमानदारी व सच्चाई के भरोसे काम को अंजाम देते हैं व आदर्शवादी छवि की परवाह भी करते हैं जबकि इन सबको

आदर्शवाद की क ख ग भी ज्ञात नहीं। ये सब यथार्थवादी लोग हैं व अवसरवादी भी।

देव —- शिक्षा का बंटाधार इन्हीं सज्जनों की करतूतों का परिणाम है। ये अपने व राष्ट्र के भविष्य से खिलवाड़ कर रहे हैं।

भूप —— इनकी ओर से राष्ट्र जाए भाड़ में, अपना उल्लू सीधा करने की सोच तक ही सीमित है इनका लक्ष्य। ये टीचर नहीं चीटर है।

देव —- भूप गुप्ता आपने मेरी आँखें खोल दीं, मैं सभी को अच्छा ही समझता रहा, क्या जानता था कि कदम- कदम पर बगुले भक्तों से सामना होगा?

भूप —— अच्छा इंसान सब पर विश्वास करता है और धोखा भी खाता है। भगवान कृष्ण ने अर्जुन को बताया था कि कलियुग में सभी ठग हो जाएँगें। अर्जुन ने पूछा- भगवन ! जब सभी ठग हो जाएँगे तो ठगेंगे किसे ? तब कृष्ण ने कहा था, 'जो विश्वास करेगा, वही ठगा जाएगा।'

देव —— गुप्ता, आप ने उद्धरण प्रस्तुत कर निष्कर्ष जता दिया है। मुझे लगता है कि आजीवन ठगी का शिकार होना पड़ेगा क्योंकि प्राणी का स्वभाव बदलता नहीं।

(देविना व शिवि का आगमन)

देविना —- देव साहब, ये चार आर्टिकल मिले हैं अभी- अभी, कपिल, सुरेंद्र व रमेश कुमार ने हमें दिए हैं, इन्हें चैक कर पत्रिका में शामिल कर लेना।

देव —— तुमने डिमांड की थी या उन्होंने ख़ुद दिए हैं ?

देविना —— मैं और शिवि गुप्ता सर से मिलने जा रहे थे, वापस आते समय वे हमें कोरिडोर में मिल गए व रचनाएँ पत्रिका के लिए दी और हाँ, गुप्ता सर ने यह सूचना पत्रिका पर चिपकाने के लिए बोला है, वैसे तो कॉलेज के नोटिस बोर्ड पर भी यह दिखाई देंगी पर भित्ति पत्रिका के साथ भी यह लगानी है।

देव —- ठीक है,मैं डॉ. गुप्ता से मिलकर सब कर लूँगा। आप लोग अब कहाँ जा रहे हैं ?

देविना — पीरियड वेकेंट है, ज़रा कैंटीन के दर्शन कर आते हैं, आप कोई पार्टी दे रहे हैं क्या संपादक होने की ख़ुशी में ?

देव —- आओ भूप गुप्ता, ये उलाहना भी काफ़ी दिनों से लटका है, दूर कर दें, मौक़ा है।

भूप —-लो शुभम भी आ गया,अब इतने लोग मिल बैठेंगे तो पार्टी रंगीन होगी। शुभम ! क्या हाल है ?

शुभम —- अच्छा हूँ, आज क्या प्लानिंग चल रही है, खैर तो है न ?

देव —- कैंटीन में पार्टी का प्रोग्राम है, चलेंगे। ?

शुभम —— सस्ते में निपटा रहे हो, यहाँ तो चाय के साथ समोसा ही मिलेगा, हम तो सिनेमा देखेंगे व मारवाड़ी ढाबे पर खाना लेंगे।

देव —- शुभम, मैं इतना बड़ा संपादक नहीं बना हूँ जो इतनी बड़ी पार्टी का आयोजन करूँ। आओ चाय - समोसा ही लेते हैं। देविना व शिवि की डिमांड पर पार्टी हो रहीं है।

शुभम —- गुड, फिर तो अवश्य शामिल होंगे, भूप गुप्ता भी हमारे साथ रहेंगे।

देव —- क्यों नहीं ? ये तो हमारे विश्वस्त मित्रों की सूची के पहले पायदान पर हैं। (घंटी बजने की आवाज़ सुनाई पड़ती है) डॉ. गुप्ता जी का पीरियड है, अटैंड करना आवश्यक है।

डॉ. गुप्ता —- स्टूडेंट्स, पिंछले दिनों हमने फ्रायड के साथ सपनों का संसार देखा। आज हम 'वंशानुक्रम एवं परिवेश' पर चर्चा करेंगे। दोनों का अभिप्राय क्या है व बालकों पर इनके क्या प्रभाव हैं व एक अध्यापक के लिए इनका ज्ञान क्यों आवश्यक है ? सभी स्टूडेंट्स अपनीं नोट- बुक व कलम (पेन) लेकर नोट करेंगे।

आनुवांशिक गुणों का एक पीढ़ी से दूसरी पीढ़ी में जाना या स्थानांतरण होने की प्रक्रिया को वंशानुक्रम कहा जाता है। एक व्यक्ति के वंशानुक्रम में वह सब शारीरिक बनावटें, क्रियाएँ सम्मिलित रहती हैं जिनको वह अपने माता-

पिता, पूर्वजों या प्रजाति से प्राप्त करता है। इसका मूल आधार कोशिका है। जिस प्रकार एक-एक ईंट से इमारत बनतीं हैं ठीक उसी तरह कोशिकाओं द्वारा मानव शरीर निर्मित होता है।

डॉ. गुप्ता- परिवेश से अभिप्राय है- हमारे चारों तरफ़ का वातावरण। मानव विकास में जितना योगदान वंशानुक्रम का है उतना ही वातावरण का भी। परिवेश में वे सभी बाहरी कारक समाविष्ट हैं जिन्होंने जीवन प्रारंभ करने के समय से व्यक्ति को प्रभावित किया है। अगले दिन के पाठ में हम दोनों के बाल विकास पर प्रभाव पर चर्चा करेंगे। किसी छात्र/ छात्रा की कोई जिज्ञासा ?

सभी छात्र छात्राएँ— नो सर, थैंक्यू।

***

18

मुखिया ब्रज किशोर गुप्ता व डॉ. भगवत स्वरूप का दांत दर्द के कारण अस्पताल में आना व राकेश को घर आने का निमंत्रण

डॉ. जैन, नमस्कार !

आओ मुखिया श्री ब्रज किशोर जी ! क्या हाल है आपके ? डॉ. जैन ने पूछा।

मुखिया — कई दिनों से आपसे संपर्क की इच्छा थी पर समय ही नहीं निकाल पा रहा था। आज जब कुछ परेशानी बढ़ी तो आना ही पड़ा।

डॉ. जैन — कहिए, मैं आपके लिए क्या कर सकता हूँ ?

मुखिया —-आज मैं आपसे दो विषयों पर चर्चा करना चाहता हूँ। पहला दांत से संबंधित है, मुझे कुछ रोज़ से ऊपर वाले जबड़े में बाईं ओर के अंतिम से तीसरे दांत में कुछ ठंडा- गर्म महसूस होने लगा है। कुल्ला करते व पानी पीते समय दांत में झनझनाहट होती है।

डॉ. जैन —- दूसरा विषय फिर लेंगे, पहले दांत का चैकअप करेंगे। आइए ! यहाँ चेयर पर लेटिएगा। मुँह जितना खुल सके, खोलिए।

मुखिया —- अब आपके सामने क्या मुँह खोलेंगे, 'दांत दिखाना' ही काफ़ी है। (दोनों ठहाका लगा कर हंसते हैं)

डॉ. जैन — (जाँच करके) आपके दांत में कीड़ा लग गया है व उसने यहाँ अपना बंकर बना लिया है। कहें तो बाहर करके दांत की फिलिंग कर दूँ। न बचेगा कीड़ा, न रहेगी पीड़ा।

मुखिया —-जैसी सुंदर तुकबंदी की है ऐसे ही फिलिंग कर दो।

डॉ. जैन —अभी कीड़ा ज़्यादा नुक़सान नहीं पहुँचा पाया है, आपने जल्दी संभाल लिया। यदि दस - पंद्रह दिन के बाद आते तो शायद आर. सी. टी. करवानी पड़ती। (फिलिंग करने के बाद) लो, आज दिन भर इस साइड से कुछ नहीं खाना है।

मुखिया —- अब तो डिनर का समय हो गया है।

डॉ. जैन —— मेरा अभिप्राय इस साइड से आठ- दस घंटे कुछ भी नहीं खाने से है।

मुखिया — इस साइड से केवल 'मुँह की खा' सकते हैं।

(दोनों फिर खिलखिलाते हैं।)

डॉ. जैन ——अच्छा मज़ाक़ कर लेते हैं आप भी। आपका पहला विषय पूर्ण हुआ। एक सप्ताह बाद फिर चैकअप करवा लेना, दर्द बगैरह महसूस हो तो पहले भी आ सकते हो।

मुखिया —- धन्यवाद आपका, अब दूसरा काम सुनिए। मुझे पता चला है कि अपने दांत का इलाज करवाने डॉ. भगवत स्वरूप जी भी यहाँ आपके पास आते हैं।

डॉ. जैन—- बेशक !

मुखिया —- शायद आज उनकी तारीख़ मुक़र्रर है, मेरा आपसे निवेदन है, उनसे कहिए कि वे मुझे स्टेट-अवार्ड दिलवाने में मदद करें। प्रधान बाबू राम कृष्ण जी मुझ में रूचि रखते हैं।

डॉ. जैन ——जब बाबू राम कृष्ण जी आप के पक्ष में हैं तो आपको अवार्ड मिलना निश्चित है। वे मंजे हुए राजनेता हैं, मुख्यमंत्री के दरबार में उन्हें पूरा मान सम्मान मिलता है।

मुखिया —- आपकी बातों से मैं संतुष्ट हूँ पर क्योंकि डॉ. भगवत स्वरूप जी का मैंने एक शिक्षक को ट्रेनिंग के लिए अवकाश देने के मामले में उनका खुलकर विरोध किया था। कहीं वे बदले की भावना से बनते काम में विघ्न न डाल दें ?

डॉ. जैन —- जहां तक मेरी जानकारी में है, डॉ. भगवत स्वरूप जी एक निहायत शरीफ़ इंसान हैं। वे प्रतिशोध में नहीं प्रतिभा में विश्वास रखते हैं। शिक्षक को अवकाश दिलाने में भी वे इसी सूत्र पर कार्य कर रहे थे। मुझे पूरा यक़ीन है कि वे आपका किसी भी स्तर पर विरोध नहीं करेंगे। वे नेक इंसान तो हैं ही, बड़े दिल के मालिक भी हैं। फिर भी आज वे आने वाले हैं, मैं उनका मन टटोल लूँगा।

मुखिया —- आपका आत्मविश्वास भरपूर व काबिल ए तारीफ है, मैं आप से फ़िर मिलूँगा। नलिनी बिटिया को कोई किसी प्रकार की दिक़्क़त तो नहीं स्कूल में ?

डॉ. जैन —— एक मामूली सी शिकायत कर रही थी एक दिन। कह रही थी कि वेकेंट पीरियड की एडजस्टमैंट में बड़ी परेशानी होती है। पूरे दिन में दो पीरियड ख़ाली होते हैं, उन्हीं में किसी भी कक्षा में भेज दिया जाता है।

मुखिया —— मैं समायोजन करने वाले टीचर को ध्यान रखने के लिए कह दूँगा।

डॉ. जैन —- जी धन्यवाद। मैनेजर साहब की आप फ़िक्र न करें, मैं सब संभाल लूँगा। मैं आपसे फिर फ़ोन पर बात करूँगा।

मुखिया के विदा होने के बाद रश्मि दादा जी के साथ अस्पताल में पहुँची व डॉ. राकेश से दुआ- सलाम हुआ। दादा जी ने राकेश का हाल चाल जाना।

राकेश — मैं कुशल हूँ, आप कैसे हैं, दांत में सब ठीक है ?

दादा —- मुझे तो ठीक ही लग रहा है, शेष डॉ. जैन बताएँगे।

राकेश — चलिए, मैं आपको उनके पास लिए चलता हूँ, कुछ समय पहले मुखिया जी भी दांत चैक करवा कर गए हैं।

दादा —- बढ़ती उम्र के साथ शरीर के अंग मनमानी पर उतर आते हैं, अनियंत्रित होकर परेशान करते हैं पर मुखिया तो रोज़ सायंकाल पाँच- छ: कि० मी० की सैर करते हैं, उन्हें कैसे दिक़्क़त हुई ? बेटी रश्मि, तुम राकेश बाबू से अपनी पढ़ाई के लिए गाइडलाइन ले लो, मैं डॉ. जैन से चैकअप करवाता हूँ।

रश्मि —— ठीक है दादा जी। (डॉ. राकेश से) डॉ. साहब गुड इवनिंग। बैठने के लिए नहीं कहेंगे ?

राकेश —बैठिए, रश्मि जी तशरीफ़ रखिए। मैं आपकी क्या ख़िदमत कर सकता हूँ ? आप तो हमारी मेहमान हैं। आज दिव्या को विदा किया है, परसों सुबह ख़ुद भी रुखसत हो जाएँगी।

रश्मि —— मिलना- बिछुड़ना, आना-जाना तो संसार में लगा ही रहता है। लड़की तो हमेशा अपने घर में मेहमान ही होती है।

राकेश —- हाँ रश्मि जी, मैं भी नेहा के बारे में जब ऐसा सोचता हूँ तो कलेजा मुँह को आता है। आज एक सप्ताह पूरा होने को है, उसकी याद रुला देती है।

रश्मि —- नेहा अभी +2 स्तर पर है ना ?

राकेश —— हाँ एक साल वहाँ रहकर ही पढ़ाई करेगी।

रश्मि —- अच्छा है, अपना जीवन निर्माण कर रही है, आप कभी मिलने गए हैं नेहा से ?

राकेश —- शुरू में एडमिशन व हॉस्टल के लिए ही गया था, फिर मौक़ा नहीं मिला। बार- त्यौहार में वह यहाँ आ जाती है।

रश्मि —- भविष्य में जब भी नेहा यहाँ आए तो मम्मी जी से मिलवाना, और मम्मी जी कह रही थी कि राकेश बाबू को कल दोपहर लंच के लिए निमंत्रण देना और ये अपनी फ़ोटो संभालो, सुबह वॉलेट से निकल गई होगी, मम्मी ने पूछा तो दिखानीं पड़ीं।

राकेश —- मम्मी को फ़ोटो का कैसे पता चला ?

रश्मि —- वो दिव्या है न सब उसी की कारगुज़ारी है, मम्मी को सब बातें जो सुबह हुई थी, खोलकर रख दी।

राकेश —— इसीलिए तो मम्मी ने मुझे खाने पर बुलाया है, गहरा षड्यंत्र चल रहा है मेरे ख़िलाफ़, वे सब एक हो गए हैं।

रश्मि —— कल आओगे न ? मम्मी ने ज़ोर देकर बोला था। हमारा घर जानते हो, कहाँ है ?

राकेश ——अभी मेरी पहुँच क्लीनिक तक ही सीमित है।

रश्मि —— ठीक है, मैं ख़ुद ही तुम्हें आकर ले जाऊँगी। आज कल तो लड़कियाँ ही अपने दुल्हे को लाने के लिए बारात ले जाती हैं।

राकेश —- हम उन दूल्हों में से नहीं हैं, क्लीनिक पर पहुँच जाएँगे और वहाँ से किसी के साथ घर।

रश्मि —- ठीक है, आपने निमंत्रण तो स्वीकार कर ही लिया, धन्यवाद!

(दादा जी का प्रवेश)

दादा जी —- रश्मि बेटी, सब चैक कर लिया डॉ. जैन ने, ठीक फिलिंग हो गई है। राकेश बाबू ! कल लंच पर आ रहे हो न ? रश्मि बेटी, तुमने राकेश बाबू को बता दिया था न?

रश्मि —- हां, दादा जी, इन्होंने कल आना स्वीकार भी कर लिया है।

राकेश —- हाँ डॉ. साहब, आप आदेश करें तो हम कैसे इंकार कर सकते हैं ?

दादा जी —आने-जाने से ही रिश्ते - नाते फलते- फूलते हैं। रश्मि बेटी चलो अब अंधेरा होने लगा है। तुमने अपने कोर्स के संबंध में कुछ जानकारी ले ली है या नहीं?

रश्मि —- हाँ दादा जी, मैं आधे घंटे से यही चर्चा कर रही हूँ पर राकेश बाबू कह रहे हैं कि एक बार एडमिशन हो गया तो समझो बन गए डॉक्टर।

दादा जी —- तो अब चलो, डॉक्टर बेटी। राकेश बाबू, अपना ख़्याल रखना।

***

19

भित्ति पत्रिका का अगला अंक प्रकाशित एवं डॉ. गुप्ता की क्लास

टीचिंग प्रैक्टिस से पहले का यह महत्वपूर्ण अंक आज प्रकाशित हो रहा था। टीचिंग की सूचना भी इस अंक में प्रदर्शित कर दी गई थी। यह भारी भरकम अंक था क्योंकि अब देव एंड कंपनी की जान पहचान बढ़ गई थी व उन्हें सलीका भी आ गया था कि कैसे विरोधियों से भी रचनाएँ प्राप्त करें। शिवि ने भी एक प्रेरक प्रसंग दिया जिसे अंक में शामिल कर लिया गया था। प्रसंग कुछ इस प्रकार था- 'परीक्षा परिणाम सौरव के हाथों में था और वह आश्चर्य से प्रथम व द्वितीय स्थान पर छपे नामों को देख रहा था। अदिति व राजू उससे कहीं पीछे थे लेकिन परीक्षा परिणाम में वे उससे आगे थे। उसे इल्म था कि प्रथम आने पर ही वजीफा मिल सकेगा इसलिए कड़ी मेहनत की। सौरव की प्रतिभा देख कर सभी ने कहा था कि वह ही प्रथम आएगा। तीसरे स्थान पर आने का परिणाम लेकर वह गुरू जी के पास गया व बोला - सर यह क्या ? मैं थर्ड ही रह गया जबकि उन दोनों से मैं बहुत आगे रहा हूँ, यह तो आप भी कहते रहे हैं।

अध्यापक मुस्कुराए बोले - अदिति मंत्री कीं बेटी है व राजू चेयरमैन का रिश्तेदार है और यह योग्यता तुम्हारी योग्यता से कहीं...... ।

लेकिन सर .... । देखो बेटे, हमारा भी परिवार है, वह खुशहाल रहे इसके लिए नौकरी व तरक़्क़ी होना ज़रूरी है। सौरव को लगा कि गुरू जी ने एक बार फिर एकलव्य का अंगूठा काट लिया है। शिवि अपने प्रेरक प्रसंग को प्रकाशित पाकर प्रसन्न थीं। देविना ने भी कुछ अनमोल वचनों की सूची देव को दी थी जिनमें कुछ इस तरह से है-

1. स्त्री का हृदय प्रेम का रंगमंच हैं। - जयशंकर प्रसाद
2. सभ्यता वह चीज़ है जो हमारे पास है और संस्कृति वह गुण है जो हममें व्याप्त है। - दिनकर

3. कवि जिस समय कविता करता है वह अलौकिक मानव बन जाता है। — द्विवेदी
4. झूठे आरोपों का सर्वोत्तम उत्तर मौन है। — जॉनसन
5. जो वाचाल नहीं, वह मिथ्या नहीं बोलता। — कल्हन

गुप्ता सर की क्लास शुरू होने वाली थी, सभी को घंटी बजने का इंतज़ार था। कल जो विषय "वंशानुक्रम एवं परिवेश" शुरू किया था शायद आज पूरा हो। इतने में ही घंटी की टन टन टन की आवाज़ सुनाई दी व सब छात्र -छात्राएँ कक्षा में पहुँचने लगे थे। गुप्ता सर पहले से ही कक्षा में मौजूद थे व विषय आरंभ करते हुए बोले — प्रिय ट्रेनिंज, कल हमने वंशानुक्रम व परिवेश के बारे में पढ़ा व जानकारी ली कि इनका क्या अभिप्राय है। आज हम बालक की समुचित शिक्षा में इन दोनों कारकों का क्या योगदान है, पर चर्चा करेंगे।

गुप्ता सर- आनुवंशिकता की भूमिका को समझना महत्वपूर्ण है और उससे भी लाभदायक है परिवेश में सुधार करना ताकि बालक का सर्वांगीण विकास किया जा सके। विद्यालयों में कई प्रकार की अनुशासनहीनता दिखाई पड़ती है जिसके लिये परिवार का परिवेश ही नहीं बल्कि काफ़ी हद तक वंशानुक्रम भी उत्तरदायी होता है। जैसे- झूठ बोलना, चोरी करना आदि अवगुणों के विकास में परिवार एवं उसके वंश की भूमिका अहम् होती है। बालक की रूचियाँ, प्रवृत्तियाँ तथा अभिवृत्ति के विकास के लिए भी परिवेश ज़्यादा उत्तरदायी होता है।

डॉ. गुप्ता - संक्षेप में कहना चाहूँगा कि बालक को शिक्षा प्रदान करने में अध्यापक के लिए दोनों कारकों का ज्ञान व जानकारी आवश्यक है। बालक किस परिवेश एवं वंशानुक्रम से आया है,यह जानकर अध्यापक अपने व्यवहार व शिक्षण विधि में तदानुसार परिवर्तन करे, तभी शिक्षा फलदायक होगी। अंत में कहना चाहूँगा कि मानव का व्यक्तित्व आनुवंशिकता और परिवेश की अंत: क्रिया का परिणाम होता है।

आज के लिए इतना ही !

लेक्चर के बाद डॉ. गुप्ता स्टूडेंट्स को सूचना देते हैं कि कुछ समय बाद ही टीचिंग प्रैक्टिस शुरू होने वाली है। विद्यालयों की सूची नोटिस बोर्ड पर उपलब्ध है,छात्र छात्राएँ अपनी पसंद का विद्यालय स्कूल आर्गेनाईजेशन के प्रोफ़ेसर डॉ. मल्होत्रा को दे दें। टीचिंग प्रैक्टिस की अवधि एक मास की होगी व 75% कार्य दिवस हाज़िरी आवश्यक है। पूरा विवरण भित्ति पत्रिका पर भी उपलब्ध है।

थैंक्यू स्टूडेंट्स! डॉ. गुप्ता के जाने के बाद कक्षा में नव उत्साह का संचार दिखाई पड़ा। हर कोई इस नई गतिविधि के लिए उत्सुक था।

देव ने देविना, शुभम व शिवि से विद्यालय के बारे में विचार किया कि सभी एक ही विद्यालय में प्रैक्टिस करें या जहां भी ऑफिस की तरफ़ से ड्यूटी लगे,वहाँ जाएँ ?

देविना —- एक ही स्कूल में रहने से हमें सुविधा रहेगी। पाठ- योजना बनाना, सहायक सामग्री तैयार करना, समालोचना करना व एक दूसरे की सहायता करने मैं निकटता जरूरी रहेगी। किसी प्रकार की परेशानी में भी हम एक दूसरे के नज़दीक होने चाहिए।

शुभम —— हाँ, किसी दिन मूड बन जाए तो इकट्ठे सिनेमा भी ज़ाया जा सकता है। क्यों शिवि ? उस दिन के बाद क्या सिनेमा गई हो ?

शिवि —— तुम्हारे साथ फ़िल्म देखने का कोई फ़ायदा नहीं, तुम अपनी ही फ़िल्म बनाना शुरू कर देते हो।

देविना —- शिवि बिल्कुल सही कह रही है, हम अभी स्टूडेंट्स हैं।

शुभम —- क्या स्टूडेंट्स प्रेम शून्य होते हैं ? यही उम्र तो ऐश करने की है फिर तो उम्रक़ैद होगी।

देव —- देविना का अभिप्राय है हमें ऐसा कुछ नहीं करना चाहिए जिससे बदनामी का अंदेशा हो।

शुभम —- प्यार करना कोई अनुचित कार्य है क्या भैया, हम तो खुल्लमखुल्ला प्यार के हक़ में है।

देव —- हम टीचर बनने जा रहे हैं, हमें ध्यान रखना होगा ?

शिवि —मूल विषय पर लौट कर सर्वसम्मत फ़ैसला लो।

देविना —- हो गया फ़ैसला, हम चारों एक ही विद्यालय में टीचिंग प्रैक्टिस करेंगे।

देव —- यदि सब ऐसा ही चाहते हैं तो मैं डॉ. गुप्ता से निवेदन करूँगा कि वे हमें एक ही पाठशाला में नियुक्त करें।

शुभम —- गुनगुनाता है, जहां मिले चार यार ....।

***

20

रश्मि के घर निमंत्रण की ख़ुशी में राकेश व मित्रों की पार्टी

डॉ. राकेश का मन-मयूर नृत्य कर रहा था। आज सुबह से ही उसका सितारा चमक रहा था। रेस्टोरेन्ट पर रश्मि से मुलाक़ात, उसका दिव्या के साथ वॉलेट लौटाने के लिए आना, दिव्या का होनेवाले जीजाजी कहना, उसके मस्तिष्क में बार बार घूम रहे थे और सायं को अस्पताल में रश्मि से बातचीत व निमंत्रण पाकर तो वह फूले नहीं समा रहा था। अस्पताल से लौटते ही अलमारी से ड्रेसिस पसंद कर चुनने का दौर शुरू हो गया। एक ड्रेस निकालता फिर दूसरी, कभी सफारी- सूट ट्राई करता, कभी पठानी, कभी पंजाबी या टाई के साथ गर्म सूट पर अभी इतना प्रकोप नहीं हुआ था सर्दी का। असमंजस में कोई फ़ैसला नहीं कर पाया था राकेश बाबू कि कौनसी ड्रेस पहन कर जाया जाए। देखते हैं शायद कांति व राजीव भैया ही कुछ मदद कर दें। अभी सात बजने को हैं, किसी की पदचाप तक सुनाई नहीं पड़ रही। शायद रविवार की छुट्टी के कारण कहीं चले गए होंगे पर वीरवार को मुझसे अवश्य ज़िक्र करते। हो सकता है अचानक कहीं कुछ काम पड़ गया हो।कोर्ट में किसी केस में बहस लंबी चल गई हो या जज साहब कोई फ़ैसला लिखवाने लगे हों।

अनेक कल्पनाएँ उसके मन में घूम रही थी तभी दरवाज़े पर दस्तक हुई। राकेश ने दरवाज़ा खोला तो अख़बार विक्रेता के प्यादे को देख कर उसकी भृकुटी तन गई व बोला- कितना भुगतान है ?

प्यादा —- डॉक्टर साहब, पिछले महीने का भी बकाया है, जिस दिन मैं बिल लेकर आया था, उस दिन दरवाज़े पर लॉक लगा था। दो महीने का सब छुट्टियाँ काटकर दोनों अख़बारों का सात सौ दस रूपये बनता है।

डॉ. राकेश —- ये लो राशि, अगले महीने से एक ही अख़बार पहुँचाना है।

प्यादा —- जी साहब, हिंदी या इंगलिश ?

कांति आते हुए — अंग्रेज़ ही चले गए, अब हिंदी ही हमारी ज़ुबान है, इसलिए हिन्दी का पत्र ही सप्लाई करो।

डॉ. राकेश —- हाँ हिन्दी का ही दिया करो और हाँ,तुम्हारे यहाँ कोई मेडिकल जरनल भी आता है क्या ?

प्यादा —- हाँ डॉ. साहब ! 'मेडिकल न्यूज़' नाम से साप्ताहिक पत्र, आपको भिजवा सकता हूँ।

राकेश — ठीक है, अगले महीने से शुरू करना है।

कांति —- राजीव नहीं लौटा अभी तक ? मैं सोच रहा था कि मुझे ही विलंब हुआ है।

राकेश —- किसी केस में उलझ गया होगा या फिर उस केस पर कोर्ट से बाहर समझौते की बातचीत चल रही होगी ?

कांति — अब सुनाओ आज की मुलाक़ात की दास्तान, आज तो वीरवार की कमी पूरी हो गई होगी ?

राकेश —- क्या बताऊँ कांति भाई, अल्लाह जब देता है तो छप्पर फाड़ कर देता है और जब लेता है कोई आवाज़ नहीं होती।

कांति —- तो आज छप्पर फट ही गया, क्या कुछ मिला ?

राकेश —- कांति भाई, यह जीवन उतार- चढ़ाव से ओतप्रोत है, कभी ख़ुशी के पल तो कभी ग़मों के दरिया इसमें बहते हैं, आज हँसी है तो कल रोना है।

कांति —— कल रोना था, अब रोने के दिन चले गए राकेश भैया। जीवन मुस्कुराने का नाम है। हँसोगे तो दो लोग बोलेंगे वरना आँखें फेरकर निकल जाएँगे।

राकेश —- अच्छा, ये उपदेश बन्द करो, बताओ इतनी देर से क्यों आए?

राजीव— (घर में प्रवेश करते हुए) आज सभी यही प्रश्न कर रहे हैं, 'इतनी देर कहाँ थे।' यह तो शुक्र है कि अकेले हैं वरना कोर्ट से आकर घर में ही क़ैद हो जाते ?

राकेश —- आओ राजीव भैया, बड़े थकें-माँदे से लग रहे हो, कहीं बाहर टूर पर थे क्या ?

राजीव —- नहीं राकेश बाबू, हमारा टूर तो कोर्ट परिसर व जज ही हैं। उन्हीं तक की दौड़ रहती हैं हमारी। आज उस तलाक़ के केस की सुनवाई थी। जज साहब ने दोनों एडवोकेटस को बुलाकर किसी समझौते पर पहुँचने का आग्रह किया क्योंकि अभी दोनों की उम्र ही क्या है ? जब मौज मस्ती करने के दिन हों तो कचहरी व वकीलों की शरण क्यों ? आप लोग दोनों बच्चों के जीवन का ध्यान रखते हुए निःस्वार्थ भाव से प्रयास करें व मुझे अवगत कराएँ।

राकेश —- कोई जज इस प्रकार एडवोकेटस से आग्रह नहीं कर सकता, जज फ़ैसला देने के लिए बाध्य हैं, सलाह नहीं दे सकते।

राजीव—- राकेश भैया, यह ओपन कोर्ट का मैं ज़िक्र कर रहा हूँ। आपने जो कहा वह दुरुस्त है।

कांति —- आज तो सब पर भारी पड़ेंगे डॉ. साहब। अस्पताल से चार्ज होकर आए हैं।

राकेश —-अस्पताल में लोग रोते हुए आते हैं व हँसते गाते लौटते हैं।

कांति —— वही मैं कह रहा हूँ। आज हँसते - गाते लौटे हैं हमारे डॉक्टर साहब। अब कहीं घूमने का प्लान है या नहीं ?

राजीव —- कांति भाई, घूमने का मन तो था पर टाईम काफ़ी ज़्यादा हो गया है व अंधेरा अपनी चादर पसार रहा है। हाँ, सामने कुछ दूरी पर रेस्टोरेन्ट है, वहाँ जा सकते हैं। कुछ थकान दूर करने का जुगाड़ भी बन सकता है।

राकेश —- चलिए, आज डिब्बा ब्वॉय का भी अवकाश है। रेस्टोरेन्ट में ही डिनर करेंगे। बतियाते हुए पैदल ही निकल चलेंगे।

कांति —— आज तो डॉक्टर साहब की एनर्जी हाई है, सुनाओ अब राजीव भैया भी आ गए हैं।

राकेश —मैं आज सुबह नाश्ते के लिए यही आया था, संयोग से रश्मि भी अपने मामा की लड़कियों के साथ यहाँ नाश्ता करने आ पहुँची। मैं नाश्ता

लेकर लौट रहा था और वे नाश्ते के लिए आईं थीं। रेस्टोरेन्ट के गेट पर ही गुफ़्तगू शुरू हो गई। बात- बात में ही दिव्या (रश्मि के मामा जी की लड़की) न मुझे होने वाले जीजा जी कहकर संबोधित किया व अपनी भविष्यवाणी सत्य सिद्ध होने का भी विश्वास जताया।

कांति —— बड़े फ़ास्ट चल रहे हैं हमारे डॉक्टर साहब, दूसरी मुलाक़ात में ही दूल्हे बन गए। वीरवार को मुरझाए हुए थे, शनिवार को खिले हुए हैं।

राजीव —- आज का डिनर डॉक्टर साहब के नाम लिख दो कांति भाई।

कांति —— अभी तो पूरे दिन की चर्चा शेष है, डिनर के साथ और भी कुछ होगा।

राकेश —— हाँ आज हम कुछ भी स्वीकारने को तैयार हैं।

कांति —- दिव्या के जीजा जी कहने पर रश्मि की क्या प्रतिक्रिया थी ?

राकेश —-कोई विशेष नहीं, बस इतना कहा कि अभी उसकी ट्रेनिंग शेष है।

कांति ——इसका अभिप्राय यह है कि वह भी रज़ामंद है और हमारे भाई साहब तो पहले ही पलक पाँवड़े बिछाए हुए थे। आज फ़ुल पार्टी होगी।

राकेश —- अभी तो मैंने सुबह की मुलाक़ात का खुलासा किया है, शाम का सीक्रेट बताऊँगा तो होश उड़ जाएँगे।

कांति —— पहले डिनर करने दो, फिर उड़ाना होश, भूख ज़ोर से लगीं है।

राकेश —पहले सूप लेंगे, उसके दस मिनट बाद डिनर लेंगे। कुछ हार्ड ड्रिंक का भी विचार है क्या?

राजीव—- सार्वजनिक तौर पर नहीं, वैसे भी आप दो घूंट ही लेने देंगे, गले तक ही पहुँचेगी।

कांति —— हाँ राजीव भैया, डॉक्टर जो ठहरे, स्मॉल पैग से आगे नहीं बढ़ने देंगे। कल रूम पर बैठ कर आनंद लेंगे।

राकेश —— (अपनी बात को आगे बढ़ाते हुए) रश्मि दादा जी के साथ आई व हम दोनों ने आधा घंटा तक मुलाक़ात की और आख़िर में मुझे मम्मी की तरफ़ से कल रविवार को घर लंच के लिए आमंत्रित किया है।

कांति —- राजीव भैया, अब स्मॉल, लाइट नहीं बिग पैग चलेगा। अब हमें कोई कुछ भी करने से रोक नहीं सकता ?

राकेश —- मैं कुछ भी लेने से परहेज़ करूँगा, कहीं कुछ गड़बड़ हो गई तो सारा मामला खटाई में पड़ जाएगा।

राजीव —— ठीक है, कल सायंकाल में ही चीयर्स पार्टी होंगी, आज मिष्ठान्न से काम चलेगा।

राकेश —- जैसे आप लोगों की इच्छा, अब मुझे थोड़ा गाइड करो कि मुझे किस प्रकार क्या करना है ? पहला ही मौक़ा है इस तरह का।

कांति ——- डॉक्टर साहब, आप ही आकर बताना कि मैंने कैसे किया ताकि समय आने पर हम भी कोई चूक न करें। अब बातें कम व डिनर पर ध्यान दो। डॉक्टर कहते है कि खाते समय बोलने से भोजन के श्वांस नली में जाने का भय रहता है जो जानलेवा हो सकता है।

राजीव —- भजन व भोजन एकांत व शांति से करना चाहिए।

कांति —- ठीक है, अब सभी मौन रह कर भोजन का आनंद लें व ख़ुशी के इज़हार के लिए मुँह मीठा करें।

राजीव —— दुरुस्त फ़रमाया कांति भाई।

***

21

तलाक केस में वकीलों का आपसी समझौते का प्रयास विफल

सीनियर एडवोकेट का चेम्बर खचाखच भरा था, दोनों ओर से काफ़ी लोग आए हुए थे। शादी में बिचौलिये की भूमिका अदा करने वाला एजेंट भी मुस्तैद था। लड़की की तरफ़ से प्रसिद्ध एडवोकेट व बॉर एसोसिएशन के अध्यक्ष मनजीत सिंह पैरवी कर रहे थे। दोनों वकील जज साहब के निर्देश पर दोनों पक्षों में समझौता करवाने के लिए प्रयासरत थे। सर्वप्रथम यह निर्णय हुआ कि लड़का व लड़की को जज साहब की इच्छा का खुलासा करके उन्हें फिर एक साथ रहने के लिए सहमत किया जावे। अत: दोनों को बुला कर एडवोकेट मनजीत सिंह के चेंबर में भेज दिया गया व केवल आधा घंटा का समय दिया गया। इतने तक दोनों पक्षों के लोगों को जलपान या ज़रूरी सलाह मशविरा के लिए स्वतंत्र कर दिया गया था व सख़्त हिदायत दी गई थी कि किसी प्रकार की शारीरिक भिड़ंत न हो।

दोनों एडवोकेट व सहायक ने चैंबर में ही जलपान लिया व आपस में बातचीत कर दोनों पति -पत्नी को बुलाया। लड़का-लड़की की आधा घंटा की कसरत का परिणाम जानने के लिए फिर से कुनबे जुटे व कुछ आशा भरी निगाहों से दोनों को देखने लगे। एडवोकेट दीक्षित ने ही शुरुआत की व कहा - जज साहब के दयालु स्वभाव के कारण हम सब दोनों पति - पत्नी के पुनः एकीकरण के लिए प्रयत्नशील हैं। हमने दोनों से कोई ज़्यादा स्पष्टीकरण व तर्क नहीं चाहेंगे कि वे अलग क्यों हुए? क्योंकि लड़का इंजीनियर है व लड़की ग्रेजुएट हैं, दोनों नाबालिग हैं व ख़ुद फ़ैसला लेने में सक्षम व योग्य हैं। आप दोनों एक-एक करके सभी लोगों के समक्ष अपना निर्णय घोषित करें। पहलें लड़की को अपनी बात कहने का हक़ प्रदान किया जाता है। लड़की यदि किसी प्रकार के संकोच के वशीभूत है तो वह हम दोनों एडवोकेटस को अलग से बयां कर सकती है। हम

प्रधान जी के चेंबर में जा सकते हैं या यहाँ पर लड़का- लड़की को रहने दें, शेष सब लोग बाहर सैर करें। जब भी किसी निष्कर्ष पर पहुँचेंगे तो माँ बाप की अनुमति से ही अंतिम फ़ैसले पर मुहर लगेगी जिसे सब की सहमति से जज साहब के सामने प्रस्तुत किया जाएगा।

दोनों पक्षों के लोग बाहर आ गए थे व अब चेंबर में लड़की- लड़का व एडवोकेट ग्रुप मौजूद था। सीनियर एडवोकेट दीक्षित की ओर से राजीव को यह केस सुलझाने के लिए मुक़र्रर किया गया था।

राजीव (लड़की से) आप अपना फ़ैसला निःसंकोच व निडर होकर व्यक्त कर सकतीं हैं ?

लड़की —- सर मैं एक ख़ानदानी घर की शरीफ़ लड़की हूँ, चार वर्ष शादी को होने को आए है, अब तक मुझे मातृत्व का सुख प्राप्त नहीं हुआ। मैंने शादी के बाद लगभग सारा समय ससुराल में बिताया है लेकिन अर्जुन की नपुंसकता की वजह से मुझे नारकीय जीवन जीना पड़ा व माँ बनने का सपना अधूरा ही रह गया। एक औरत की समाज में व स्वयं में पूर्णता के लिये उसे संतान-सुख मिलना प्राकृतिक रूप से भी आवश्यक है। मैं इनके साथ रहूँ भी तो किस आधार पर क्योंकि पति पत्नी के मेल व आपसी प्यार का आधार तो "काम" ही है और उसी से संतानोत्पत्ति संभव है इसलिए मैं अर्जुन से अलग होकर किसी पूर्ण पुरुष से शादी करना चाहती हूँ।

एडवोकेट राजीव — क्या आप दोनों ने मेडिकल टेस्ट लिए हैं ? उनमें डॉक्टरों की क्या राय है ?

लड़की —सर, मेडिकल जाँच तो दोनों की सही है व दोनों को स्वस्थ एवं संतानोत्पत्ति के लिए फ़िट घोषित किया है पर मुझे लगता है कि रिपोर्ट सत्य से परे है। अर्जुन शायद बचपन की ग़लतियों के कारण जल्दी स्खलित हो जाता है।

राजीव— आप दोनों ने डॉक्टर को असलियत का संकोचवश खुलासा नहीं किया वरना यह कोई कमी नहीं है बल्कि सेक्स एजुकेशन या अनुभव की न्यूनता है। यह अमूमन काफ़ी दम्पतियों (Couples) की परेशानी है।

लड़की —- सर हमने डॉक्टर से कंसल्ट किया था और उन्होंने बताया था कि ज़्यादा हस्तमैथुन से शीघ्रपतन की समस्या पैदा होती है जिससे पति - पत्नी के सुख में नीरसता आती है।

राजीव—- हस्तमैथुन का कामसुख पर इतना विपरीत असर नहीं पड़ता, यह डॉक्टरों की राय है। पति- पत्नी का सेक्स में जाना एक मनोवैज्ञानिक चातुर्य भी होता है जिससे शीघ्र पतन को विलंबित किया जा सकता है।

लड़की —- सर, ऑफिस में सारा दिन बैठ कर काम करने से इनके शरीर में वह ताजगी व स्फूर्ति नहीं रहती जो एक पत्नी अपने पति से चाहती है। औरत सब कुछ त्याग सकती है लेकिन प्यार नहीं। शादी- ब्याह का तात्पर्य ही यही है कि अपने को विस्तार दिया जाए जो सफल संभोग से ही संभव है।

राजीव —- तो आपने अर्जुन से अलग होने का दृढ़ संकल्प कर लिया है। वैसे मेरी निजी राय है कि आप दोनों किसी विशेषज्ञ डॉक्टर से मिलकर पुनः वैवाहिक जीवन में लौट सकते हैं ? मनोचिकित्सक भी आपकी मदद कर सकता है।

लड़की —- सर मैंने इतने दिनों तक बहुत पापड़ बेले हैं, बहुत इंतज़ार व सब्र किया है, अब और हिम्मत व साहस शेष नहीं बचा है। हमारी राहें अब नदी किनारे बन गए हैं।

राजीव —- आप कुछ और कहना चाहेंगी ?

लड़की —- सर, मैंने बहुत कह दिया है अगर हमारा तलाक़ नहीं हुआ तो हम ऐसे नदी किनारे हो जाएँगे जो पास रहते हुए भी मिल न सकेंगे। किनारों के बीच से जल रूपी जीवन व्यर्थ बह जाएगा।

मनजीत सिंह ख़ुद इस केस में रूचि दिखा रहे थे हालाँकि उनके पास सहायक वकीलों की टीम थी फिर भी वे ख़ुद तैयार हो कर आए थे।

मनजीत —-अर्जुन ! तुम भी अपना पक्ष रखने के लिए स्वतंत्र हो। खुलकर व निडरता से अपने मन की बातें बताओ।

लड़का —-सर, मैं आपको बिना कुछ तर्क प्रस्तुत किए अपने फ़ैसले से अवगत करवाना चाहता हूँ। मैंने बहुत सोच समझ कर निर्णय लिया है 'अब यह मिलन आगे नहीं रह सकता।'

एडवोकेट मनजीत - यह प्रक्रिया आपसी भाईचारे के तहत चल रही है व एक स्वर्णिम अवसर है दो ज़िंदगियों को साथ लाने का। आप यदि हठ पकड़ लेंगे तो कोर्ट में केस चलने के सिवाय कोई चारा नहीं रहेगा ?

लड़का —सर हठ नहीं, परिस्थितियाँ ही ऐसी बन गई हैं कि पीछे लौटना संभव नहीं। पति- पत्नी एक दूसरे के साथ पूरक बनकर रह सकते हैं, टूटकर नहीं। गीता को मैंने बहुत समझाया लेकिन उसके कान पर जूं तक नहीं रेंगी।

मनजीत —- क्या आपने इस विषय में डॉक्टर से सलाह ली थी ?

लड़का —-जी सर, अब वह पूर्ण रूप से स्वस्थ नहीं हो सकती ?

मनजीत — यह अंतिम मौक़ा समझ कर फिर विचार करो। आप के साथ कई लोगों का जीवन जुड़ा है। जीवन बहुत लंबा होता है।

लड़का —- सर, मेरा यह अंतिम निर्णय है। कृपया हमें बिना किसी फ़साद के अलग होने में सहयोग करें।

मनजीत —- क्या डॉक्टरी जाँच में गर्भ न धारण करने में अक्षमता की बात सामने आई है ?

लड़का —- सर ! हमने खूब मेडिकल मदद ली पर सब बेकार साबित हुई। अब अलगाव के सिवा कोई चारा नहीं ?

मनजीत एडवोकेट —- लंच टाइम के बाद हम सभी एडवोकेटस के साथ सलाह मशविरा करके ही कोशिश करेंगे। अब आप लोग सायं चार बजे दीक्षित जी के चेंबर में ही आ जाना।

लंच टाइम के बाद दोनों वकीलों ने पहले अपने- अपने चेंबर में बैठकर गुफ़्तगू की व सहायकों के साथ संयुक्त बैठक करके सहमति बनाई कि जब दोनों पति पत्नी स्वयं से ही एक दूसरे पर दोषारोपण कर पृथकता चाहते हैं तो उन्हें ऐसा करने से रोकने का कोई लाभ नहीं ?किसी दबाव में एक बारगी सहमत भी

हो जाएँ तो भी वह सहमति चिरंजीवी नहीं होगी और नौबत खून- ख़राबे तक पहुँच सकतीं हैं। चार वर्ष कैसे बिताए होंगे, यह भी भयावह है। अब हमें इनके अभिभावकों, रिश्तेदारों से भी बातचीत कर उनका मत जानना होगा व शादी एजेंट से भी सख़्ती से पूछताछ करनी होगी।

एडवोकेट दीक्षित—राजीव जी, ज़रा एजेंट को बुलवाओ, उसका क्या मंतव्य है, जानना आवश्यक है।

राजीव —— जी सर ! मैं बुलवाता हूँ।

दीक्षित जी — बाक़ी लोग अभी कुछ समय इंतज़ार करेंगे। (राजीव के साथ एजेंट का आगमन) क्या नाम है आपका ?

एजेंट ——सर, मेरा नाम कृष्ण कुमार है।

दीक्षित जी—क्या अर्जुन व गीता की शादी तुमने करवाईं थीं, कितना कमीशन लिया था? बिलकुल सत्य बोलना है।

एजेंट कृष्ण —-एडवोकेट साहब, शादी की जोड़ियाँ तो ऊपर से ही बन कर आतीं हैं और जहां तक कमीशन की बात है, दोनों पक्षों से एक-एक लाख रूपये वसूल किया था।

दीक्षित जी —-अगर जोड़ियाँ ऊपर से ही बनती हैं तो तुमने अपना बाज़ार क्यों खोल रखा है ? ऊपर वाले के नाम पर लोगों को फुसलाना अच्छा नहीं होता। तुम्हें गीता के विषय में सब कुछ पहले से ही इल्म था फिर भी तुमने वर पक्ष को अंधेरे में रखा।

एजेंट कृष्ण —— सर, आज कल तो यही माहौल चल रहा है, अर्जुन का परिवार व ख़ुद वह रूढ़िवादी विचारों के निकले, इसमें मेरा क्या अपराध है। शादी करवाने की फ़ीस ली है, कौन कैसा होगा, मेरी कोई ज़िम्मेदारी नहीं ?

एडवोकेट मनजीत —काफ़ी होशियार लगते हो, बात बनाकर ही लोगों को उलझाते हो।

एजेंट कृष्ण —मैं तो किसी के पास जाता नहीं, ज़रूरतमंद ही मेरे पास आते हैं, मेरा कर्तव्य उनकी सेवा करना है। अब किसी भी योजना के शत

प्रतिशत परिणाम सफल तो मिलते नहीं ? हज़ारों शादियों में एक दो प्रतिशत तो विवादित हो ही सकतीं हैं।

राजीव ——बड़ी तर्क पूर्ण किंतु निगेटिव बात कही है, शादी कोई व्यापार या योजना नहीं, यह उम्र भर का सौदा है।

एजेंट कृष्ण—सर, है तो सौदा ही,पैसों का हो या दिलों का ?और आज के युग में कौन दिलों की परवाह करता है। सब पैसों के पीछे ही भाग रहे हैं।

एडवोकेट दीक्षित— तुम्हारी बातों से लगता है कि तुमने पैसे की चाहत में रिश्तों से खिलवाड़ किया है और तुम्हारे ही कारण आज ये सब परेशान हैं।

एजेंट कृष्ण—- सर, आप लोग भी हर केस नहीं जीत पाते, कभी हार भी गले में डालनी पड़ती है, उसमें आपको कौन सजा देता है। न्याय पाने के लिए लोग फिर आपके पास आते हैं। अगर मैं दोषी मान लिया जाता हूँ तो होटल वाला, पंडित फेरे सब भी दोषी हैं।

दीक्षित जी —- जिसको किसी बात का पता है और वह पार्टी को अंधेरे में रखकर काम को अंजाम देता है, वही दोषी है। होटल मालिक व पंडित के पास ऐसी कोई जानकारी नहीं थी जो आपके पास थी।

एजेंट कृष्ण —- सर, मैं बिलकुल ईमानदारी से बता रहा हूँ कि मेरा लक्ष्य केवल सिर्फ़ रुपए पैसे बटोरना नहीं था बल्कि मेरी यह भावना थी कि शायद शादी के बाद सुधार आ जाएगा क्योंकि ऐसा कई बार घटित हुआ है।यह अर्ज़ुन का दुर्भाग्य कहूँगा कि ऐसा घटित नहीं हुआ ?

दीक्षित जी — तुम्हारा कहने का तात्पर्य है कि तुम यहाँ भी निर्दोष हो।

एजेंट कृष्ण —-सर, आपने बिलकुल सही परखा है।

दीक्षित जी —- किसी ने कुछ और सवाल- जवाब करना है ? नहीं, तो इसे जाने दिया जाए व हम सभी कृष्ण एजेंट व लड़की- लड़का के बयानों के परिप्रेक्ष्य में विचार कर नतीजे पर पहुँचने का प्रयास करेंगे।

राजीव ——सर, मुझे तो अब सारा क़सूर लड़की गीता का ही लगने लगा है, क्यों मनजीत सिंह जी ? आप की क्या राय है ?

मनजीत सिंह — ऊपरी तौर पर तो यही लगता है पर एजेंट हमें भ्रमित भी कर सकता है। रिश्तेदार व खैरख्वाहों को बुलाकर उनकी सम्मति भी जान लेते हैं।

दोनों पक्षों के लोग सीनियर एडवोकेट दीक्षित जी के चेंबर में पहुँचते हैं व किसी फ़ैसले की इंतज़ार में आशान्वित हैं।

दीक्षित जी ——सभी संबंधी व शुभचिंतक ध्यान से सुनें व प्रतिक्रिया व्यक्त करें। हमारा विचार है कि मामला काफ़ी गंभीर व उलझन भरा है। दोनों पति -पत्नी अलगाव पर अड़े हुए हैं। हम सब के प्रयत्न नाकाफ़ी साबित हो रहे हैं। अब आप महानुभावों का पक्ष भी महत्वपूर्ण भूमिका निभा सकता है। पहले लड़की पक्ष अपने विचार सांझा करे।

लड़की का पिता —जब दिलों में दरार आ जाए तो उसका भरा जाना असंभव को अपनी नियति समझ कर यह निर्णय लिया है कि जो भी शादी-विवाह पर हमने दान-दहेज दिया है या कुछ अन्य खर्च किया है, दिया जाए ताकि हम अपनी लड़की के कहीं दूसरी जगह हाथ पीले कर सकें।

दीक्षित जी——आप बताइए कितना खर्च किया? फिर हम कृष्ण एजेंट से भी जानेंगे, लड़के वालों की बात भी सुनेंगे।

पिता —सर हमने गीता की शादी पर कुल मिलाकर पच्चीस लाख रुपये खर्च किए हैं।

दीक्षित — क्यों कृष्ण भाई, तुम सहमत हो ?

कृष्ण —- सर, मेरे सामने तो पंद्रह लाख की बात हुई थी। पर शायद शादी व मकान पर घोषित या अनुमानित लागत से कुछ ज़्यादा ही जेब से निकलता सुना गया है।

मनजीत सिंह —- चार साल का ब्याज भी इसमें जमा कर लिया होगा ?

लड़के का पिता— दीक्षित साहब, मुझे लड़के के पिता जी की हैसियत से बोलने की इजाज़त है ?

दीक्षित जी —- अब आप पर ही सब दारोमदार है, कोई सही व सर्वसम्मत हल पेश करें ताकि शांतिपूर्वक विवाद का निपटारा हो सके व बच्चों का वैवाहिक जीवन सद्भावना पूर्ण ढंग से चलता रहे।

पिता —-दीक्षित जी, मामला दिलों में कड़वाहट तक आने के बाद सुलह के मार्ग अवरुद्ध हो जाते हैं। मैं अब इस नतीजे पर पहुँचा हूँ कि हम चाहते हुए भी दोनों बच्चों को नहीं मना पाएँगे। मैं पूरी पंचायत में पच्चीस लाख रुपये देने का वादा करता हूँ, हमें माननीय कोर्ट से तलाकनामा दिलवा दिया जाए।

दीक्षित—- (लड़की के पिता से) क्या आपको फ़ैसला मंज़ूर है ?

लड़की का पिता — जी हाँ, हमें मंज़ूर है।

दीक्षित —- सभी उपस्थित सज्जनों ने निर्णय सुन लिया होगा, किसी की कोई राय शेष हो तो अब भी कुछ कहने का वक़्त बचा है।

सभी उपस्थित —- जो हुआ, सही ही हुआ। हम सब सहमत हैं।

दीक्षित जी — आप दोनों पिता अपने-अपने बच्चों के साथ पच्चीस तारीख़ को मेरे चेंबर में आ जाना व तलाकनामा की कॉपी प्राप्त कर लेना। आज सायं पाँच बजे तक और मौक़ा है वरना तब तक हम निर्णय से कोर्ट को अवगत करा देंगे, फिर हमारे हाथ भी कुछ नहीं रहेगा। आमतौर पर लोगों को सर्वसम्मत निर्णय से ख़ुशी होती है लेकिन यहाँ सब कुछ खोकर निकल रहे हैं। अगर समझौता पॉज़िटिव होता तो हमें भी अपनी फ़ीस से हाथ नहीं धोना पड़ता। अब हम किसी भी पक्ष से रुपया- पैसा फ़ीस के रूप में स्वीकार नहीं करेंगे ?

***

22

राकेश का रश्मि के घर जाने के लिए विचार - मंथन व तनेजा से परिचय करना

आँखों से नींद दूर भाग गई थीं, रह रह कर विचार उसे उद्वेलित कर रहे थे। दुख- पीड़ा में नींद का ग़ायब होना जगज़ाहिर है पर क्या ख़ुशी व उम्मीद के क्षणों में भी निद्रा रानी काफ़ूर हो जातीं है। कभी इधर करवट लेता तो कभी उधर और उसी तरह मन भी घूमता। डिनर लेकर राजीव व कांति अपने घर चले गए थे और राकेश आधा घंटा घूमता रहा ताकि खाना कुछ नीचे हो जाए। बिस्तर पर जाने से पूर्व एक गिलास गर्म दूध भी सेवन किया व कुछ देर टी. वी.पर समाचार भी देखे। उसे ध्यान आया कि आज से 'कौन बनेगा करोड़पति' प्रतियोगिता का आरंभ हो रहा है पर क्योंकि यह साढ़े नौ शुरू होगा इसलिए कुछ ख़बरें सुनकर सोना ही बेहतर समझा पर न तो नींद ही आईं और न प्रोग्राम देख पाए।

कल कैसे होगा सब, कौन-सी ड्रेस पहन कर जाना है। रश्मि के मम्मी-पापा से कैसे मिलूँगा, चरण स्पर्श करूँ या सिर्फ़ नमस्कार से ही काम चलेगा क्योंकि वे मेरे कोई रिश्तेदार तो हैं नहीं, सिर्फ़ रश्मि की ख़ुशी के लिए ही उन्होंने मुझे आमंत्रित किया है या उनका कोई और उद्देश्य भी हो सकता है। वह उद्देश्य शादी- विवाह भी हो सकता है या सिर्फ़ डॉक्टर होने के कारण जान - पहचान बढ़ाना भी हो सकता है। पर मेरे जैसे दांतों के डॉक्टर से परिचय बढ़ा कर उन्हें क्या मिलेगा ?

मेरी कोई पारिवारिक, सामाजिक या राजनीतिक पृष्ठभूमि भी नहीं है जिससे वे मुझ पर आकृष्ट हुए हों। हो सकता है डॉ. भगवत जी ने दांतों के उत्तम इलाज के कारण मुझे सम्मान देने का निश्चय किया हो या रश्मि को उसकी पढ़ाई में मदद के उद्देश्य से ही मुझे बुलाया हो।

रश्मि के परिवार की क्या स्थिति है, कौन कितने भाई एवं बहन हैं मैंने कभी उससे जाना ही नहीं। मैंने अपनी स्थिति तो पूरी स्पष्ट कर दी थी, माता पिता व नेहा के बारे में सब कुछ बता दिया था परंतु रश्मि से कभी उसके बारे में नहीं पूछा। क्या मैं सिर्फ़ एक डॉक्टर ही हूँ, सचेत नागरिक व मित्र नहीं हूँ। रश्मि से मेरी तीन बार भेंट हो चुकी है लेकिन सिर्फ़ दिव्या के सामने ही मामा जी का ज़िक्र हुआ, मुझे रश्मि से उसके माता-पिता व भाई बहनों के विषय में जानकारी लेनी चाहिए थी। क्या मैं सामाजिक रूप से प्रबुद्ध नहीं हूँ ? हो सकता है क्योंकि गाँव से सीधे चले आए डॉक्टर बनने जहां सामाजिक उत्तरदायित्वों के जागरण का कोई विशेष अवसर नहीं प्राप्त हुआ व अब डॉक्टर बन भी गए तो भी अकेले ही जीवन बिता रहे हैं, कहीं किसी क्लब, सोसायटी, ट्रस्ट, मंदिर में कोई सदस्यता नहीं ली, फिर प्रबुद्धता कैसे विकसित होंगी ?

रश्मि एक महिला होते हुए भी कितनी जागरूक एवं उत्तरदायी है, दादा जी को अस्पताल लाना, मुझ से बातें करना, दिव्या को नाश्ते के लिए रेस्टोरेन्ट में लाना, लड़कों की तरह काम करती है वह और एक मैं जो लड़का होते हुए भी संकुचित सा रहता हूँ। सिर्फ़ कांति व राजीव ही मेरी दुनिया के गगन में दो सितारे हैं। मुझे सबसे मेलजोल बढ़ाकर अपना सामाजिक दायरा विस्तृत करना चाहिए। कल मैं सभी को प्यार व सम्मान से डील करूँगा, चेहरे पर गंभीरता के बजाय मुस्कान लाने की कोशिश करूँगा। छोटे बच्चों के साथ मिलकर उनकी रूचि के अनुसार व्यवहार करूँगा व ज़्यादा भावुकता को अपने ऊपर हावी नहीं होने दूँगा।

सोचते- विचारते लगभग आधी रात जाने को थीं, उठकर पानी लिया व फिर सोने को गया। इस बार उसे अपने लक्ष्य में कामयाबी मिली थी। प्रातःकाल में कुछ देर से जगे व दैनिक कार्यों से निवृत्त हो कर नाश्ते के लिए रेस्टोरेन्ट की ओर रूख किया। आज हल्का नाश्ता ही लिया जिसमें दो नग इडली, एक आमलेट व एक प्याली चाय। काउंटर पर ही पेमेंट करना था। मैनेजर साहब ने भी पहचान लिया और बोले — आपका वॉलेट आपको मिल गया था न ?

राकेश —- आपका बहुत धन्यवाद आप अपने ग्राहकों का हर तरफ़ से ध्यान रखते हैं। अच्छा आचरण है। ग्राहक का विश्वास ऐसी गतिविधियों से मज़बूत होता है।

मैनेजर —- जब आप बातचीत में व्यस्त थे तब मैंने दख़लंदाज़ी उचित नहीं समझी, इंतज़ार किया पर आप बाहर से ही निकल गए।

राकेश —- मैंने आपका बिल तो चुका दिया था न ?

मैनेजर —- बिल्कुल, आज को छोड़कर।

राकेश —— यह लो, एक सौ दस हुआ न ?

मैनेजर —- आपने एकदम सही बताया, आप की तारीफ़ जानने की ग़ुस्ताख़ी कर सकता हूँ ?

राकेश —- मैं यहाँ सरकारी अस्पताल में दांतों का डॉक्टर हूँ, अभी कुछ समय पहले ही सर्विस लगा हूँ।

मैनेजर —- दांतों के लिए तो यहाँ डॉ. जैन साहब थे, क्या वे रिटायर हो गए या ट्रांसफ़र हो गए ?

राकेश —- वे न ट्रांसफ़र हुए न रिटायर, सरकार ने उनकी उत्तम सेवाओं को देखते हुए ताउम्र उन्हें पद पर बने रहने की स्वीकृति प्रदान कर दी है। मैं उन्हीं के साथ जूनियर डॉक्टर हूँ।

मैनेजर —-हाँ डॉ. साहब, ज्ञान चंद्र जैन बहुत योग्य एवं अनुभवी डॉक्टर हैं। उनका समाज में रुतबा है। लोग उन्हें सम्मान की दृष्टि से देखते हैं। एक बार सपरिवार यहाँ डिनर के लिए आए थे, मैंने बिल लेने से इंकार कर कहा था कि आप तो हमारे पिता के समान हैं, आप से पैसे नहीं लूँगा। पलट कर बोले- पिता बच्चों का ख़याल नहीं रखेगा तो कैसे आगे बढ़ेंगे ? आप का मान- सम्मान के लिए बहुत शुक्रिया !

राकेश ——अभी कल ही डॉ. भगवत स्वरूप जी आए थे दांतों का इलाज करवाने, वे भी डॉ. जैन की मुक्त कंठ से प्रशंसा कर रहे थे। उन्हीं की पौत्री थीं वह लड़की जिससे आप ने वॉलेट देकर आने के लिए कहा था।

मैनेजर — मैं समझा था कि वे दोनों आपकी परिचित या सहकर्मी हैं, भूल कर बैठा। वे कुलीन थीं इसलिए विरोध नहीं किया वरना लड़की के लिए इस तरह वॉलेट हैंड ओवर करना अच्छा नहीं लगता।

राकेश —मेरा भी उनसे ख़ास परिचय नहीं है केवल दादा डॉ. भगवत स्वरूप जी के साथ अस्पताल में आईं थीं, कुछ समय ही आप के रेस्टोरेन्ट की तरह ही बातचीत हुई थी। वह भी डॉक्टरी की पढ़ाई कर रही है।

मैनेजर —- सपूत के पाँव पालने में ही पहचाने जाते हैं।

राकेश —— आपने अपना परिचय नहीं दिया ?

मैनेजर —- डॉ. साहब, मेरा परिचय तो मेरा रेस्टोरेन्ट ही है, फिर भी मुझे 'राज तनेजा' कहते हैं। पिताजी के बाद कई सालों से मैं ही यहाँ बैठता हूँ। मेरी पत्नी लता तनेजा यहीं स्कूल में डॉ. जैन के लड़के की पत्नी नलिनी के साथ लेक्चरर हैं केमिस्ट्री विषय में।

राकेश —— वैरी गुड ! आपका तो सारा परिवार ही समाज व राष्ट्र सेवा में जुटा है।

मैनेजर —- आप लोगों की मेहरबानी से लड़का इंजीनियरिंग कर रहा है एन. आई. टी. से व छोटी बेटी मेडिकल कॉलेज में एम. बी. बी. एस. कर रही है।

राकेश—— आपका परिचय पाकर अत्यंत प्रसन्नता हुई, अब इजाज़त चाहूँगा।

मैनेजर —— डॉ साहब, आज संडे तो रेस्ट होगा, आप से बातें करना अच्छा लग रहा है।

राकेश —- मैं खुश नसीब हूँ कि आप मुझे चाहने लगे हैं। मैं यहाँ आता रहूँगा क्योंकि अभी सिंगल ही हूँ ना ?

मैनेजर —— आप की कृपा बनी रहे,यही कामना करता हूँ।

राकेश —- आपकी कामना मुझे सिंगल रखने की है क्या, ताकि मैं यहाँ आता रहूँ ? (हँसते हैं) फिर मिलेंगे। आज एक ज़रूरी काम है। वैसे आप के रेस्टोरेन्ट के टाइमिंग क्या हैं ?

मैनेजर — सुबह आठ बजे नाश्ता मिलना शुरू हो जाता है व रात को अक्सर ग्यारह तो बज ही जाते हैं।

राकेश —— इतना विलंब क्यों ? डिनर तो अधिकतम दस तक निपट जाता होगा?

मैनेजर —डॉ. साहब, बिज़नेस में बड़े समझौते करने पड़ते हैं, कई बार कुछ जानकार लोग पार्टी बगैरह में उलझ कर देर तक बैठे रहते हैं।

राकेश —— अच्छा, तो (वाइन विस्की) बगैरह यहीं मिलता है या अपना ही लाते हैं।

मैनेजर —- यह सुविधा आम नहीं है, अपनी पसंद व ब्रांड उन्हीं का होता है।

राकेश —— क्या हम भी आप के परिचितों में शामिल हो गए हैं ?

मैनेजर —- आपका हर समय स्वागत है डॉ. साहब !

राकेश —- आपका बहुत धन्यवाद, सब ठीक रहा तो जल्द मिलेंगे।

***

23

डॉ. आर्य की 'बच्चों का रचनात्मक विकास' विषय पर क्लास

डॉ. गुप्ता— मि० देव, मैंने तुम्हें इसलिए बुलाया है कि दीपावली के पावन पर्व पर एक विशेष अंक भित्ति पत्रिका के लिए होना चाहिए।

देव—सर ! अभी कुछ दिन पहले ही हमने विशेषांक प्रकाशित किया था, काफ़ी संख्या में छात्र -छात्राओं ने हमारे प्रयास की सराहना की थी।

डॉ. गुप्ता— सुनकर बहुत अच्छा लगा कि आप चारों स्टूडेंट्स मिल-जुलकर उत्साह से कार्य कर रहे हैं। परिश्रम के अतिरिक्त सफलता का कोई और रास्ता नहीं है ।अब जो दीवाली - विशेषांक प्रकाशित हो, ऐसा हो कि सारा कॉलेज वाह-वाह करे। इस में मूल व उच्च स्तर की रचनाएँ शामिल करें।

देव —- सर ! दीवाली पर तो कई दिनों की छुट्टियों होंगी व उसके बाद टीचिंग प्रैक्टिस शुरू हो जाएगी, फिर कौन पढ़ पाएगा ?

डॉ. गुप्ता — दीपावली- विशेषांक से अभिप्राय दीवाली के दिन से नहीं बल्कि अवसर से है, उपलक्ष्य से है। आप इसे दीवाली के एक सप्ताह पूर्व प्रकाशित कर सकते हैं ?

देव —- सर, इसके लिए तो तैयारियाँ अभी से शुरू करनी पड़ेगी ?

डॉ. गुप्ता- मैंने तुम्हें इसीलिए इतने दिन पहले बुलाया है। यह अंक हर वर्ष प्रकाशित किया जाता है। पिछले सालों की कुछ रचनाएँ हो सकता है अलमारी में रखी हों, उनसे काफ़ी मदद मिलेगी।

देव—- सर ! हम मिल कर सब देख लेंगे। (घंटी बजने की आवाज़ सुनाई देती है, देव अपनी हिंदी- शिक्षण की कक्षा में जाने को उद्यत है।)

डॉ. आर्य ने घोषणा की कि आज हम 'बच्चों का रचनात्मक विकास' विषय पर चर्चा करेंगे।

विद्यार्थी गण ! रचनात्मक शब्द के लिए अंग्रेज़ी का (creative) शब्द प्रयोग किया जा सकता है। यह शक्ति प्रत्येक बालक में जन्मजात होती है जो किसी भी रूप में प्रकट हो सकती है। अध्यापक के लिए इसका ज्ञान इसलिए ज़रूरी है ताकि वह इसे सकारात्मक ढंग से उपयोग करने में मदद करे। इससे निर्माण व विध्वंस दोनों संभव हैं। रचनात्मकता के जिज्ञासा, निर्माण, प्रयोग, परिणाम आदि कुछ सोपान हैं।

सर्वप्रथम विषय के प्रति बालक में जिज्ञासा उत्पन्न की जाती है जिससे प्रेरित होकर वह निर्माण की दिशा में बढता है। फिर प्रयोग करके उसके लाभ-हानि पर विचार करना होता है और अंत में परिणाम जानकर उसकी उपयोगिता, सफलता- असफलता का आकलन किया जाता है।

देविना - सर ! बच्चों में जिज्ञासा कैसे उत्पन्न करें क्योंकि कुछ बच्चे तो पढ़ने में रूचि ही नहीं लेते ?

डॉ. आर्य—- एक धनाढ्य महापुरुष के बच्चे घर पर किसी भी टीचर से नहीं पढ़ते थे व शरारत कर शिक्षक को भगा दिया करते थे। धनाढ्य ने घोषणा की व एक शिक्षक उन्हें पढ़ाने आया तो बिगड़ैल बच्चों ने पहले की शरारतें दोहराई तो उस शिक्षक ने कहा- तुम कितना ही मेरा हँसी- मज़ाक़ करते रहो लेकिन मैं एक चूहा देख रहा हूँ जिसके पीछे बिल्ली पड़ी हुई है। चूहा आगे, बिल्ली पीछे।

बच्चे- आगे क्या हुआ सर ?

शिक्षक— आज समय पूरा हुआ, कल बताएँगे। जब कल आया तो शिक्षक ने जानबूझकर कुछ और पढ़ाना शुरू कर दिया लेकिन बच्चे तो चूहे-बिल्ली के बारे में ही जानना चाहते थे।

बच्चे —- सर ! पहले हमें यह बताओ कि उस चूहे- बिल्ली का क्या हुआ ?

शिक्षक— अच्छा, चूहा दौड़ रहा है सरपट, बिल्ली भी दौड़ रहीं झटपट। अचानक एक कुत्ता बिल्ली के पीछे दौड़ने लगा।

बच्चे — सर ! फिर क्या हुआ ?

शिक्षक — आज मुझे किसी काम से बाहर जाना है, कल आकर बताऊँगा।

अगले दिन शिक्षक ने वही नीति अपनाई व कुछ और ही पढाना शुरू कर दिया, बच्चे कहाँ मानने वाले थे ?

बच्चे—- सर ! कुत्ते के आने के बाद क्या हुआ ?

शिक्षक— चूहा दौड़ रहा है, बिल्ली दौड़ रही है और कुत्ता भी दौड़ रहा है। शिक्षक बार-बार यही दोहराता रहा - चूहा, बिल्ली, कुत्ता। और समय होने पर घर चला गया।

अगले दिन जब शिक्षक आया तो बच्चों ने वही सवाल दोहराया।

शिक्षक—- चूहा, बिल्ली, कुत्ता, और देखो, कुत्ते के पीछे शेर दौड़ रहा है।

बच्चे - फिर क्या हुआ सर ?

शिक्षक — चूहा, बिल्ली, कुत्ता, शेर।

बच्चे — सर ! फिर क्या हुआ ?

डॉ. आर्य—- स्टूडेंट्स, फिर क्या हुआ ? का भाव अगर आपने बच्चों में जगा दिया तो समझो कि आप सफल अध्यापक हैं। यह रचनात्मक विकास की पहली सीढ़ी है। जिज्ञासा के बाद निर्माण के लिए हमें बच्चों को मिट्टी, चार्ट पेपर, रंग, कलम - काग़ज़, स्लेट-बत्ती आदि दे देने चाहिए जिनसे वह कुछ निर्माण कर सके।

देव—- डॉ. आर्य सर ! बच्चे रंगों से कपड़े, दीवार गंदा करेंगे व काग़ज़ फाड़ देंगे, फिर क्या करें ?

डॉ. आर्य—- आपने कहा- 'फिर क्या करें'। यह आपकी रचनात्मकता है, यह आपकी मूल भावना है। इसे ही बच्चे में विकसित करना है। इसे ही मूर्त रूप देना है। आप एक चिड़िया का मॉडल बच्चों के सामने रख सकते हैं। बच्चे मिट्टी से चिड़िया बनाएँ। बड़े बड़े बच्चों को गाँव या शहर के तालाब, नदी, पनघट, पंचायत घर, जू (चिड़ियाघर) म्यूज़ियम, लाइब्रेरी, खेत- खलिहान में लेकर जाएँ व विद्यालय में आकर बच्चों से देखे गए दृश्यों के बारे में जानें।

रचनात्मक विकास के लिए अध्यापक में सहनशक्ति का गुण अपेक्षित है। बालक अगर कुछ नुक़सान व उल्टा- पुल्टा करे तो उन्हें प्रताड़ित नहीं बल्कि और अवसर प्रदान करें ताकि बार बार करने से बालक में आत्मविश्वास बढ़े। जिज्ञासा, निर्माण के बाद प्रयोग करने में शिक्षक दूरी बनाकर बालक की मदद करे। उसकी सामर्थ्य, आर्थिक अवस्था के अनुसार सामग्री एकत्रित करे।

शुभम —- डॉ. आर्य सर ! यदि अध्यापक ही रचनात्मक नहीं है तो बालक कैसे रचनात्मक होगा ?

डॉ. आर्य —- यह पहले बताया जा चुका है कि हर इंसान रचनात्मक शक्ति से भरपूर होता है, सिर्फ़ हमें बालकों की शक्ति को अपनी सहायता से सकारात्मक दिशा देनी है और वही विधियाँ हम आपको सिखा रहे हैं। यह एक वर्षीय प्रशिक्षण इसीलिए है कि हम किशोर हो रहे बालकों का रचनात्मक विकास कैसे करें ? कैसे उनकी पढ़ाई- लिखाई, खेल- स्वास्थ्य में मदद करें ? अध्यापक उपदेशक नहीं, मार्गदर्शक है, बालकों का सहयोगी है।

आज इतना ही !

अब हाज़िरी होगी। प्रॉक्सी की चेष्टा कोई न करे, पकड़ा गया तो स्पेशल जुर्माना दोनों पर होगा। रोल न० एक, दो, तीन, चार और चालीस पर पहुँचने पर जो उत्तर मिला, उस पर हँसी के फ़व्वारे छूटने लगे।

डॉ. आर्य — क्या हुआ स्टूडेंट्स ?

देव — सर ! चालीस रोल नंबर कांता का है जो हमारी क्लासमेट व आपकी अर्द्धांगिनी हैं, उन्होंने हाज़िरी में 'यस सर' के बजाय 'हसबैंड सर' बोला, इसीलिए सब हँसे।

डॉ. आर्य —- क्या वह मेरी अर्द्धांगिनी नहीं है, उसे हक़ है बोलने का!

शुभम — सर ! मियाँ बीबी राजी तो क्या करेगा काजी ?

डॉ. आर्य —- सभी ने ध्यान से लेक्चर सुना, बहुत धन्यवाद !

***

24

डॉ. राकेश का रश्मि के घर पहुँचना

डॉ. साहब ! नमस्कार ! पहचाना मुझे ? ड्राइवर रत्नाकर ने कार से बाहर आकर कहा।

डॉ. राकेश—लग रहा है कहीं मुलाक़ात हुई है, वीरवार को डॉ. भगवत स्वरूप जी के साथ आए थे शायद यहाँ ?

रत्नाकर —- हाँ डॉ. साहब, बिलकुल सही पहचाना आपने ? मैं भी आपको डॉ. राकेश के रूप में ही पहचान रहा हूँ न ?

डॉ. राकेश — हाँ बिलकुल, मैं ही डॉ. राकेश हूँ, सरकारी अस्पताल में दंत चिकित्सक। मुझ से ही किसी काम से आए हो ?

रत्नाकर —- रश्मि बिटिया ने कहा है कि मैं आपको घर लिवा लाने के लिए आपके पास आऊँ, क्या आप तैयार हो चुके हैं ?

डॉ. राकेश —- क्या तुम्हें मैं तैयार हुआ लग रहा हूँ ?

रत्नाकर — सर डॉ. साहब, यह तो मैं विश्वास के साथ नहीं कह सकता लेकिन हम ड्राइवर लोग एक कॉल पर ही तैयार मिलते हैं। दिन हो या रात, हमारे मुख में 'यस सर' ही रहता है।

डॉ. राकेश —अभी कुछ इंतज़ार करना होगा, प्रेस वाले को सूट दिया था, अभी तक लौटा नहीं है।

रत्नाकर —-सर ! क्या भरोसा कितना समय और लगेगा ? आप मुझे नाम बताइए या कार में साथ चलिए, हम ले आएँगे।

डॉ. राकेश —-आइडिया अच्छा है, मैं साथ चलता हूँ। 'दारा ड्राइक्लीनर्स' के यहाँ चौकी के सामने ही है।

रत्नाकर —-मैं जानता हूँ साहब, बाबू जी व घर में सभी के लिए मैं वहीं से कपड़े बनवाता हूँ। शहर में बड़ा मशहूर व एक दम बढ़िया काम देता है।

डॉ. राकेश —अगर तुम ही अच्छी तरह से परिचित हो तो ये लो पैसे और ले आओ।

रत्नाकर कार मोड़ कर निकल जाता है पर अचानक ड्राइक्लीनर्स के प्यादे को देख कर कार रोकता है।

रत्नाकर — अरे भाई, दारा ड्राइक्लीनर्स से हो न ? आओ मेरे साथ, कार में बैठ जाओ, मैं डॉ. साहब का सूट लेने शॉप पर ही जा रहा था।

प्यादा— हाँ, यह डॉ. राकेश के लिए ही लाया हूँ।

रत्नाकर —- आ बैठ, हम वहीं चलेंगे। (घर पहुँच कर दरवाज़े पर दस्तक दी)

डॉ. राकेश — बाहर आकर, क्या हुआ रत्नाकर, कोई प्रॉब्लम है क्या ?

रत्नाकर —-कोई प्रॉब्लम नहीं है साहब, ये 'दारा.....' का प्यादा रास्ते में ही मिल गया। आपका सूट लेकर आ रहा था, मैंने पहचान लिया व लिफ़्ट करा कर ले आया।

डॉ. राकेश —गुड, अब तुम केवल आधा घंटा इंतज़ार करो और प्यादे को पेमेंट कर दी ?

रत्नाकर —-सौ रूपये का नोट प्यादे को थमाते हुए, इतने ही देने हैं?

प्यादा—- हाँ सर, ठीक हैं। कोई और कपड़ा प्रेस के लिए है क्या?

रत्नाकर— अभी नहीं है।

रत्नाकर को काफ़ी देर होने पर रश्मि कुछ बेचैनी महसूस करने लगीं थी। शायद आधा घंटा से ज़्यादा वक़्त हो गया था उसे घर से निकले हुए।

रश्मि —- मम्मा, रत्नाकर को गए बहुत देर हो गई है, दस मिनट की दूरी पर ही तो है अस्पताल। दो बजने को हैं, फिर लंच का क्या मज़ा रहेगा ?

अंजना —- बेटी, अधीर न हो, अकेले आदमी को तैयार होने में समय लगता है। सब कुछ अपने आप ही करना पड़ता है। तुम भी तो जब यमुनानगर से आतीं हो, ऐसा ही होता होगा ?

रश्मि —- औरतों को तो सौ झंझट होते हैं, आदमी का क्या ? टी शर्ट व पेंट डाली और चल दिए।

अंजना —- हँसते हुए, तुम्हें इतनी जल्दी भी क्या है, क्या डॉ राकेश को इतना पसंद करती हो ?

रश्मि —- मम्मा, तुम भी दिव्या की तरह मेरा मज़ाक़ उड़ा रही हो। मेहमानों का तो सभी बेसब्री से इंतज़ार करते ही हैं।

अंजना — ये तेरे मेहमान हैं, तुम्हीं ने बुलाया है, अब तुम ही इंतज़ार की घड़ियाँ गिनो जो हमेशा लंबी होती हैं।

(आलोक शर्मा का राकेश के साथ आगमन)

आलोक — आइए डॉ. राकेश, इधर आइए। ये रश्मि की मम्मी अंजना हैं।

डॉ. राकेश — प्रणाम करता हूँ आपको।

अंजना—- ख़ुश रहो, ख़ूब तरक़्क़ी करो।

आलोक —- ये मेरी बेटी रश्मि व अश्मि जो रूम में अपनी पढ़ाई में व्यस्त हैं।

डॉ. राकेश —- रश्मि जी नमस्ते !

रश्मि—- डॉ. राकेश कुमार को हमारा भी नमस्कार, बहुत देर कर दी आने में, मम्मा कब से इंतज़ार कर रही हैं ?

अंजना —बेटी, अभी आए हैं, बैठने तो दो, गिले शिकवे फिर दूर कर लेना। हाँ राकेश बाबू, कोई परेशानी तो नहीं हुई घर आने में?

डॉ. राकेश — नो प्रॉब्लम आंटी जी, रत्नाकर की वजह से जल्दी आ गया वरना और ज़्यादा देर हो सकती थी ?

अंजना—- हाँ, रत्नाकर बहुत समय से यहाँ है, सारे शहर से परिचित हो गया है। घर के मेंबर की तरह ही रहता है।

(अश्मि ट्रे में दो गिलास पानी लेकर आती है।)

अश्मि—-लो डॉ. साहब पानी लीजिए, स्वास्थ्य के लिए पानी पीना लाभदायक होता है।

डॉ. राकेश— (पानी का गिलास लेते हुए) अश्मि, तुम भी डॉक्टर बनोगी क्या? अभी कौनसी क्लास चल रही है ?

अश्मि —- अंदाज़ा लगाओ, डॉक्टर लोग बच्चों में पाँच वर्ष का अंतराल रखते ही हैं। दीदी का अंतिम साल है तो मैं किस क्लास में होऊँगी ?

डॉ. राकेश —- 10+1 स्टैंडर्ड में, मेरा आइडिया सही है तो दो ताली।

(अश्मि हाथ देतीं हैं, ताली बजाते हैं।)

अश्मि—- वाक़ई आप प्रतिभाशाली व डॉक्टरी के लायक़ हैं।

रश्मि — अश्मि, अब तू जा, मम्मा के साथ डाइनिंग टेबल पर खाना लगवाने में मदद कर। राकेश से, दादा जी अब बिलकुल ठीक हैं, आपका धन्यवाद।

डॉ. राकेश —- मेरा इसमें कोई योगदान नहीं रहा, सब डॉ. ज्ञान चंद्र जैन की मेहरबानी रही।

रश्मि—- हाँ, डॉ. जैन बहुत अनुभवी व निहायत शरीफ़ क़िस्म के इंसान हैं।

डॉ. राकेश —दंत चिकित्सा के दोनों ही डॉक्टर शरीफ़ व अपने काम में पारंगत हैं।

रश्मि —- बड़े मुँह मियाँ मिट्ठू बन रहे हैं डॉ. साहब।

आलोक शर्मा— आओ राकेश बाबू, खाना ठंडा हो रहा है। सब मिलकर लेते हैं।

राकेश— यस अंकल, इकट्ठे मिलकर खाने से ज़ायक़ा कुछ और बढ़ जाता है, अब संयुक्त परिवार की परंपरा लुप्त होती जा रही है इसलिए मानव परेशान व अकेला सा हो गया है।

आलोक — समय बहुत बदल चुका है, छोटे छोटे बच्चे भी बड़ों के कान कुतरने लगे हैं।

राकेश — हाँ अंकल, टेक्नोलॉजी में क्रांति से आदमी के जीवन में बहुत परिवर्तन आ गया है।

आलोक — आइए, यहाँ बैठ कर लंच करेंगे व बातचीत भी चलतीं रहेगी। रश्मि बेटी, तुम क्या सोच रही हो, चलो आओ खाना खाने के लिए, काफ़ी देर हो गई है पहले ही।

(सभी कुर्सियों पर बैठ कर भोजन लेना शुरू करते हैं।)

अंजना — राकेश बाबू, संकोच मत करना, खूब दिल लगाकर खाना।

अश्मि— मम्मा, डॉक्टर जो ठहरे, भूख से एक चपाती कम ही लेंगे।

आलोक — और एक चपाती तुम ज़्यादा पेट में डालना, हिसाब बराबर हो जाएगा।

(सभी धीमे से हँसते हैं।)

डॉ. राकेश —-नहीं अंकल आज मैं अश्मि को नहीं, ख़ुद एक चपाती ज़्यादा लूँगा। भोजन इतना स्वादिष्ट बना है कि जी करता है खाता ही रहूँ, शायद पचाने के लिए बाद में कुछ लेना पड़ेगा ? दाल तो अव्वल दर्जे की बनीं ही है, करेला भी एकदम मस्त बना है।

अंजना —— यह सब दोनों बेटियों की मेहनत व हुनर का परिणाम है। मैं सिर्फ़ थोड़ा बहुत संकेत कर देती हूँ जब भी कोई ज़रूरत होती है वरना ये दोनों ही किचन सँभालती हैं।

राकेश — यह तो बहुत बढ़िया बात कही आपने, आज कल तो लड़कियाँ किचन का रास्ता ही भूल गई हैं। बड़े- बूढ़े चिल्लाते रहते हैं कि

बच्चों को हुनर सिखाना चाहिए, वक़्त -बेवक्त या मुसीबत में बड़ा सहारा मिलता है, पर कौन सुनता है उनकी पुकार ?

आलोक—- डॉ. साहब, हमने घर में कोई नर या नारी कर्मचारी नहीं रखा है, दोनों लड़कियाँ व अंजना ही सारा काम करती हैं। यदि कोई कर्मचारी रखा है तो वह आवश्यकता वश न कि किसी मुक़ाबले या प्रशंसा के लिए।

राकेश —- अंकल, यह आपने बड़ी वज़नदार बात कही है, नौकरों की बजाय अपने बच्चों से काम लेने से उनमें आत्मविश्वास बढ़ता है, ज़िम्मेदारी आती है व सेवा भाव में वृद्धि होती है।

अंजना —- लो राकेश बेटा, एक करेला यह करारा सिका हुआ ख़स्ता है, बगैर चपाती के भी खाया जा सकता है ?

राकेश —- बस आंटी, अब पेट में जगह नहीं रहीं, पहले ही दो करेले खा चुका हूँ। ज़्यादा खाने से उदर में गर्मी का प्रकोप बढ़ जाएगा।

अश्मि —- मम्मा, मैं कह रही थी न कि डॉक्टर खाना भी तोल कर खाते हैं अमेरिका की तरह।

(सभी धीमे से हँसते हैं।)

आलोक—-तुम्हें अमेरिका का कैसे पता चला, कहीं किसी पुस्तक में पढ़ा या टी. वी. पर देखा है?

अश्मि —- मेरी फ्रैंड है एक, उसके मम्मी- पापा अपने लड़के के पास तीन महीने रहकर लौटे हैं अमेरिका से, उसी ने मुझे बताया था और यह भी कहा था कि एक निश्चित राशि देकर कितना ही खाओ?

आलोक —- हाँ, ऐसा ही है वहाँ, पर इंडिया में अभी नहीं है।

अश्मि —-इंडिया में भी शुरू हो चुका है और डॉक्टर लोग तो बहुत पहले से अपनाए हुए हैं।

आलोक —- राकेश बाबू, अश्मि का निशाना आप ही है।

राकेश — मैं तो यहाँ आते ही अश्मि के निशाने पर था, जब पानी पिया तभी मुझे झलक मिल गई थी। खाना खाने के बाद स्वीट डिस पर भी निशाना लगेगा, क्यों अश्मि ?

अश्मि ——मीठा व चिकनाई से डॉक्टर लोग थर्राते हैं, बिना दोनों के शरीर में ताक़त कैसे बनेगी ? रोगी व डॉक्टर के खाने में कोई अंतर नहीं होता ?

राकेश —— अश्मि, तुम्हें डॉक्टरी पेशे से इतनी नाराज़गी क्यों है ? क्या तुम्हें बड़े हो कर डॉक्टर नहीं बनना है ?

अश्मि —— मैं एलोपैथी डॉक्टर नहीं बल्कि आयुर्वेदिक डॉक्टर बनना चाहती हूँ जिसमें खाने का परहेज़ व व्यायाम को भी महत्व दिया जाता है। बीमारी के रिलीफ़ के लिए नहीं बल्कि इलाज के लिए दवा की जाती है।

आलोक —- अच्छा किया बेटी, जो तुमने अपना लक्ष्य निर्धारित कर लिया।

अंजना —- वह गुलाब जामुन तो हॉटस्पॉट में रखे होंगे। रश्मि बेटी, ले आओ और सब को प्लेट में रखकर दो।

रश्मि —- जी मम्मा, उसी तिवारी अंकल की शॉप से मँगवाए है ना ?

अंजना- तुम्हारे पापा जी ने ही रत्नाकर को भेजा था और वह तो तिवारी का ही दीवाना है।

(सभी मिष्ठान का आनंद लेते हैं व भोजन ख़त्म कर फिर बातचीत में मस्त हो जाते हैं)

राकेश— बहुत ज़ायक़ेदार गुलाब जामुन हैं, आज पेट की खैर नहीं लगती ?

अंजना— राकेश बाबू, रश्मि बता रही थी कि आपके माता-पिता असमय ही भगवान को प्यारे हो गए थे।

राकेश —- हाँ, आंटी जी, मैं जब यमुनानगर में पढ़ाई कर रहा था व अंतिम वर्ष में था तब कोविड से दोनों बच नहीं पाए और नेहा के साथ मुझे भी अनाथ छोड़ कर चले गए। मैं अपनी पी. जी. की पढ़ाई नहीं कर पाया।

अंजना —- प्रकृति पर किसका अधिकार है बेटा, वह अपने तरीक़े से ही ट्रीट करतीं है। इंसान तो उसके हाथ में खिलौने की तरह ही है। नेहा छोटी बहन है, पढ़ रही होगी और तुमने यमुनानगर का ज़िक्र किया, रश्मि के मामा जी

वहीं जगाधरी में रहते हैं। उनका अच्छा कारोबार है। 'शर्मा सेरेमिक्स' के नाम से औद्योगिक इकाई है।

राकेश —- उसके मालिक तो डी. डी. शर्मा हैं, मैं उन्हें अच्छी तरह से जानता हूँ। बहुत सज्जन व ईमानदार इंसान हैं। उनका एक बेटा कुछ दिन हमारे कॉलेज में प्रोफ़ेसर रहा, अब पिताजी के साथ ही कारोबारी बन गया है।

अंजना —- हाँ राकेश बेटा, देव दत्त शर्मा मेरे बड़े भाई हैं। दो लड़के हैं उनके पास समीर व आशु व एक छोटी लड़की है काम्या, अश्मि की उम्र के बराबर, पर तुम उन्हें कैसे जानते हो ?

राकेश —- आंटी, हमारे कोर्स में दांतों के बारे में ही सिखाया जाता है और दांतों के काम में सिरामिक का खूब प्रयोग होता है इसलिए सब स्टूडेंट्स उन्हें जानते हैं। रश्मि मामा जी के घर में ही रहती है क्या ?

अंजना —- रश्मि काफ़ी देर से अपने में ही खोईं हुई है, तुम उसी से पूछो उससे संबंधित सवाल। रश्मि बेटी, डॉ साहब के साथ लिविंग रूम में बैठ जाओ और अपने कोर्स से संबंधित बातचीत कर लो, तुम्हारे पिताजी दूसरे कमरे में आराम करने गए हैं, मैं अश्मि के पास ही रहूँगी, किचन का काम कुछ विश्राम के बाद निपटाएँगे।

लंच के बाद राकेश व रश्मि लिविंग रूम में आ गए थे ताकि कुछ देर ट्रेनिंग प्रोग्राम के बारे में जानकारी साझा कर सकें। रश्मि आज गुमसुम सी बनीं हुईं थीं फिर भी चुप्पी तोड़ते हुए बोली -

रश्मि —- आपको लंच पसंद आया या नहीं ?

राकेश —- मैं हैरान हूँ कि पढ़ी- लिखी लड़कियाँ भी इतना स्वादिष्ट भोजन कैसे बना सकतीं हैं ? क्या तुमने ही बनाया था वाक़ई ?

रश्मि ——बचपन से ही मम्मा ने हमें घर- किचन व अन्य कामों को करने की आदत डाल रखी है। मम्मा का विजन हैं कि चाहे ज़रूरत न भी पड़े तो भी इंसान को हुनर ज़रूर सीखना चाहिए। किचन तो औरत की शान होती है। बिना किचन कार्य के औरत बिन आभूषणों के जैसी होती है।

राकेश —- हालाँकि आंटी इतने बड़े घर से संबंध रखती हैं फिर भी सारा काम ख़ुद ही करती हैं। किसी प्रकार का संकोच भाव उनमें नहीं है।

रश्मि—- ख़ानदानी परिवार की बेटी जो ठहरी मम्मा, मैं भी कभी छुट्टी के दिन मामा जी के घर जातीं हूँ तो सभी का भरपूर सम्मान मिलता है। लगभग एक महीने में एक विज़िट हो ही जाती है।

राकेश—- समीर भाई साहब, कुछ समय अपने कॉलेज में प्रोफ़ेसर रहे, मैं अंतिम वर्ष में था, शायद तुम भी पहले साल में ही होंगी ?

रश्मि— हाँ, वे हमें टीच करते थे पर थोड़े समय के बाद बिज़नेस में चले गए क्योंकि आशु का दाख़िला इंजीनियरिंग कॉलेज में हो गया था।

राकेश—- क्या संयोग है रश्मि ! जब हम दोनों एक ही कॉलेज में पढ़ते थे तो अनजान रहे और जब अनजान थे तो एक दूसरे से परिचित हो गए।

रश्मि—- हो सकता है दिव्या ने जो कहा था वह सत्य सिद्ध हो जाए। उसकी कहीं बात व्यर्थ नहीं जातीं।

राकेश —- रश्मि ! क्या तुम मुझसे प्यार करने लगी हो ?

रश्मि—- आपस में मिलते रहने से लगाव तो बढता ही है और धीरे-धीरे यही लगाव प्रेम- प्यार का रंग- रूप धारण कर लेता है।

राकेश —— लगता है कि हमारा लगाव एक दम से ही प्यार के संसार में बदल गया है।

रश्मि —- अच्छा, तुम बताना चाहते हो कि मैं तुम्हें प्यार करने लगा हूँ।

राकेश —- हाँ रश्मि ! मैं नहीं भी कहूँ तो प्यार छुपता कहाँ है ? जितना छुपाओगे उतना ज़्यादा ही बढ़ेगा। वीरवार को दादा जी के साथ तुम नहीं आईं तो मैं लुटा सा महसूस करने लगा था, जैसे मेरा सब कुछ खो गया है।

रश्मि—- मैं दादा जी के साथ आना चाहती थी पर बहुत दिनों बाद मिली मामा की लड़कियों को छोड़कर आना उचित सा नहीं लगा। तुम इतने अधीर हो जाओगे, नहीं जानतीं थीं।पहली मुलाक़ात में इतना लगाव कैसे हो गया ?

राकेश —- (सोफे से उठकर रश्मि के पास बैठते हुए) हाँ हम अब भी बहुत क़रीब हैं रश्मि ! चाहता हूँ कि तुम्हें अपने अंदर समा लूँ।

रश्मि — मुझे लगता है कि आप रोमांटिक हुए जा रहे हैं, मम्मी- पापा यहीं हैं, कुछ देख लिया तो अनर्थ हो जाएगा।

राकेश —-एक न एक दिन तो सबको पता चलेगा ही, अच्छा है जल्दी खुलासा हो जाए। (रश्मि को बाँहों में भरकर प्यार से मुख व होंठों को चूमने लगता है। रश्मि लाज के मारे आँखें बंद कर लेती है।)

रश्मि—- अब छोड़ो, कोई भी यहाँ आ सकता है। वैसे भी मुझे कल सुबह छः की बस से जाने के लिए तैयारी करनी है।

राकेश—- हाँ, मैं भी अब चलूँगा, चार बजने को आए हैं।

रश्मि —- मम्मी- पापा जब जाग जाएँ तब जाना, मैं आपके लिए पानी लातीं हूँ।

(किचन में बर्तनों की खनकने की आवाज़ से अंजना की नींद खुलीं तो पुकारा)

अंजना—-किचन में कौन है बेटी ?

रश्मि—- मैं हूँ मम्मी जी, क्या पानी दूँ ?

अंजना —- हाँ बेटी, पानी दे दो, राकेश बाबू चले गए क्या ?

रश्मि —- अभी तो यहाँ ही हैं। हम अपने कोर्स की बातों में ही लगे थे अब तक।

अंजना— तुम सबके लिए चाय बनाओ, मैं रत्नाकर को बुलातीं हूँ, राकेश बाबू को छोड़ आएगा।

(डॉ. भगवत स्वरूप का आगमन)

डॉ. भगवत स्वरूप — बेटी रश्मि, राकेश बाबू आए थे, चले गए क्या?

रश्मि—- नहीं दादा जी, अभी यहीं हैं। लिविंग रूम में बैठे हैं, आप भी वहीं बैठ जाइए, मैं सबके लिए चाय लेकर आती हूँ।

डॉ. भगवत स्वरूप — राकेश बाबू, क्या हाल हैं, सब ठीक चल रहा है, खाना बगैरह ले लिया था न ?

राकेश — हाँ सर ! नमस्कार ! मैं आपकी कृपा से बिल्कुल दुरुस्त हूँ। खाना बहुत स्वादिष्ट बना था, कुछ ज़्यादा ही हो गया।

डॉ. भगवत स्वरूप —घर का बना हुआ खाना कुछ ज़्यादा ही लिया जाता है पर कोई परेशानी नहीं करेगा, थोड़ी देर में सब हज़म हो जाएगा। हमारा घर- परिवार कैसा लगा आपको ?

राकेश — मुझे क्षमा करना सर ! आपके घर- परिवार का मूल्यांकन करना मेरी हैसियत के बाहर है। मैं तो आपके बच्चों के ही तरह हूँ।

डॉ. भगवत स्वरूप — मैं उस तरीक़े से नहीं कह रहा, मेरा मतलब यह है कि बच्चों ने कुछ सेवा की आपकी या नहीं ?

राकेश —— सेवा की है तभी तो अब तक टिका हूँ और अब भी सेवा चल ही रही है। रश्मि व अश्मि को बहुत लायक़ बना रखा है आंटीजी ने।

डॉ. भगवत स्वरूप —- हमारी बहू हीरा है राकेश बाबू ! सारे परिवार को कर्मठ बना दिया है। भगवान करे ऐसी बहू- बेटियाँ सब को मिलें।

रश्मि —— (दादा जी व राकेश को चाय देते हुए) और ऐसे दादाजी भी सब को मिलें।

डॉ. भगवत स्वरूप—-यह मेरी सबसे प्यारी बिटिया है, बहुत ध्यान रखती है दादा जी का। अब कल चली जाएगी फिर शायद दीपावली पर आना होगा।

राकेश —- हाँ सर ! अभी दीवाली में एक महीने के लगभग शेष है। देव भी दीवाली पर ही आने की कह रहा था।

डॉ. भगवत स्वरूप —- हाँ, अभी क्लीनिक पर मुखिया जी का फोन आया था वे देव से मिलने की चाह कर रहे थे। जब भी देव आए, तुम उसे मुखिया से ज़रूर मिलवाना।

राकेश —- जी सर ! मैं मिलवा दूँगा अब मैं चलना चाहूँगा।

डॉ. भगवत स्वरूप—आपने चाय के साथ कुछ लिया नहीं, सब यूँ ही रखा हुआ है?

राकेश —लंच इतना स्वादिष्ट बना था कि पेट में कहीं कोई कोना नहीं बचा।

डॉ. भगवत स्वरूप— रश्मि बेटी, रत्नाकर को बुलाओ, राकेश बाबू को घर छोड़कर आएगा।

रश्मि —— मम्मी ने बोल दिया है वह बाहर गाड़ी लिए तैयार है। पापाजी भी जाग गए हैं, यहीं आ रहे हैं।

आलोक —- राकेश बाबू, जा रहे हो, चाय बगैरह हो गई ?

राकेश —- हाँ अंकल, सब हो गया। अब इतना खा लिया, कई दिनों तक भूख नहीं लगेगी। अश्मि नहीं दिखाई दी ?

आलोक —अश्मि बेटी, राकेश बाबू जा रहे हैं, उन्हें नमस्ते बुलाओ व फिर आने के लिए बोलो।

अश्मि —— डॉ साहब, आप घर जा रहे हैं, कोई ग़ुस्ताख़ी हो तो क्षमा याचना करती हूँ, प्रणाम !

राकेश —- खूब दिल लगा कर पढ़ाई करो, अच्छी डॉक्टर बन जाओगी।

अश्मि —-आपका आशीर्वाद मेरे साथ है। स्वादिष्ट भोजन करने को जी करे तो फिर आ जाना। पर दीदी तो जा रही है, हाँ दीवाली पर दीदी आ जाएँगी, तब ज़रूर आना।

राकेश —- हाँ अवश्य आऊँगा।

आलोक —- आइए राकेश बाबू, मैं भी क्लीनिक पर जाऊँगा फिर रत्नाकर आपको घर छोड़ देगा।

राकेश डॉ. भगवत जी व अंजना आंटी को प्रणाम करते हैं व रश्मि को बॉय बोलते हैं। रत्नाकर आलोक को क्लीनिक पर छोड़ कर राकेश बाबू को घर के लिए छोड़ने निकल पड़ता है। रास्ते में ही राकेश को याद आता है कि देव साहब का उपन्यास दीपा दीदी वहीं भूल आया।

राकेश —- रत्नाकर ! मैं अपनी एक किताब वहाँ घर में भूल आया हूँ, तुम रश्मि से कहना कि संभाल कर रख देंगी, फिर कभी आना- जाना हुआ तो ले लेंगे।

रत्नाकर — अगर ज़रूरी हो तो मैं आपको घर छोड़कर ले आऊँगा, मुझे कोई परेशानी नहीं होगी।

राकेश —- ज़रूरी नहीं है इसलिए तकल्लुफ़ करने की आवश्यकता नहीं है।

रत्नाकर —- (घर पहुँच कर गाड़ी को विराम देते हुए) लीजिए डॉ साहब, आपकी मंज़िल आ गई है, कोई और आदेश हो तो बंदा हाज़िर है।

राकेश —- सब कुछ ठीक है, तुम जाओ और रश्मि को पुस्तक के लिए याद करके बोल देना।

रत्नाकर ने घर लौट कर रश्मि बिटिया को बता दिया था कि डॉ राकेश बाबू एक किताब यहीं भूल गए हैं। रश्मि ने लिविंग रूम में देखा तो सोफे के एक किनारे उसे पड़ा पाया और पृष्ठ दर पृष्ठ बदल कर देखा। क़रीब दो सौ पेज का 'दीपा दीदी' शीर्षक से सुशोभित यह उपन्यास देव साहब द्वारा लिखित था। किताब में रखें कुछ फ़ोटो भी रश्मि ने नज़र किए। ये सभी कॉलेज के समय के ही लग रहे थे। रश्मि चित्रों को देख कर विचारने लगीं कि राकेश बाबू का इनको लाने का क्या मक़सद था। क्या वे मम्मी-पापा या दादा जी को दिखाने के उद्देश्य से या मुझे कॉलेज की जानकारी देने के लिए, पर मैं तो कॉलेज में बहुत समय से हूँ व चप्पे चप्पे से वाक़िफ़ हूँ, मुझे दिखाने क्यों लाते। हो सकता है मम्मी- पापा को इम्प्रैस करने के लिए लाए होंगे व लंच के बाद दोनों के आराम करने के लिए जाने पर उन्हें नज़र नहीं करवा सके हों। यह भी संभव है उन्होंने आते ही इसे सोफे पर रख दिया होगा। और लंच के दौरान बातचीत में उलझकर भूल गए होंगे। मुझे शायद यह संभावना भी लगती है कि पुस्तक में फ़ोटो पहले से ही रखे हुए हों और यहाँ आते हुए उठा लाए हों। पर जो भी कारण रहा हो मुझे इसे उनके पास पहुँचाना होगा। डिनर के बाद ये फ़ोटो मैं परिवार के साथ शेयर कर सकतीं हूँ। इससे डॉ राकेश की इच्छा भी पूर्ण हो

जाएगी व मम्मी- पापा को उनके कॉलेज के समय की जानकारी भी उपलब्ध हो जाएगी।

इतना अवश्य था कि रश्मि को राकेश से मिलने का एक सुनहरी अवसर और मिल गया था पर क्या राकेश को अभी के लिए इसकी ज़रूरत नहीं है। मैं रत्नाकर काका से पूछ लेती हूँ।

रश्मि— रत्नाकर काका, क्या डॉ राकेश बाबू ने यह पुस्तक अभी मँगवाई है ?

रत्नाकर —नहीं बिटिया, मैंने इस बाबत उनसे पूछा था, जब उन्होंने याद आने पर रास्ते में मुझे बताया कि वह किताब भूल आए हैं तो मैंने कहा था कि आपको घर छोड़कर मैं ले आऊँगा, परंतु उन्होंने स्पष्ट कहा कि फिर कभी ले लूँगा।

रश्मि—- फिर कब लेंगे रत्नाकर काका, मैं तो कल जा रहीं हूँ, तुम्हीं को देकर आना होगा या फिर क्लीनिक पर ले जाना, वे दादा जी के पास आएँगे तब ले लेंगे।

रत्नाकर —बिटिया, एक विचार मेरे मन में है, कहो तो बताऊँ ?

रश्मि —- हाँ काका, कहो ?

रत्नाकर —- कल सुबह जब मैं तुम्हें बस स्टैंड पर छोड़ने जाऊँगा, रास्ते में ही अस्पताल पड़ेगा, तब तुम उन्हें सौंप देना, मिलना- जुलना भी हो जाएगा।

रश्मि —- आज हो तो गया मिलना- जुलना, अब कल सुबह उस समय तक वे नींद में सो रहे होंगे ? जगाने से सारा दिन ड्यूटी पर चिड़चिड़ापन बना रहेगा।

रत्नाकर —- बिटिया, तुम जाओगी तो नाराज़ नहीं बल्कि ख़ुश होंगे। अपनी पुस्तक पाकर तुम्हें धन्यवाद कहेंगे।

रश्मि —- ठीक है काका, हम सुबह ही यह किताब उन्हें दे आएँगे।

रत्नाकर —- हाँ बिटिया, मिलने- जुलने से ही नज़दीकी बनी रहती है व दिल भी ख़ुश रहता है। फिर तो दीवाली पर ही आना होगा ?

रश्मि—- काका, तुम क्या कह रहे हो, मुझे समझ नहीं आ रहा।

रत्नाकर — बिटिया धीरे-धीरे समझ बढती है, एक दूसरे के स्वभाव का पता चलता है। डॉ राकेश मुझे तो बहुत अच्छे स्वभाव के प्रतीत होते हैं।

रश्मि—- तो तुम अपने दांतों का इलाज डॉ. राकेश से ही करवाना।

रत्नाकर —- बिटिया, तुम मेरी बात को मज़ाक़ में ले रही हो, आपको जैसे अच्छा लगे कर लेना, मैं सुबह तुम्हें याद अवश्य दिलवा दूँगा।

रश्मि —- हाँ रत्नाकर काका, सुबह याद करवाना, अब तुम जाओ।

रत्नाकर के जाने के बाद रश्मि सोच रहीं थीं कि रत्नाकर काका शायद सच्चाई से अवगत हैं कि जवाँ दिल हर दम मिलने को तरसते हैं, बस कोई बहाना चाहिए। मम्मी- पापा व दादा जी भी ऐसा ही सोचते होंगे। घर पर बुलाने का मक़सद भी समझते होंगे। बच्चों की ख़ुशी में ही खुश रहने की विचार कर सब स्वीकार किए जाते होंगे।

मम्मी- पापा हम दोनों को अकेले छोड़ कर आराम करने चले गए, क्या वे भी रत्नाकर काका की तरह ही सोचते होंगे। सभी होशियार हैं व सब कुछ जानते हैं, शायद मैं ही नहीं समझती, पर मेरे लिए समझने का नहीं अहसास करने का मामला है। प्यार एक अहसास है, एक तड़प, एक चाह ही तो है, कोई समझ का विषय नहीं। रत्नाकर काका नहीं भी कहते तो भी मुझे तो जाना था ही।

ऐसे सुनहरे मौक़े मुश्किल से ही मिलते हैं।

(अंजना का आगमन)

अंजना —- बेटी रश्मि, ये क्या किताब उठाए हुए हो ? तुम्हारी ही होगी, सूटकेस में रखना भूल गई क्या ? सब चीजों को ध्यान से रख लो बेटी वरना कॉलेज में दिक़्क़त होगी।

रश्मि —- मम्मा यह तो उपन्यास है, राकेश बाबू भूल गए, रत्नाकर काका कह रहे थे कि कल सुबह जातें समय दे देंगे। देखो मम्मा, कॉलेज टाइम की राकेश बाबू की फ़ोटो कितनी सुंदर हैं।

अंजना —- इतनी फ़ोटो कहाँ से मिली तुम्हें ?

रश्मि —- इसी बुक के अंदर रखीं थीं, मैं सब संभाल कर दें आऊँगी।

अंजना —- अब तो मैं इवनिंग वॉक के लिए पार्क में जा रही हूँ, डिनर के समय सब देख लेंगे।

रश्मि —- तुम वॉक पर जाओ और मैं अपना सामान चाक-चौबंद करती हूँ। अश्मि भी दिखाई नहीं पड़ रही ?

अंजना— अश्मि पड़ोस में ही अपनी सहेली के घर पर है, तुम्हें कोई काम हो तो मैं जाती हुई उसे भेज दूँगी।

रश्मि —- नहीं, बल्कि अच्छा है मैं शांति से अपना सूटकेस तैयार कर लूँगी व कुछ डिनर की भी तैयारी कर लूँगी।

***

25

मुखिया जी की स्टेट अवार्ड की तैयारी व डॉ. भगवत स्वरूप से मुलाक़ात

प्रबंध समिति के अध्यक्ष बाबू राम कृष्ण के आश्वासन के बाद मुखिया जी पूरे जोश के साथ स्टेट अवार्ड पाने के लिए जुट गए थे। जिन लोगों को यह पुरस्कार पहले मिल चुका है उनसे संपर्क साधा गया व टिप्स अर्जित किए। सभी पुरस्कृत लोगों ने एक समान विचार जो व्यक्त किया वह था 'राजनैतिक पहुँच'। जिसके बिना आपका हक़ व प्रतिभा अनदेखी ही रहेगी। यह सुनकर मुखिया जी गर्व से फूलकर कुप्पा हो जाते क्योंकि उनके पास शक्तिशाली राजनैतिक पहुँच थी। प्रधान बाबू राम कृष्ण ने उन्हें यहाँ तक कह दिया था कि आप अपना केस तैयार करके निदेशालय को भिजवा दें, अगला कदम उनका होगा।

उस दिन से ही मुखिया जी अपनी सफलताओं, प्रशंसाओं को एकत्रित करने में लग गए थे। सबसे पहले दस वर्ष के परीक्षा परिणामों की सूची तैयार करना था। कुल परीक्षार्थी, उत्तीर्ण, प्रथम श्रेणी, मेरिट, टॉप दस में पोज़ीशन आदि।

पढ़ाई के बाद खेल प्रतियोगिता में विद्यालय का स्थान, इनडोर व आउटडोर खेलों की स्थिति, सामाजिक विकास में विद्यालय का योगदान, सांस्कृतिक गतिविधियों में भागीदारी व औलंपियाड में छात्र छात्राओं की हिस्सेदारी का भी उल्लेख होना था। एन. सी. सी. व स्काउट के लिए विद्यालय की भूमिका, छात्र छात्राओं के लिए ऐतिहासिक स्थलों का भ्रमण, ज़ू,व म्यूज़ियम के टूर,सामाजिक त्यौहारों पर समारोह-आयोजन, इन सब की जानकारी केस के साथ भेजना वांछित था।

मुखिया जी ने अपने विश्वस्त स्टाफ़ सदस्यों को इन सभी कामों को सतर्कता से पूरा करने का उत्तरदायित्व सौंपा था। चुनाव के दौरान विद्यालय में समुचित व्यवस्था (कोई विरूद्ध टिप्पणी नहीं) का स्पष्ट संकेत देना था। सबसे आवश्यक था केस भेजने वाले अध्यापक का रचनात्मक प्रवृत्ति का होना। मुखिया सोचने लगे कि क्या कभी कोई नवनिर्माण किया है। उन्हें ध्यान आया कि देव एक अच्छा लेखक है, क्यों न उसकी मदद ली जाए। यदि एक उपन्यास के कुछ अंश केस के साथ भेज दिए जाएँ तो सोने पर सुहागा जैस होगा।इसके लिए वे समय निकाल कर डॉ भगवत स्वरूप के पास पहुँचे और नमस्कार कर अपनी बातचीत शुरू की।

डॉ. भगवत स्वरूप— कैसे हो गुप्ता जी, कोई परेशानी तो नहीं ?

गुप्ता जी —- आपकी कृपा से सब ठीक चल रहा है, बस एक निवेदन करने आया था।

डॉ भगवत स्वरूप—आप तो स्टेट अवार्ड के लिए अपना केस तैयार कर रहे हैं न? प्रधान जी का फ़ोन मिला था कि आपका इस्तीफ़ा फारवर्ड न करूँ, अब मैं आपकी क्या मदद कर सकता हूँ ?

मुखिया —- डॉ. साहब, आप सहृदय हैं, मुझसे हुईं भूलों को ध्यान नहीं रखेंगे। मेरी एक अर्ज़ है कि आप देव साहब जो अपने यहाँ हिंदी शिक्षक हैं, अब बी. एड. कर रहे हैं, को कहकर मेरे केस के साथ अपना सामाजिक उपन्यास 'ग्यारह हज़ार रुपये' जोड़ देंगे मेरे नाम से। आपकी मेहरबानी होगी, देव आपकी बात को टालेगा नहीं?

डॉ. भगवत स्वरूप — मुखिया जी, अजीब विडंबना है कि टीचर आपका व मनाऊँ मैं ?

मुखिया —- मुझे ज़्यादा शर्मिंदा न करें, मुझे अपनी ज़िद पर प्रायश्चित हो रहा है। आप उससे संपर्क कर मेरे काम को सिरे तक ले जाएँगे, मुझे आपकी दयालुता पर भरोसा है।

डॉ. भगवत स्वरूप —- देव तो दीपावली के त्यौहार पर आएगा। डॉ. राकेश ने बताया था जो कि उसके ही गाँव का है, जब मैं अस्पताल में दांतों के इलाज के लिए गया था।

मुखिया —-मैं भी डॉ जैन के पास इलाज के लिए गया था व डॉ राकेश से भी मिला था पर उनसे किसी प्रकार की बात नहीं हुई।

डॉ. भगवत स्वरूप —- डॉ जैन की पुत्रवधू अपने ही स्कूल में लेक्चरर है। आपने डॉ जैन को स्टेट अवार्ड के लिए ज़िक्र किया था। मुझे कोई आपत्ति नहीं है, आपको सम्मान मिलेगा तो विद्यालय का नाम भी रोशन होगा। मैंने प्रधान जी को सुझाव दिया था कि आपको समिति की ओर से 'उत्तम प्रशासक एवं शिक्षक' का प्रशंसा पत्र प्रदान कर दिया जाए जिससे आपको अवार्ड मिलने में वरीयता मिले।

मुखिया —- आप वाक़ई महान पुरुष हैं। मैं आपके सामने नतमस्तक हो रहा हूँ।

डॉ. भगवत स्वरूप — आपको केस भेजने की कोई जल्दी तो नहीं है ?

मुखिया —- सभी अपने केस ज़िला शिक्षा अधिकारी के माध्यम से निदेशालय को प्रेषित करते हैं जो हर हाल मैं दिसंबर अंत तक पहुँच जाने चाहिए।

डॉ. भगवत स्वरूप — अभी लगभग तीन मास हैं, दीपावली में ही अभी एक माह शेष है। मैं डॉ राकेश को बोल दूँगा कि जब भी देव यहाँ आए,वह मुखिया जी से मिल ले। अत्यंत आवश्यक कार्य है।

मुखिया —— जी डॉ. साहब, बहुत -बहुत धन्यवाद !

डॉ. भगवत स्वरूप —-कोई और दिक़्क़त हो तो बताओ। कोई टीचर अनुशासन-हीनता तो नहीं कर रहा ?

मुखिया —- जब से स्टाफ़ को पता चला है कि प्रधान जी ने ही मेरा केस स्टेट अवार्ड के लिए रूचि लेकर भिजवाने को कहा है, तब से उनमें मेरे प्रति आदर भाव बढ़ा है।

डॉ. भगवत स्वरूप—देव को अवकाश देने पर आपकी शंका निर्मूल साबित हुई। अब आप अपने स्वभाव में अनुकूल परिवर्तन लाएँ। किसी को सता कर उसका समर्थन पाने की बजाय उसकी सहायता कर समर्थन हासिल करना ज़्यादा फलदायक रहता है।

मुखिया —- मैं आपके मंतव्य को समझ सकता हूँ। मैं कोशिश करूँगा कि और पॉज़िटिव रहकर विद्यालय को उन्नति की ओर ले ज़ाया जाए।

(अब मैं इजाज़त चाहूँगा, नमस्कार !)

***

26

संपादक मंडल के सदस्यों की प्रिंसिपल के. एम. कॉलेज से प्रार्थना व पं. शंकर प्रसाद से मुलाक़ात

प्रोफ़ेसर डॉ. गुप्ता के निर्देश देने पर देव एंड कंपनी सक्रियता से कोल्हू के बैल की तरह जुट गई थी 'दीपावली- विशेषांक' प्रकाशित करने की तैयारी में। दिन- रात काम की अधिकता के चलते रूम पर खाना बनाने का समय ही नहीं मिलता था तो वे कॉलेज की कैंटीन में समोसा- छोले व चायपान करते। सायं में भी मारवाड़ी ढाबे पर खाना लेने से आर्थिक बोझ बढ़ने लगा था पर मजबूरी में सब चल रहा था। एक दिन डॉ. गुप्ता के ऑफिस में चारों, आर्टिकल ढूँढने में लगे थे कि देव व शुभम ने देविना को बताया कि काम की अधिकता की वजह से वे न तो अपनी पढ़ाई कर पा रहे और न ही ढंग से खाने- पीने का इंतज़ाम हो रहा है। देविना को जैसे सहारा सा मिल गया हो क्योंकि वह भी इसी समस्या से जूझ रही थी।

देविना —- देव, हम ऐसे में क्या उपाय ढूँढ सकते हैं जिससे हमारा समय भी बचे व खान- पान की व्यवस्था भी समुचित हो जाए।

देव —- यह 'दीपावली विशेषांक' कहीं हमारी सेहत व शिक्षा का दिवाला न निकाल दे ?

शुभम — मेरे पास दिमाग़ में एक आइडिया है, सब कहेंगे तो बता सकता हूँ ?

शिवि —- हाँ, सब कह रहे हैं, तुरंत बताओ ?

शुभम —- हमें पास के कॉलेज के हॉस्टल में शिफ़्ट हो जाना चाहिए जो कॉलेज व शहर दोनों के मध्य में स्थित है। मासिक खर्च व खाना भी ज़्यादा महँगा नहीं है।

शिवि—- गुड आइडिया डीयर सर ! हमें अभी के अभी के. एम. कॉलेज के प्रिंसिपल साहब से मिल लेना चाहिए।

देव —— क्यों देविना, तुम्हारी क्या राय है ? तुम्हें हॉस्टल लाइफ़ से कोई परेशानी तो नहीं ?

देविना—- बड़ी परेशानी से निकल कर छोटी की ओर जाने के सिवाय चारा भी क्या है ? दिवाली के बाद भी चार महीने शेष रहेंगे कोर्स पूरा होने में।

देव —— एक महीना तो टीचिंग प्रैक्टिस में ही निकल जाएगा फिर अप्रैल में एग्ज़ाम के लिए मार्च में अवकाश रहेगा पर ट्रेनिंग में तो एग्ज़ाम से एक सप्ताह पूर्व ही फ्री करते हैं।

शुभम —- अभी एक दो दिन में खेलों का आयोजन भी होगा जिसके लिए सायं तक कॉलेज में ही रहना होगा ?

शिवि —- इसीलिए मैंने कहा था कि अभी से प्रिंसिपल सर से मिल लें।

देविना —- चलो, हम सब एक ऑटोरिक्शा में के. एम. कॉलेज चलते हैं। देखते हैं, क्या परिणाम निकलता है ? सभी कॉलेज पहुँच कर प्रिंसिपल साहब से मिलने को आतुर हैं पर चपरासी ने कहा - साहब के पास प्रबंध समिति के मेंबर बैठे हैं।

देव ——(चपरासी से) हम सरकारी कॉलेज से बी. एड. के स्टूडेंट्स हैं, हॉफ टाइम में आए हैं, सिर्फ़ दो मिनट के लिए बात करनीं है, कृपया मिलने दीजिए।मेंबर तो हो सकता है घंटों तक बतियाते रहें।

चपरासी— ठीक है, मैं साहब से पूछ लेता हूँ। (ऑफिस में जाकर) सर! सरकारी बी. एड. कॉलेज के कुछ छात्र छात्राएँ मिलना चाहते हैं, आप जैसा आदेश करें।

प्रिंसिपल —- कोई भी स्टूडेंट कभी भी आए, मत रोको, हम उन्हीं के लिए तो यहाँ विराजमान हैं।

चपरासी — जी सर ! (बाहर आकर) तुम सभी अंदर जा सकते हो?

देव —- सर, हम आ सकते हैं ?

प्रिंसिपल- अवश्य आइए, कहिए हम आपके लिए क्या सुविधा प्रदान कर सकते हैं ?

चारों स्टूडेंट्स अंदर जाकर समिति के सदस्य को प्रणाम कर प्रिंसिपल साहब से निवेदन करते हैं।

देव —सर ! हम राजकीय कॉलेज के बी. एड. के छात्र- छात्राएँ हैं जो अभी शहर में रूम किराए पर लेकर रह रहे हैं लेकिन पढ़ाई का भार व भित्ति पत्रिका का संपादक होने के कारण समय कम पड़ गया है व खाना बगैरह बनाने में दिक़्क़त होने लगी है। आप हम सब को अपने कॉलेज के हॉस्टल में रहने की अनुमति प्रदान करें। आपकी बड़ी कृपा होगी।

प्रिंसिपल —-हाँ, हम अनुमति प्रदान कर सकते हैं, आप लोग जितने यहाँ मौजूद हैं, सभी एडमिशन चाहते हैं ?

देव —- यस सर ! हम चारों कॉलेज की वॉल मैगज़ीन के संपादक मंडल के सदस्य हैं। बड़े अनुशासन प्रिय व कर्तव्यपरायण भी।

प्रिंसिपल — ठीक है, आप सभी कार्यालय में जाकर सिक्योरिटी बगैरह जमा करवाएँ व प्रार्थना पत्र लिखकर मुझसे इजाज़त करवा लें। (चारों कार्यालय पहुँच कर हेड क्लर्क से)

देव —-सर हमें प्रिंसिपल साहब ने भेजा है हॉस्टल में दाख़िला के लिए,आप हमें बताएँ, कैसे क्या करना है ?

हेड क्लर्क —-सबसे पहले अपने आई कार्ड चैक करवाएँ, फिर प्रार्थना-पत्र पर साहब से परमिशन करवाइए व यहाँ सिक्योरिटी व जुलाई से अब तक का रूम रैंट जमा करवाने आएँ।

शुभम —— सर हम अक्तूबर से दाख़िला ले रहे हैं।

हेड क्लर्क— बेशक, पर रूम रैंट पूरे सेशन का देना होगा ?

देव —- सर यह माफ़ नहीं हो सकता ?

हेड क्लर्क— साहब चाहें तो सब कुछ हो सकता है। आप सब अपने प्रार्थना पत्र में इस माफ़ी का उल्लेख कर दें व कारण भी स्पष्ट कर दें। (सभी

प्रार्थना पत्र लिखकर पुनः प्रिंसिपल साहब के ऑफिस में आज्ञा पाकर प्रवेश करते हैं।)

देव —- सर हमें इजाज़त दीजिए व हमें जुलाई से अब तक रूम रैंट व अन्य चार्जेस की भी माफ़ी कर दें।

प्रिंसिपल —- यह तो सभी के लिए अनिवार्य है, क्या आप देने में असमर्थ हैं ?

देव —यस सर ! मैं एक वर्किंग टीचर हूँ, बिना वेतन के अवकाश पर ट्रेनिंग कर रहा हूँ।

प्रिंसिपल —आप कहाँ टीचर हैं, कोई प्रमाण प्रस्तुत कर सकते हैं ?

देव —- सर मैं जींद में सनातन धर्म संस्था में हिंदी विषय में शिक्षक हूँ, अपनी कार्य मुक्ति की रिपोर्ट मैं कल प्रस्तुत कर दूँगा।

समिति सदस्य— क्या तुम वहाँ डॉ. भगवत स्वरूप जी को जानते हो?

देव —सर ! उन्हीं देवता की कृपा से मैं ट्रेनिंग कर रहा हूँ। वे हमारे स्कूल की प्रबंध समिति के मैनेजर हैं। उन्होंने मुखिया की उपेक्षा कर मुझे ट्रेनिंग के लिए अवकाश दिलवाया, मैं वहाँ तीन साल से टीचर हूँ।

समिति सदस्य —- क्या आप मुझे जानते हैं ? मेरी बहन डॉ भगवत स्वरूप जी के यहाँ विवाहित हैं। सतलोक जी मेरे जीजा जी हैं।

देव —— हाँ सर, डॉ. साहब के बड़े लड़के आलोक जी क्लीनिक चलाते हैं। अच्छी साख का परिवार है शहर में।

मेंबर —- (प्रिंसिपल साहब से) इन सभी को आज तक का रूम रैंट कंसैशन देकर हॉस्टल में रहने की इजाज़त कर दो, मैं शाम को डॉ साहब से बातचीत करूँगा।

प्रिंसिपल —- जैसा आप कहें, लाओ बच्चों, अपना- अपना प्रार्थना पत्र और आज ही एडमिशन कर लो।

देव —- सर ! इस मास के दो दिन बचे हैं, हम अगले महीने से ही दाख़िला करेंगे।

प्रिंसिपल — शाबाश ! इस मास का किराया भी बचाओगे ?

देव — सर ! वह तो हमने मालिक को एक तारीख़ को एडवांस में चुका दिया है।

प्रिंसिपल —-- हँसते हुए, तुम्हारी सब बातें स्वीकार हैं। हॉस्टल में अनुशासन में रहकर पढ़ाई करना है।

सभी —- सर ! आप का बहुत धन्यवाद !

देव —- समिति सदस्य की ओर मुख़ातिब होते हुए, सर, आपका बहुत बहुत शुक्रिया, क्या मैं आपका गुड नेम जानने के लिए दुस्साहस कर सकता हूँ?

सदस्य —- मुझे पं. शंकर प्रसाद कहते हैं। मैं के. एम. कॉलेज की प्रबंध समिति में वाइस प्रेसिडेंट हूँ, कभी कोई परेशानी आए तो मेरा हवाला देकर साहब से मिल लेना या मुझसे भी मिल सकते हो ?

प्रिंसिपल — अब आप सब जाइए कोई और काम शेष रहा हो तो बताइए ?

सभी —- सर ! सब कुछ ठीक हो गया है, आपका हार्दिक धन्यवाद।

***

27

कॉलेज में खेल प्रतियोगिता का आयोजन

संपादक मंडल के चारों सदस्य हॉस्टल में रहने की परमिशन मिलने पर बहुत खुश थे और उससे भी ज़्यादा खुश थे पिछला रूम रैंट माफ़ होने पर। देविना व शिवि को लक्ष्मीबाई हॉस्टल में रूम 150 व देव-शुभम को शिवाजी में रूम 101 मिला था। अब उन्हें न भोजन बनाने की चिंता थी, न बाज़ार से आटा- दाल ख़रीदने की, न गर्म पानी का फ़िक्र थी और न साइकिल खड़ी करने की प्रॉब्लम। पं० शंकर प्रसाद ने देव का आगे पूरे सेशन का रूम किराया माफ़ करवा दिया था, शायद डॉ भगवत स्वरूप के साथ बातचीत करने के बाद उन्होंने प्रिंसिपल साहब से सिफ़ारिश की होगी।

अक्तूबर मास की पहली तिथि को ही उन्होंने अपना सामान शिफ़्ट कर लिया था व देविना तथा शिवि की भी शिफ़्टिंग में पूरी मदद की। अब उनके पास पढ़ाई व पत्रिका के लिए काफ़ी समय रहता था व जी जान से पत्रिका का विशेषांक तैयार करने में लग गए।

दूसरी ओर कॉलेज में हर वर्ष की भाँति खेलकूद प्रतियोगिता शुरू हो गई थी जो अपने कॉलेज तक ही सीमित थी। चुनाव के समय ही जलपान पार्टी में स्टाफ़ के साथ बातचीत में प्रिंसिपल साहब ने इन प्रतियोगिताओं के आयोजन को हरी झंडी दे दी थी हालाँकि अरुण सिंह तेवतिया (खेल प्रशिक्षक) उस समय चुनाव करवाने में व्यस्त थे और आज भी उन्होंने अपने सभी कर्मचारियों को ड्यूटी पर तैनात कर दिया था। कॉलेज में एथलेटिक्स प्रतियोगिताएँ ही आयोजित की गई थी जिनमें आमतौर पर व्यक्तिगत भागीदारी होती है। प्रार्थना सभा के बाद सुबह दस बजे खेल प्रतियोगिताओं का शुभारंभ होना निर्धारित था। सभी छात्र छात्राएँ अपने मन पसंद वस्त्रों से सुसज्जित थे। ठीक दस बजे प्रिंसिपल साहब ने सीटी बजाकर सौ मीटर की दौड़ से खेलों का शुभ आरम्भ किया। इसके बाद आठ सौ व अधिक दूरी की दौड़ों का आयोजन किया गया।

अलग-अलग खेलों के लिए अलग-अलग प्रोफ़ेसर्स की ड्यूटी लगाई गई थी व उनके साथ एक-एक खेल विभाग का कर्मचारी व दो- दो स्टूडेंट्स को नियुक्त किया गया था।

दौड़ों के बाद डिसकस थ्रो, हेमर थ्रो, जैवलियन थ्रो, रस्सी कूद व म्यूज़िकल चेयर्स विशेष तौर पर छात्राओं के लिए आयोजित किए जा रहे थे। कॉलेज की ओर से खिलाड़ियों के लिए संक्षिप्त रिफ्रेशमैंट की व्यवस्था भी की गई थी। सायं लगभग चार बजे समापन समारोह हुआ व विजेता, रनर अप खिलाड़ियों को पुरस्कार देकर सम्मानित किया गया। प्राचार्या महोदया ने इस साल भी खेलों के सफल आयोजन व प्रबंधन पर खेल शाखा के कर्मचारियों को बधाई दी व एक-एक ट्रैक सूट देकर उनको सम्मानित किया।

अब सभी छात्र छात्राएँ कॉलेज से विदा हो चुके थे व कुछ समय पहले की चहल पहल, सुनसान में बदल गई थीं, केवल देव व पार्टी अपने काम में तल्लीन थीं। उन्होंने काफ़ी आर्टिकल एकत्रित कर लिए थे। आज सायं तक उनका लक्ष्य अंक प्रकाशित करने का था पर गुप्ता सर के पुरस्कार वितरण के समय उन सब की ड्यूटी मंच पर लगा दी गई थी ताकि वे पुरस्कार की आइटम चुनकर मुख्य अतिथि डॉ. गुप्ता जी को दे सकें। कल पर काम छोड़कर वे चारों भी हॉस्टल के लिए निकल चले व सायं में डिनर लेकर देव ने अपनी लेखनी का चमत्कार दिखाना आरंभ कर दिया था। देव ने एक हास्य व्यंग्य प्याज़ को आधार बनाकर लिखा। इस समय तक प्याज़ के दामों में काफ़ी उछाल आ चुका था तथा हर आम व ख़ास के लिए चर्चा का विषय बना हुआ था। शुभम को किसी अन्य रूम में जाकर या शांत रहकर पढ़ाई करने का सुझाव उसने पहले ही दे दिया था। देव ने अपने हास्य- व्यंग्य को शीर्षक दिया था — प्याज़ की हुंकार।

हाँ- हाँ, आपने बिलकुल ठीक पहचाना, मैं प्याज़ ही हूँ। लोग मुझे कांदा, गंठा, ओनियन नामों से भी जानते हैं। मैं ज़मीन से जुड़ी शख़्सियत हूँ व मोदी की तरह प्लेटफ़ॉर्म से पैलेस तक पहुँच गया हूँ। मेरी क़िस्मत की लॉटरी हर साल लग जातीं है पर इस बार मैंने हनुमान कूद लगाई है। मेरी कामयाबी को देखकर मेरे विरोधी आंदोलन पर उतर आए हैं, वे मेरे रुतबे से ईर्ष्या करने लगे

हैं। मैं उनको चेतावनी पेश करता हूँ कि मुझसे पंगा मोल लेना ठीक नहीं। मैं अब अमीरों के गले का हार हो गया हूँ। व्यापारियों ने मुझे Z+ सुरक्षा मुहैया करवा दी है हालाँकि मेरी इच्छा एस. पी. जी. सुरक्षा पाने की थी।

बैंगन जो स्वयं को किंग- कांग समझता था आज सारी सहेली सब्ज़ियों के साथ मेरा पानी भरता है। इसे कहते हैं 'अच्छे दिन'। सेब, संतरा, चिकू, केला, अनार, ड्रैगन, चाहे कोई भी फल हो, सब मेरे सामने बौने हो गए हैं। मेरी चर्चा के बिना सर्वश्रेष्ठ समझे जाने वाले न्यूज़ चैनल मोहन राकेश के नाटक की तरह 'आधे- अधूरे' हैं। चैनलों में होड़ मची है कि मैं उनके पैनल पर रहूँ। ये चैनल मुझे चाँदी की थाली में सजाकर, किसी कामिनी के गले का हार बना कर प्रस्तुत कर रहे हैं। इतना ऊँचा पद पाकर भी मैं ट्रंप की तरह फूला नहीं हूँ क्योंकि मैं जानता हूँ कि मैं ओबामा की तरह ज़मीन से जुड़ा हूँ।

मैं पृथ्वी की तरह गोल हूँ,मेरे छिलके महासागरों के किनारे बन गए हैं। मैं हरा, सफ़ेद व केसरिया रंग लिए अपने नेताओं की तरह बहुरंगी हूँ लेकिन मैं नेता नहीं, देश का तिरंगा हूँ। मेरे सिर पर रखी जाली की पगड़ी किसी धर्म की नहीं बल्कि चौबीस कलों का चक्र है। मैं अपने देश- वासियों का शुक्रगुज़ार हूँ जो मुझे इतना सम्मान देते हैं व मुझे ऊँचा रखने के लिए जान तक क़ुर्बान कर देते हैं। मेरे भाइयों को तुर्की व अफ़ग़ानिस्तान से आमंत्रित (आयात) किया जा रहा है जिससे मेरा परिवार कुछ नेताओं के परिवार से भी बड़ा हो गया है। मेरी कोई जाति, धर्म व सम्प्रदाय नहीं है। मैं मानवता का पुजारी हूँ। मैं अगर आँख का आंसू हूँ तो रसना का रस भी हूँ। मेरी तरक़्क़ी का राज क्या है, मत पूछो ? बंद मुट्ठी है लाख की, खुल गई तो ख़ाक की। अब छोड़िए इन बातों को- आख़िर मैं प्याज़ ही तो हूँ।"

अब रात्रि के दस बजने को आए थे। देव की आँखें भी थकान महसूस करने लगी थी। कॉलेज में भी आर्टिकल चुनने में समय लगा था। शुभम कुछ समय पहले ही खटिया पकड़ चुका था, अब देव की बारी थी।

***

28

राकेश के जाने के बाद डॉ. भगवत स्वरूप की परिवार जनों से डिनर चर्चा

डिनर के बाद सभी परिवार जन कुछ समय के लिए ही सहीं, प्रतिदिन बैठक करते थे जो आज भी किए हुए हैं। आज की बैठक में प्रमुख मुद्दा डॉ. राकेश का लंच के लिए आना था। दादा जी ने पूछा- डॉ. राकेश को लंच पर बुलाने का हम में से किसका प्लान था, और क्या वह पूरा हुआ ?

रश्मि —- डॉ. राकेश को मैंने मम्मी से स्वीकृति प्राप्त कर आमंत्रित किया था ताकि मुझे कोर्स में कुछ मदद मिल सके। मैं दो बार अस्पताल आपके साथ गई, उनके पास बैठने से मुझे अच्छा लगा क्योंकि वे शरीफ़ व सरल स्वभाव के हैं।

आलोक —- हाँ पिता जी, राकेश हालाँकि माँ बाप के बिना है फिर भी हिम्मत से काम ले रहा है। उसमें डॉक्टर होने की अकड़ नहीं है।

अंजना —- हाँ बाबू जी ! उनके मुँह में ज़ुबान नहीं है। ऐसे बच्चे कहाँ मिलते हैं ?

दादा जी — आप दोनों की भाषा रश्मि के प्लान से मेल नहीं खाती। रश्मि बेटी जहां कोर्स की बात कर रही है, वहीं आप दोनों कुछ और ही करने का संकेत दे रहे हैं। शायद आप दिव्या की भविष्यवाणी सत्य सिद्ध करने में रूचि दिखा रहे हैं?

आलोक —- इस विचार से क्या आप सहमत हो सकते हैं ?

दादा जी —-बेटा, जिस युग में हम जी रहे हैं उसमें हम तुम नहीं बल्कि बच्चों की ही पसंद मायने रखती है। अगर रश्मि बेटी की राय हाँ में है तो मैं उसके साथ खड़ा हूँ। लड़का मुझे भी बहुत पसंद है।

रश्मि दादा जी के गले से लिपट जाती है और ख़ुशी के अश्रु उसकी आँखों के मोती बन जाते हैं।

आलोक —- पिता जी, आप जो भी फ़ैसला लेंगे सभी को हमेशा की तरह स्वीकार होगा ?

दादा जी —- बेटा, अभी हमें जल्दी नहीं करना है, रिश्ते बनाने से पहले बहुत कुछ जानना ज़रूरी होता है। आज कल लड़के- लड़कियाँ अपने फ्रैंड बदलने में न देर करते हैं और न ही संकोच करते हैं। कॉलेज की ही कोई सहपाठी उसकी मित्र हो सकतीं है? मेरे स्कूल का हिंदी टीचर देव उसके ही गाँव का है, वह दीवाली पर आएगा। मैं उससे डॉ. राकेश की पूरी जन्म कुंडली निकलवा लूँगा।

आलोक —- पिता जी, आप दुरुस्त कह रहे हैं। ज़माना बदल रहा है, हमें जल्दबाज़ी में कोई कदम नहीं उठाना चाहिए। रश्मि बेटी, तुम्हें भी फूंक-फूंक कर कदम रखना होगा, ज़्यादा भावुकता पर अंकुश लगाना होगा ?

रश्मि —- दादा जी, डॉ. राकेश अपनी एक पुस्तक अपने यहाँ भूल गए थे, उसमें कुछ फ़ोटोग्राफ़स रखे हुए हैं, आप सब उन्हें देख सकते हैं। फिर कल सुबह मैं उन्हें पुस्तक लौटाती हुई जाऊँगी। ये देखो, सभी फ़ोटो उनके कॉलेज टाइम के हैं।

दादा जी — बहुत सुंदर फ़ोटो हैं, तस्वीर बिल्कुल साफ़ है। फ़ोटो शरीर की पहचान होती है और मुझे लगता है कि डॉ. राकेश शारीरिक तौर पर स्वस्थ हैं।

आलोक —- अगर तुम्हें देर हो जाए तो रत्नाकर को वापिस दे देना, किसी दिन क्लीनिक पर आएँगे तो दे देंगे।

रश्मि —- मैं देख लूँगी, जैसा ठीक रहेगा, कर लूँगी।

दादा जी —अब सभी विश्राम करो, सुबह जाने के लिए रत्नाकर को टाइम बता दिया है न ?

रश्मि —हाँ दादा जी, मैंने 5:15 का टाइम दिया है। दस मिनट का ही रास्ता है सुबह में।

दादा जी —- अच्छा किया बेटी, सारा सामान पैक कर लिया, ज़रूरत पड़ने पर अपने मामा जी के घर भी ज़ाया करो, आने - जाने से ही घनिष्ठता बढती है।

29

राकेश व कांति- राजीव की तनेजा रेस्टोरेन्ट में पार्टी

अरे राकेश डॉ. साहब, घर में ही हो क्या ? कांति ने ऊँची आवाज़ में घंटी का बटन दबाते हुए कहा।

राकेश—- आ जाओ कांति भाई! मुझे पता था कि तुम दोनों शाम को ज़रूर आओगे इसलिए दरवाज़ा बंद नहीं किया।

कांति —- सब कुशल है न राकेश भैया !

राकेश —- कोई शक !

कांति ——- हाँ, जब कोई परेशानी होती है तब तुम दरवाज़ा खुला रखते हों इसलिए पूछा था क्या रहा ? डॉ. मैडम के घर गए थे क्या?

राकेश —- अभी कुछ समय पहले ही लौटा हूँ, भोजन के नशे में नींद आ गई। पंद्रह मिनट पहले ही चाय बनाकर पी है। क्या तुम चाय लोगे ?

कांति —अच्छा ! हम आज भी चाय ही लेंगे क्या ? राजीव भैया को आने दो,रंगारंग कार्यक्रम होगा।

राकेश —- कहाँ अटक गया राजीव, कहीं उस तलाक़ के केस में तो नहीं उलझ गया ?

कांति—- इंतज़ार करो डॉ. साहब, इतने तक फ़िल्म का कुछ ट्रेलर तो दिखाओ। कैसे गए, कौन मिला, सब कैसा रहा ?

राजीव —- (आते हुए घर में प्रवेश) कैसे हो मित्र गण ?

कांति —- अरे राजीव भैया, बड़ी लंबी उम्र है तुम्हारी, बड़ी बेसब्री से इंतज़ार कर रहे थे हम, कहाँ अटक गए थे ?

राजीव —- आज उसी तलाक़ केस का फ़ैसला करके आ रहा हूँ। फ़ैसला होने का तो शकुन है पर दोनों के भविष्य की सोच कर निराश हूँ। हमारा

युवा व समाज किस ओर बढ़ रहा है चिंता का ही नहीं बल्कि विचारणीय विषय है।

कांति —- राजीव भैया, ज़्यादा आदर्शवादी मत बनो, दुखी रहोगे, यथार्थ को पकड़ो, जीना सीख जाओगे।

राजीव —- क्या है यथार्थ ?

कांति —- यथार्थ है आज डॉ राकेश बाबू की मुलाक़ात और वह भी माशूका के घर में, क्या नसीब पाया है हमारे डॉ.साहब ने ?

राजीव —- इस अपार ख़ुशी में क्या हमारा बेड़ा पार होगा ?

कांति —- आज अवश्य होगा, अभी रेस्टोरेन्ट चल कर प्रोग्राम करेंगे, बहुत दिनों के बाद ख़ुशी को सेलिब्रिट करने का चांस मिला है। क्यों डॉ साहब?

राकेश —- मैं आपसे दूर नहीं हूँ, जैसे ठीक समझें करों। आज सुबह रेस्टोरेन्ट मालिक तनेजा से मेरी मुलाक़ात हुई थी। मि० तनेजा कह रहे थे कि कभी कॉकटेल पार्टी करो तो आपको केबिन में बैठने की इजाज़त होगी।

कांति—- देखो राजीव भैया, सारा इंतज़ाम डॉ साहब ने पहले ही कर रखा है, अब तो फ्रिज से बॉटल लेकर केवल रेस्टोरेन्ट पहुँचना शेष है।

राकेश —- फ्रिज में डोर साइड पर Chivas Regal रखी है, आधे से ज़्यादा तो ज़रूर होगी यानि इंडियन में पूरी बॉटल।

कांति —- कमाल है राकेश भैया, यहाँ कौनसे ज़्यादा पियक्कड़ हैं, राजीव की तो क्षमता शायद कुछ ज़्यादा ही है।

राजीव —- हाँ कांति भाई, आज थकावट कुछ ज़्यादा ही है, सारा दिन उलझन भरा ही बीता पर फ़ैसला हो गया, यह संतोष की बात है।

कांति —— आज संडे कोर्ट थीं क्या ?

राजीव —- हाँ, आज जज साहब ने सभी पक्षों को बुला लिया था। भीड़- भाड़ से बचने के लिए संडे ही चुना।

कांति —- आजकल तो कोर्ट्स पर रात्रि में भी न्याय के लिए दबाव बना रहता है। केसों की भरमार हो गई है। तो क्या फ़ैसले से दोनों पक्ष संतुष्ट थे ?

राजीव —- मुझे तो यह चालबाज़ी का मामला लगता है। लड़की व उसके घर वाले एजेंट के साथ मिलकर एक शरीफ़ परिवार को लूटने में कामयाब हो गए। लड़की बहुत तेज़ व चालबाज़ थीं और एजेंट उसका भी बॉस। लड़की वालों ने पच्चीस लाख रूपये विवाह पर खर्च के नाम पर माँगे जो लड़के वालों ने देना स्वीकार कर लिया और तलाक़ मंज़ूर हो गया। कुछ दिनों में दोनों पति पत्नी क़ानूनी रूप से अलग हो जाएँगे।

राकेश —- वाक़ई वकीलों का काम बड़ा कठिन है, अब देर मत करो, चलो रेस्टोरेन्ट, मैं सारी कहानी वहीं सुनाऊँगा।

कांति—- हम भी वहीं शकुन चैन से सुनना चाहते हैं। जब तक दो बूँद अंदर नहीं जाती दिल संकुचित सा रहता है। हम जो वास्तव में घटित हुआ है वही सुनना चाहते हैं। (तीनों रेस्तराँ के लिए निकल जाते हैं। थोड़ी देर की चहलक़दमी के बाद वहाँ पहुँच कर)

राकेश —- तनेजा साहब, गुड इवनिंग।

राज तनेजा —डॉ. साहब, बड़ी जल्दी याद किया हमें, आज सुबह ही गुफ़्तगू हुई थी, लगता है कुछ ख़ुशी का मौक़ा है ?

राकेश ——आप भी लोगों के चेहरे पढ़ने में माहिर हैं।

तनेजा —- यहाँ सब लोग ख़ुशी सेलिब्रेट करने ही आते हैं, रोना- धोना तो घर पर ही चलता है। कहिए, क्या सेवा कर सकता हूँ ?

राकेश —-ये मेरे मित्र राजीव जी एडवोकेट हैं व दूसरे कांति प्रसाद जी कोर्ट में रीडर हैं।

तनेजा —- आप लोगों से मिलकर अच्छा लगा, शायद आप एकांत पसंद करेंगे। ऊपर की मंज़िल पर एक केबिन ख़ाली है, मैं वेटर को आपके साथ भेज देता हूँ, वही आपकी सेवा करेगा। कोई दिक़्क़त हो तो यह कार्ड रहा, मुझे फ़ोन से बोल देना। (वेटर को पुकारते हुए) दीपक, ऊपर की केबिन नंबर चार में चले जाओ सब के साथ।

दीपक —- ओ. के. सर ! आइए, सब लोग मेरे साथ (ऊपर पहुँच कर) यहाँ इस केबिन में विराजिए, मैं पानी, सलाद बगैरह लेकर आता हूँ।

राजीव —- हाँ, ड्रिंक हम लाए हैं। कुछ स्नैकस, प्याज़ पकौड़ा, पीनट्स बगैरह ले आइए व सोडा की तीन - चार बॉटल भी रख जाना। कोई ड्राई फ्रूट भी प्राप्य है क्या ?

राकेश - चार अंडों की भुर्जी भी बनवा लेना, नमक व तेल ज़रा कम ही रखना, राजीव भाई, आप फिस पकौड़ा लेंगे क्या ?

राजीव —-नहीं, भुर्जी से ही काम चल जाएगा।

कांति —- तीन पापड़, व हरी चटनी भी साथ लाना।

दीपक —- ओ. के. सर ! मैं सब इंतज़ाम चुटकियों में कर देता हूँ। कोई सिगरेट बगैरह भी चलेगी क्या ?

राकेश -सिगरेट पीने वाला कोई नहीं है। हाँ तीन साफ़- सुथरे नेपकिन अवश्य लाने हैं।

कांति ——यह हुई न डॉक्टरों वाली बात, अब जमेगा रंग राजीव भाई साहब। साक़ी तो आप ही रहोगे न ?

राजीव —- मुझे ही निभानी होगी, डॉ. साहब तो बॉटल लेकर घंटों बैठे रहेंगे।

कांति —- तो ठीक है, शुरू करो, जाम ख़ाली नहीं दिखना चाहिए।

राजीव —- अभी सोडा व आइस आने दो, पाइप रखी है क्या ?

राकेश ——- हाँ, टिश्यु पेपर के साथ वाले पॉट में है।

इसी बीच दीपक अपने दो साथियों के साथ सब सामान लेकर पहुँचता है व टेबुल पर सजा देते हैं।

दीपक —- सर ! किसी भी चीज़ की ज़रूरत पड़े तो कॉल बेल पुश कर देना, मैं तुरंत हाज़िर हो जाऊँगा। (टेबुल पर Chivas Regal Whiskey देख कर मुँह में पानी भरकर) सर ! न० 1 व्हिस्की है, छोटे शहरों में कम ही देखने को मिलती है।

राजीव —- तुम लोगे क्या ?

दीपक —- सर, हमें इजाज़त नहीं है, हम कस्टमर के साथ नहीं बैठ सकते। हमें नौकरी से हाथ धोने पड़ सकते हैं ?

कांति —- हम कोशिश करोगे कि दो स्मॉल पैग तुम्हारे लिए बॉटल में ही बचा देंगे पर भरोसा नहीं दे सकते। हो सकता है कि हमें ही और ज़रूरत पड़ जाए।

दीपक —- जैसा आप मुनासिब समझें। हमारी जीभ तो हमेशा लालायित ही रहती है। हम स्वयं पर बहुत नियंत्रण रखने के अभ्यस्त हो गए हैं।

राकेश —- दीपक तुम नीचे जाओ तो एक बार तनेजा साहब को भेजना व एक ख़ाली गिलास भी रख देना यहाँ।

दीपक —- सर ये गिलास और तनेजा साहब अभी आ रहे हैं।

तनेजा —- (केबिन में घुसकर) हाँ जी डॉ. साहब, क्या हुक्म है ?

राकेश —- हम तीन आदमी हैं, चाहते हैं कि चार शुभ होते हैं। एक पहला पैग हम सब के साथ शेयर करें तो धन्यवादी होंगे।

तनेजा —— अरे डॉ. साहब, नेकी और पूछ- पूछ। लाइए हम आपकी ख़ुशी का श्री गणेश करते हैं (एक चुस्की लेकर) वाह डॉ. साहब, क्या टेस्ट बनाया है।

राकेश —यह सब वकील साहब की करामात है, काफ़ी अनुभव रखते हैं इस फ़ील्ड में।

तनेजा —- (लौटते हुए) आप सभी का धन्यवाद ! आप भी लीजिए, बेशक दोबारा चीयर्स कर लीजिए। जितनी मस्ती करोगे उतना ही पक्का रंग चढेगा।

(इधर सब अपने अपने तरीक़े से ले रहे थे उधर राकेश अपने को तैयार कर रहे थे।)

कांति —- डॉ. साहब, अभी आपने पहला स्मॉल पैग भी अंदर नहीं किया है। जज़्बात बाहर कैसे निकलेंगे ?

राजीव —- कांति भाई, क्या जल्दी है, वह समय भी आएगा जब डॉक्टर साहब लगातार भाषण करेंगे और हम श्रोता होंगे।

राकेश —- वाक़ई, राजीव भाई बहुत उमदा ज़ायक़ा बना है।

राजीव —- हमारे साथ खाओ - पीओगे तो उमदा ही रहोगे।

राकेश —- मेरे लिए दूसरा भी स्मॉल ही बनाना। मैं ज़रा धीरे ही लेना पसंद करता हूँ।

राजीव —- दूसरा सब के लिए लार्ज बनेगा, आप चाहें जैसे पीएँ।

कांति —- डॉ साहब, अभी से काट- छाँट करने लगे, यह तो शुरुआत है, दिल खोलकर पीओ,पर थोड़ी- थोड़ी करके पीओ।

राजीव —- कांति भाई, रंग चढ़ने लगा है शायद। कोई छोटा- मोटा प्रसंग हो जाए?

कांति —- एक शराबी आँखें दान करने अस्पताल गया, डॉक्टर ने आँखें निकाल कर पूछा- कुछ कहना चाहते हो ?

शराबी —- डॉ. साहब, जिसे लगाओ उसे बता देना, ये दो पैग अंदर जाने के बाद खुलती हैं।

राजीव —- अरे क़ुर्बान जाऊँ कांति भाई। अभी तुम्हारा दूसरा ही चल रहा है, आँखें बंद हैं या खुली ? अब मुझे भी सुनो -

बोतल छुपा दे कफन में मेरे, शमशान में पिया करूँगा।

जब खुदा माँगेगा हिसाब, तो पैग बना कर दिया करूँगा।।

कांति -वाह राजीव भैया, मरकर भी नहीं छोड़ोगे। डॉ साहब,आप की भी कुछ भागीदारी हो जाए।

राकेश —- क्यों नहीं ! सुनिए-

खुल गई वाइन की बॉटल, आज पार्टी कर लेने दो।

बहुत दिनों में बैठे हैं महफ़िल में, एक जाम तो पीने दो।।

राजीव —वाह ! क्या बात है डॉ साहब, छुपे रुस्तम निकले, अब ज़रा संडे की स्टोरी भी ऑन करो।

कांति —- शराब और सवाब की बातें चलने दो आज की रात, जी भरकर जीयो यारों, करते रहो माशूक़ा से बात।

राकेश —- कांति भाई, दूसरा बड़ा पैग डकार गए शायद, अब कुछ कहूँ या चुप रहूँ।

राजीव —- कल डॉ मैडम चली जाएगी तब चुप ही रहोगे।

राकेश —- सही कहा, तो सुनो - दोपहर एक बजे ही ड्राइवर कार लेकर मेरे घर आ गया था। मैं भी तैयार हो रहा था, लगभग बीस मिनट के बाद हम रश्मि के घर की तरफ़ चल निकले। रास्ते में तिवारी मिष्ठान से काजू- कतली का एक बॉक्स लिया व क़रीब दो बजे घर पहुँचे।

कांति —- डॉ. साहब, गिलास के तल में भी पहुँच जाओ, अभी आधा हुआ है।

राकेश —- मेरी यात्रा अभी आधी भी नहीं हुई है। रश्मि के पापा अगुवाई के लिए इंतज़ार में थे। उनके साथ ही अंदर गए व लंच लिया।

कांति —- हमें आपका यात्रा वर्णन नहीं सुनना है, हमें तो प्यार का वर्णन सुनाइए।

राजीव —- बिल्कुल सही कह रहा है कांति।

राकेश —- रश्मि पता नहीं क्यों चुप- चुप सी गुमसुम लग रही थी। लंच के बाद हम दोनों सभी से अलग होकर लिविंग रूम में बैठे।

कांति —- ऐसे ही सुनाओ, फिर अकेले में प्यार का संसार विस्तृत हो गया होगा?

राकेश —- हम लगभग एक घंटा बातचीत में मस्त रहे।

कांति —- डॉ. साहब, आपको समय का भी ध्यान है तो हो चुका प्यार। प्यार में तो घंटा क्या, घंटों का ख़्याल नहीं रहता ?

राकेश —कांति भाई, मैं उनके घर मेहमान था और अभी हमें मिले हुए तीसरा मौक़ा था।

कांति —- हर काम धीरे करते हों, पीते भी धीरे हो, प्यार भी धीरे करते हो, ज़िंदगी की दौड़ में पिछड़ जाओगे। क्या तुम्हें लगा कि वह तुमको चाहने लगी है ?

राजीव — कांति भाई, तुम्हारा यह सवाल वाजिब नहीं है, चाहने लगी है तभी तो घर बुलाया है। मुझे- तुझे क्यों नहीं बुलाया ?

कांति —- राजीव भाई, जिस दिन हमें कोई बुलाने वाली आ जाएगी, हम शराब की नदियाँ बहा देंगे।

राकेश —- जल्दी ही आने वाला है वह दिन भी, कोई कांति को और कांति प्रदान करेगी ही।

राजीव —- लास्ट पैग, कोई बोलेगा नहीं, राकेश भैया, खाने का आर्डर भी कर दो। दस बजने को आए हैं। घर में सब इंतज़ार हो रहा होगा ?

कांति —— राकेश भैया, मज़ा आ गया पार्टी में, अब तो केवल ढोल के सामने नाचने का इंतज़ार है। खूब पीएंगे व खूब नाचेंगे।

राजीव —— चलो, आपको घर छोड़ देते हैं, वहीं से अपनी बाईक लेकर कांति को छोड़ता हुआ चला जाऊँगा।

(तीनों कांउटर पर आकर बिल अदा करते हैं)

तनेजा —- कैसा रहा डॉ. साहब, कोई कमी तो नहीं रही हमारी तरफ़ से!

राकेश —- आपने हमें पूरा सम्मान दिया, आपका बहुत धन्यवाद।

तनेजा — आते रहिएगा, आप लोगों का ही रेस्टोरेन्ट है।

***

30

रश्मि का राकेश के रूम पर मिलना व कॉलेज (यमुनानगर) प्रस्थान

घर में सबसे विदाई लेकर रश्मि कार से निकल चुकीं थीं। कोई पाँच बजे का समय होगा, अभी अंधेरा छंटा नहीं था, हो सकता है गगन में काले मेघों के छाए रहने से अंधेरे को बल मिला हो। ठंडी व मंद बयार तन बदन में सिहरन सी जगा रहीं थीं, बरसात होने के आसार भी नज़र आने लगे थे। रश्मि को तो अपने गंतव्य पर जाना ही था। एक सप्ताह की जन्माष्टमी की छुट्टियों ने उसके जीवन में आमूलचूल परिवर्तन पैदा कर दिया था। राकेश का मिलना उसके लिए अद्भुत संयोग था, जिसमें दादा जी का सक्रिय रोल था। क्या दादा जी उसके लिए चिंतित रहते हैं ? क्या वे अपनी पौत्री के लिए एक सुंदर, सुघड़ समझदार दूल्हा चाहते हैं। राकेश में, दादा जी को शायद सभी गुण दिखाई दिए थे और डिनर बैठक में उन्होंने स्पष्ट राकेश के पसंद होने का खुलासा कर दिया था। विचार श्रंखला तब टूटी जब रत्नाकर ने कहा- बिटिया, डॉ राकेश बाबू का घर आ गया है, तुम वह पुस्तक दे आओ, मैं गाड़ी में ही बैठ कर इंतज़ार करूँगा।

रश्मि —- ठीक है काका, तुम यहीं ठहरो, मैं अभी आती हूँ। (डोर बेल दबाती है)

राकेश—- (अंदर से) कौन ? (रश्मि ख़ामोश रही, राकेश उत्तर न मिलने पर दरवाज़ा खोलने गए तो हैरान रह गए) रश्मि, तुम !

रश्मि —- हाँ मैं !

राकेश —-सुबह- सुबह सब कुशल- क्षेम तो है ?

रश्मि —- सब ठीक है, आप यह उपन्यास कल वहीं छोड़ आए थे, शरारत थी या भूल ?

राकेश —- मैंने तो ऐसा विचार नहीं किया था, वास्तव में ही भूल लग गई थीं। अगर तुम मुलाक़ात का बहाना मानती हो तो इसमें भी क्या हर्ज है। आओ अब मुलाक़ात कर ही लें। (रश्मि को बाँहों में भरकर प्यार से गालों को चूमते हुए)

रश्मि —- छोड़ो, यह समय कोई इन कामों का थोड़े ही है, मुझे जाने दो। आईना किधर है ?

राकेश —-वह बाईं तरफ़ लटक रहा है।

रश्मि — (आईने के सामने खड़े होकर) हे राम ! ये क्या कर डाला डॉ साहब, सब चेहरा बिगाड़ दिया। ऐसे ही बाहर चली जाती तो रत्नाकर काका क्या सोचते ? मैं अब जा रही हूँ, आप ठीक से रहना। मैं दीपावली पर आऊँगी।

राकेश —- अभी दीवाली बहुत दूर है, एक - एक पल निकलना कठिन होगा ?

रश्मि —- अगर न रह सको तो वहाँ आ जाना पर शरारत नहीं होगी। शायद आपका दीक्षांत समारोह का कार्यक्रम बन जाए।

राकेश —- हो सकता है पर उस समय तो दोस्तों से ही फ़ुरसत नहीं मिलेगी फिर भी कुछ न कुछ सोचना होगा।

रश्मि —- मैंने अपना एड्रेस उपन्यास के अंदर रख दिया है व सभी फ़ोटो आप संभाल लेना।

राकेश —-हाँ मैं सब कर लूँगा, मैं तुम्हें बस स्टैण्ड तक छोड़ने चलूँ क्या?

रश्मि —- नहीं, बहुतों की नज़र में आ जाएँगें, परिवार कीं किरकिरी हो जाएगी।

(बाहर से रत्नाकर की आवाज़ सुनाई दी)

रत्नाकर — बिटिया, बस निकल जाएगी, देर मत करो ?

रश्मि—- बाहर आकर, चलो काका, राकेश बाबू सो रहे थे इसलिए थोड़ा वक़्त लग गया।

रत्नाकर —- हाँ बिटिया, इस उम्र में नींद कुछ ज़्यादा ही आती है। तुम्हें भी बस में नींद के झटके सताएँगे।

रश्मि —— चलो काका, अब बात करने की फ़ुरसत नहीं है।

रत्नाकर—-(बस स्टैंड पर कार पार्क कर)- बिटिया, एक ही सूटकेस है न ? मैं निकाल कर लाता हूँ, तुम तब तक टिकट व सीट नंबर ले लो।

रश्मि —- हाँ काका, तुम इसे पहियों पर चला सकते हो, भारी नहीं लगेगा।

(टिकट लेकर सीट पर बैठ जाती है व काका सूटकेस सीट के नीचे रख देता है।)

अब तुम घर चले जाओ काका ! मैं कॉलेज पहुँच कर घर फ़ोन कर दूँगी।

रत्नाकर — ख़ुश रहो बिटिया, अब दीवाली पर ज़रूर आना। तुम्हारे कारण घर में रौनक़ रहती है। डॉ बाबू भी तुम्हें देख कर खुश रहते हैं।

रश्मि —- अच्छा काका, तुम्हें सारे परिवार की चिंता रहती है। जाओ पापा को कोई गाड़ी से काम हो सकता है।

(रत्नाकर का प्रस्थान)

लंबे रूटों पर बस अमूमन तेज़ गति से दौड़ लगाती हैं व कुछ ही जगहों पर स्टॉप देती हैं। रश्मि का मन भी तेज़ी से दौड़ने लगा था। डॉ. राकेश, अब उसके दिल का राजकुमार बन गया था। प्यार के लिए वह ही उसका सहारा है। माँ -बाप छोड़ कर संसार से विदा हो गए, एक छोटी बहन है नेहा, राकेश को उसकी खबर भी तो लेना चाहिए। कैसे हॉस्टल में है, पढ़ाई कैसे चल रही है, अभी जन्माष्टमी पर ही आईं थीं पर छुट्टियाँ कम होने के कारण सोमवार को ही चलीं गई थी, तब तक तो मेरा डॉ राकेश से परिचय भी नहीं हुआ था, और पूरे एक सप्ताह में इतना परिचय बढ़ गया कि एक - दूसरे के बिना रहना भी कठिन हो गया होने लगा है।

दो दिनों में दो बार मुझे आलिंगन में लेकर प्यार जता चुके हैं, अब वे प्यार के पल ही जुदा होने पर दुश्मन बन जाएँगे, सताएँगे। प्यार का संसार भी

कितना अनोखा है, जो परिचित हैं, जन्म से साथ हैं वे बेगाने से लगने लगे हैं और बेगाने अपने से। राकेश अब मुझे सबसे प्यारा लगने लगा है, एक सप्ताह में ही कोई किसी के जीवन में इतनी गहराई से प्रवेश कर सकता है, कल्पना की चीज़ है।क्या राकेश भी मेरी तरह ही सोच रहा होगा ? प्यार की ज्वाला दोनों तरफ़ शोले भड़कातीं है, दोनों दिलों को पिघला कर एकाकार कर देती है। उपन्यास में मैंने अपना एक फ़ोटो भी एड्रेस के साथ रख दिया था व फ़ोन न० भी नोट कर दिया था। कहीं उपन्यास रेस्टोरेन्ट में ही न भूल आएँ, बात का बतंगड़ बन जाएगा।

सोचती- विचारतीं, कभी नींद में अगली सीट पर टकराती रश्मि किसी बड़े स्टैंड पर पहुँच गई थीं, जहां बस ने ठहराव के लिए ज़्यादा समय लिया। यात्री बस से नीचे उतर कर भूख- प्यास से निवृत्त हो रहे थे पर रश्मि अपनी सीट पर ही जैसे जकड़ी हुई थी। ज्यों ही बस ने पुनः रफ़्तार ली रश्मि की भावनाएँ भी कुलाँचे मारने लगी। राकेश में उसे ऐसा क्या दिखा जिससे उसकी ही दीवानी हो गई। क्या आदमी का भोलापन औरत को इतना प्रभावित कर सकता है कि उसे जैसे मंत्रमुग्ध होकर हर समय उसी का ध्यान करना पड़े। मैं उपन्यास घर भूल आने पर ख़्वाहमख़्वाह राकेश पर शक कर रही थी। यह उसकी कोई चालाकी नहीं बल्कि असलियत में ही वे भूल गए थे। शक करने से पहले इंसान को सोच विचार कर लेना चाहिए। शक रिश्तों के लिए दीमक की तरह है जो उन्हें अंदर ही अंदर खोखला कर देती है।

अब शायद दस बजने को आए थे और बस ने अपना सफ़र पूरा कर लिया था। क्या हम दोनों भी अपनी मंज़िल इतनी आसानी से प्राप्त कर लेंगे। प्यार की राह में अनेकों रोड़े अटकाए जाते हैं, विघ्न डाले जाते हैं पर हम लक्की है कि दादा जी व मम्मी - पापा सब इस रिश्ते के पक्ष में व सहमत भी हैं। अब दीवाली तक कैसे समय बीतेगा, पढ़ाई में भी दिल नहीं लगेगा। क्यों होता है ऐसा ? क्या दिल मानता नहीं ? क्या दिल सिर्फ़ प्यार को ही जानता है ? संसार की किन्ही और गतिविधियों में उसकी कोई रूचि नहीं है ? दिन-रात अपने प्रेमी की ही लगन में लगा रहता है। क्या यह प्रेम व्यक्तिगत न होकर समष्टिगत भी हो सकता है ? क्या हम अपने प्रेम को विस्तृत नहीं कर सकते। सृष्टि को ही हम

दिल से नहीं जोड़ सकते ताकि यह प्रेम का जंक्शन बन जाए। रश्मि की विचार-कल्पना का सागर और ठाठें मारता यदि मंज़िल तक बस नहीं पहुँचती। अपना सूटकेस लिया व ऑॅटोरिक्शा से हॉस्टल पहुँची व सूटकेस रूम पर रखा कॉलेज कैम्पस में प्रवेश किया जहां सप्ताह भर से बिछुड़े युवा मन अपनीं- अपनी हांकने में मस्त थे।

***

31

सनातन धर्म विद्यालय में हिंदी -अध्यापक के लिए साक्षात्कार

एस. डी. स्कूल के प्रांगण में रविवार को भी बाहर से आए हुए लोग चहलक़दमी कर रहे थे, शायद उन्हें साक्षात्कार के लिए बुलाया गया था। कल सायं ही मुखिया ने प्रधान जी व मैनेजर साहब को सूचना दी थी कि कल स्कूल में हिंदी- शिक्षक के पद पर नियुक्ति के लिए इंटरव्यू होगा।नियुक्ति केवल छ: मास 31 मार्च तक के लिए होगी। परीक्षा फल के बाद देव बाबू अपनी ड्यूटी संभाल लेंगे। इंटरव्यू पैनल में प्रधान जी, मैनेजर साहब, मुखिया व विशेषज्ञ के रूप में नलिनी जैन की टीम बनी थी। नलिनी जैन की सहायता के लिए मनोविज्ञान की लेक्चरर रेणु गुप्ता को शामिल किया गया था।

निश्चित समय ग्यारह बजे साक्षात्कार शुरू हुआ। प्रधान बाबू राम कृष्ण जी की सलाह पर सभी सदस्यों ने अपने मोबाइल फ़ोन ऑफ कर दिए थे क्योंकि ऐसे अवसर पर जानकर लोग परेशान करते ही हैं। वे अपने निकट संबंधियों की नियुक्ति के लिए दबाव बनाने का प्रयास करते हैं व शैक्षणिक योग्यता को गौण मानकर राजनैतिक पहचान को ज़्यादा महत्व व तरजीह चाहते हैं जिससे संस्था के काम में गुणवत्ता का अभाव व राजनीति का वातावरण भी बन जाता है।

साक्षात्कार के लिए निर्धारित समय से पहले ही शैक्षिक योग्यता व अन्य उपलब्धियों का विवरण दर्ज कर लिया गया था, इसी आधार पर टीम इंटरव्यू ने सर्वसम्मत निर्णय कर लिया था कि एक पद के लिए ऊपरी सात उम्मीदवारों का ही इंटरव्यू होगा। इस फ़ैसले का ज़ोरदार विरोध भी हुआ और दलील दी गई कि ऐसा उल्लेख नियुक्ति की शर्तों में पहले ही किया जाना चाहिए था। अब दूर- दूर से लोग किराया चुका कर पहुँचे हैं, उन्हें बग़ैर इंटरव्यू किए कैसे लौटाया जा सकता है ?

उम्मीदवारों की कुल संख्या तीस थीं जिनमें बीस महिलाएँ थीं इसलिए टीम इंटरव्यू ने फ़ैसला लिया कि पहले इंटरव्यू महिलाओं से ही आरंभ किया जाए ताकि वे व उनके साथ आए परिजन छोटे बच्चों के साथ समय रहते घर लौट सकें। अत: एक-एक कर महिला उम्मीदवारों को बुलाया जाने लगा व सूचना भी दी गई कि परिणाम उन्हें डाक या फ़ोन से प्रेषित कर दिया जाएगा। महिला उम्मीदवार फ़ैसले से प्रसन्न थी। लगभग दो घंटे में सभी महिलाओं का इंटरव्यू पूरा कर लिया गया था। अब स्कूल प्रांगण में नीरवता का वातावरण था। पुरुष उम्मीदवार भी अब अपना भाग्य आज़माने के लिए तैयार थे व बारी-बारी इंटरव्यू के लिए उपस्थित हुए। दस पुरुषों के लिए भी उतना ही समय लगा जितना बीस महिलाओं के लिए खर्च हुआ था क्योंकि पुरुष तर्क - वितर्क करते व अपनी बात को ही सर्वोच्च समझते। लंच का समय निकलकर टी- टाइम पर आ पहुँचा था। दोनों महिला लेक्चरर ने चाय नहीं लेने का निश्चय किया व घर का रूख किया ताकि फ़ोन से संपर्क न होने पर घर के लोग परेशान न हों। उन दोनों ने तीन उम्मीदवारों को चिह्नित कर प्रधान जी को सौंप दिया था अब शेष पदाधिकारियों को ही अंतिम फ़ैसला लेना था। सर्व सम्मति से तीनों में से एक का चुनाव कर उसे अगले दिन नियुक्ति पत्र भेजने का फ़ैसला लिया व अपने घर की राह ली।

सायंकाल में अब सभी के फ़ोन ऑन हो गए थे। मंत्री जी का फ़ोन प्रधान जी को मिला कि अमुक लड़की को नियुक्त करना है। प्रधान जी ने निर्णय फ़ाइनल होने का हवाला दिया तो मंत्री जी ने कहा - निर्णय तो हम भी बहुत फ़ाइनल करते हैं पर जनता या किसी नेता साथी के दबाव में बदलने भी पड़ते हैं। प्रधान जी ने स्पष्ट करते हुए कहा कि नियुक्ति कुछ समय के लिए ही है। इस बार क्षमा कर दें फिर कभी मौक़ा हाथ लगा तो आपको वरीयता देंगे। मंत्री जी ने प्रधान जी की साफ़गोई पर विश्वास कर अपनी ज़िद को किनारे रख दिया।

सभी की पसंद व योग्य उम्मीदवार को सूचना- पत्र भेज दिया गया। चयनित महानुभाव आदर्श व्यक्तित्व का धनी, उच्च शैक्षिक योग्यता पूर्ण व लेखक प्रकृति का व देव से भी प्रतिभावान प्रतीत हो रहा था। चुनाव - समिति को अपनी पसंद का उम्मीदवार मिल गया था व बच्चों के लिए भी संतोष की

बात थी क्योंकि महीनों से पढ़ाई का नुक़सान हो रहा था। मुखिया ने प्रधान जी व मैनेजर साहब का शुक्रिया बोला था व शांतिपूर्ण तरीक़े से इंटरव्यू प्रक्रिया पूरी होने पर राहत की साँस ली। टीचिंग स्टाफ़ व स्थानीय लोगों ने समिति के निर्णय की भूरि भूरि प्रशंसा की व भविष्य में भी सिफ़ारिश की नीति से ऊपर उठकर निष्पक्ष भाव से नियुक्तियाँ करने की परंपरा को जारी रखने की सलाह दी। मैनेजर साहब ने डॉ जैन को उनकी पुत्रवधू के कौशल- चातुर्य एवं प्रतिभा के लिए प्रशंसा की व रेणु गुप्ता के पति का भी धन्यवाद किया। डॉ जैन ने मैनेजर साहब का तहेदिल से आभार व्यक्त किया।

***

32

भित्ति पत्रिका पर दीपावली विशेषांक का प्रकाशन

देव ने निश्चय कर लिया था कि आज वह विशेषांक अवश्य ही प्रकाशित करेंगे। कॉलेज में हर प्रोग्राम, समारोह तय समय पर होने से उसे लगा कि सरकारी कॉलेजों में भी इतनी नियमितता कैसे बनीं हुईं हैं ? शायद संस्था के मुखिया (प्राचार्या) की काम के प्रति निष्ठा व समर्पण भाव, स्टाफ़ का पूरा सहयोग, विद्यार्थियों का अनुशासन प्रिय होना, ये सब कारक थे जो कॉलेज की साख बनाए हुए थे। सत्र के आरंभ में ही स्वतंत्रता दिवस समारोह, अध्यापक दिवस, खेलों का आयोजन सब सलीके से हो रहा था। प्राचार्या बड़े प्यार, साथ ही फटकार भी, से कॉलेज का वातावरण आकर्षक बनाएँ हुईं थीं। समूचा स्टाफ़, छात्र छात्राएँ उनका दिल से आदर करते थे और वे भी सभी को मनोवैज्ञानिक ढंग से डील करती थीं। इसलिए देव को अपनी ज़िम्मेदारी भी निष्ठापूर्वक ढंग से निभानी चाहिए। वह गुप्ता जी के रूम पर पहुँचा जहां उसके तीनों सहयोगी आर्टिकल चुनने में व्यस्त थे। देव ने रात्रि में लिखा अपना हास्य-व्यंग्य 'प्याज़ की हुंकार' देविना को दिखाया तो वह उसे पढ़कर आश्चर्यचकित रह गई और बोली।

देविना —कमाल का लेखन है, मौलिकता स्पष्ट झलकती है, उपमाएँ अतुलनीय हैं, समसामयिक रचना है। इसे पत्रिका के बीच में लगाना जहां से हर ऊँचाई का स्टूडेंट पढ़ सके।

देव —- तुमने भी कुछ लिखा है देविना ? दिखाओ मुझे।

देविना —मैंने एक एकांकी नाटक लिखा है- 'स्वर्ग में खुला दरबार', देखो काफ़ी लंबा चला गया। तुम काट- छाँट कर संक्षिप्त कर दो।

देव —— (एकांकी नाटक पर सरसरी नज़र डालकर) इनमें से दो नेताओं को डिलीट कर दो, काफ़ी ठीक हो जाएगा। एकांकी के भाव,

अभिव्यक्ति व उद्देश्य पर कोई विपरीत प्रभाव नहीं पड़ेगा। शिवि, तुम बताओ, क्या तैयार किया है ?

शिवि —- मैंने फिर से एक प्रेरक प्रसंग चुना है, मैं आपको दिखा रही हूँ।

देव—- पढ़ते हुए, "महात्मा बुद्ध आनंद के साथ भ्रमण करते- 2 एक विहार में पहुँचे। चारों ओर दृष्टि घुमाई पर कोई दिखाई नहीं दिया। कहीं से हल्की- हल्की कराहने की आवाज़ सुनाई पड़ रही थी। महात्मा बुद्ध उसी ओर चल दिए। वहाँ एक भिक्षु बीमार पड़ा दिखा। उसकी सेवा किसी ने नहीं की थी। गंदे वस्त्र, शरीर व स्थान पर पड़ा हुआ था। महात्मा बुद्ध ने आनंद की सहायता से उसे स्वच्छ किया व स्थान साफ़ किया फिर आनंद से बोले- देखो तो सही, क्या इस विहार में कोई नहीं है, इसकी सुध किसी ने क्यों नहीं ली ? आनन्द गया और लौट आया, कहने लगा - भिक्षु तो बहुत हैं परंतु सब ध्यान कर रहे हैं। महात्मा बुद्ध ने हैरानी से कहा - कैसा ध्यान ? जिन्हें अपने एक रुग्ण भिक्षु का ध्यान नहीं, वह कैसा ध्यान कर रहे हैं ?"

शिवि —-कैसा लगा आपको यह प्रसंग ?

देव —- वाक़ई प्रेरणादायी है, इसे हम पत्रिका में प्रकाशित करेंगे, कुछ और भी लिखा है क्या ?

शिवि —-कुछ अनमोल वचन हैं, कहो तो दिखाऊँ ?

देव —- लाओ, (पढ़ते हुए)

1. स्वयं को जानना ही धर्म है।
2. हज़ारों वर्षों का यश एक दिन के चरित्र पर निर्भर करता है।
3. ढोंगी बनने की अपेक्षा स्पष्ट रूप से नास्तिक बनना अच्छा है।
4. मुसीबतों से घृणा की जाए तो वे बड़ी हो जाती हैं।
5. यदि तुम एक बार बोलने से पहले दो बार सोच लो, तो तुम अच्छा बोलोगे।

शिवि तुम्हारी सेलेक्शन उच्च कोटि की है, कोशिश करूँगा कि इन्हें भी स्थान मिले पर और भी काफ़ी मिलेंगे। हाँ, शुभम भैया, तुमने क्या रचा है ?

शुभम —- मुझे लगता है कि आवश्यकता ही नहीं पड़ेगी, इतने आर्टिकल आए हुए हैं, छाँटना ही दूभर हो जाएगा।

देव —- आज हमें हर हालत में पत्रिका का प्रकाशन करना है, चाहे रात्रि भी क्यों न हो जाए ?

(डॉ. गुप्ता रूम में प्रवेश करते हैं)

डॉ. गुप्ता —-देव बाबू, आज 'दीपावली- विशेषांक' दे रहे हो न संस्थान को ? मैंने प्राचार्य महोदया को भरोसा दिया है कि आज सायं तक ज़रूर पत्रिका-प्रकाशन होगा।

देव —— यस सर ! हम जी जान से जुटे हैं, काफ़ी आर्टिकल हमने चुन लिए हैं, आधे घंटे में काम शुरू हो जाएगा।

डॉ. गुप्ता —मुझे तुम सब पर पूरा भरोसा है और सुना है कि तुम सबने के. एम. कॉलेज के हॉस्टल में एडमिशन ले लिया है ?

देव —- यस सर ! हम चारों ने के. एम. कॉलेज के प्रिंसिपल से परमिशन लेकर ऐसा किया है।

डॉ. गुप्ता —अब तुम्हारे पास समय की कमी का बहाना नहीं रहेगा, पढ़ाई के लिए भी ज़्यादा समय मिलेगा।

देव —— सर ! हम आज बहुत व्यस्त रहेंगे, शायद विलंब हो जाए इसलिए मैं रूम में ही सबके साथ काम करूँगा, आपको चाबी कल सुबह सुपुर्द कर दूँगा।

डॉ. गुप्ता —- जो चाहे करो पर प्रकाशन आज अति आवश्यक है।

कॉलेज की घड़ी ने चार बजा दिए थे, सभी स्टूडेंट्स अपनी-अपनी मंज़िल पर पहुँच रहे थे। संपादक मंडल के चारों प्राणी प्राणों की बाज़ी लगाए हुए थे व पत्रिका को फ़ाइनल टच दे चुके थे।

देव —- देविना, तुम ये चार आर्टिकल लेकर मेरे साथ नीचे चलो, सबसे ऊपर इन्हें लगाना है।

देविना — हाँ चलो, मैं तुम्हारी वहाँ मदद करूँगी। सब चारों आर्टिकल एकदम आकर्षक एवं मौलिक हैं।

देव —- (नीचे पत्रिका के सामने) एक स्टूल भी लेकर आता हूँ।

(रूम में जाता है व स्टूल लेकर लौटता है।)

देविना देखा तुमने, दोनों 'किसम- क़िसम' खेल रहे थे, एकांत क्या मिल गया, मुझे देख कर चौंक गए। तुम जाकर दोनों को नीचे ले आओ।

देविना — हाँ, अभी तो सपोर्टिंग स्टाफ़ भी यही है, कहीं किसी को भनक लग गई तो राई का पहाड़ बन जाएगा। मैं सब रचनाएँ व दोनों को भी यहाँ ले आती हूँ।

दोनों के साथ लौटती है, सभी भित्ति पत्रिका बॉक्स में आर्टिकल व रचनाएँ लगाने में व्यस्त हो जाते हैं।

देविना — यह 'जगमग दीप जले' शीर्षक से दीपक का रंगीन चित्र बिलकुल बीच में लगाओ और इसके नीचे दीपावली- विशेषांक वाला।

शिवि —- भैया, मेरा आर्टिकल तो नीचे ही लगाना जिससे नाम व कक्षा स्पष्ट रूप से नज़र आए।

देव —- शिवि ने खूब याद करवाया, हमें पहचान का ख़ास ख़्याल रखना है। ऊपर बाईं तरफ़ 'दीवाली का पर्व एवं इतिहास' चस्पा करना है, उसके नीचे शिवि का प्रेम- प्रसंग।

देविना —क्या कह रहे हो ? प्रेरक प्रसंग बोलो सर जी।

देव —- तो कुछ अनुचित बोला गया क्या ?

देविना —हाँ, तुमने प्रेम - प्रसंग बोल दिया।

देव —- ओह ! सॉरी शिवि, असल में थोड़ी देर पहले जो सीन ऊपर देखा था वहीं ज़हन में घूम रहा था। ठीक है, प्रेरक प्रसंग के नीचे यह कविता, उसके नीचे यह लघु कथा डालो। मेरे वाला हास्य- व्यंग्य दूसरी पंक्ति में सबसे ऊपर रखो।

एक घंटे की मशक़्क़त के बाद सभी चयनित आर्टिकल दीवार पर बॉक्स में लगा दिए गए थे, अब कुछ आर्टिकल स्टाफ़ मेम्बर्स के थे जिनके लिए एक कॉलम ऊपर से नीचे तक रिक्त रखा गया था। 'जगमग दीप जले' के दाहिनी ओर प्राचार्या की ओर से सभी के लिए 'शुभ कामना' संदेश लगाया गया।

देव —- देविना, कहाँ चली गई तुम ?

शुभम — क्या करना है, मुझे बताओ बड़े भैया।

देव —- यह डॉ गुप्ता, डॉ आर्य की ओर से बधाई- संदेश चिपकाइए।

शुभम—-और लाइए, शिवि व देविना, इतने तक वॉश रूम से लौटेंगी, हम सब सैट कर देंगे।

देव — हम आराम से ही सब करेंगे,इतनी जल्दी भी क्या है? सहज पके सो मीठा होय।

शुभम —- देव भैया, एक बात बोलू- शिवि मुझे बहुत प्यारी लगने लगी है।

देव — शुभम, तू शिवि को ज़्यादा किस मत किया कर, अभी हमारी स्टूडेंट लाइफ़ है।

शुभम — मैं ध्यान रखूँगा, अब शांत ! देवियाँ आ रही है।

शिवि —- वाह ! आप लोगों ने कंपलीट ही कर दिया, खूब सुंदर दिखाई पड़ रहा है सब कुछ।

देविना —- गुप्ता सर, देखकर लड्डू हो जाएँगे।

देव—- वह टीचिंग प्रैक्टिस वाला नोटिस मैंने अभी के लिए हटा दिया है, अभी काफ़ी समय बचा है प्रैक्टिस के लिए। अब हमें चलना चाहिए, शुभम ! तुम गुप्ता सर के रूम को लॉक करके चाबी संभाल कर रख लो।

शुभम—- ओ. के., मैं अभी लॉक कर आता हूँ।

देविना —-अंधेरा होने को आया है, सात बजने को हैं। आज कई दिनों का भार दिमाग़ से उतरा है।

देव —- परिश्रम से ही भार हल्का व काफ़ूर होता है। अब कल देखते हैं कि क्या प्रतिक्रियाएँ मिलतीं हैं। (सभी ध्यान से सुनो) आलोचना होने पर क्रोध नहीं करना है, सुधार करेंगे।

तीनों —- अब यदि यहीं बैठे रहे और हॉस्टल के लिए नहीं निकले तो हमें आपकी आलोचना करनी पड़ेगी।

देव —- ओ. के. प्रस्थान करो, मेन गेट के पास ऑटो रिक्शा मिल जाएगा।

***

33

रश्मि का तान्या के साथ मामा जी के घर जाना

रश्मि सायं पाँच बजे तक कॉलेज में ही क्लास अटैंड करती रही। चार से पाँच प्रैक्टिकल चलता रहा था, पाँच बजते ही उसने अपनी सहेली व रूम मेट तान्या के साथ मामा जी के घर का रूख किया हॉस्टल के मुख्य गेट के सामने से ही ऑटो रिक्शा सेक्टर सात के लिए। तान्या दिल्ली में एक जूता-कारोबारी की बेटी थी जो लाड़ प्यार में पली- बड़ी हुई थी। वह एम. बी. बी. एस. करना चाहती थीं पर पिछड़ गई थीं व दांतों के डॉक्टर में ही उसे दाख़िला मिला। भाई तरुण पहले ही एम. एस. डॉक्टर है व दिल्ली में ही किसी प्राइवेट अस्पताल में नौकरी कर रहा है। माँ तृप्ता एक साधारण घरेलू महिला हैं जो आजकल के ताम- छाम से दूर है पर परहेज़ नहीं। परिवार व बच्चों की ख़ुशी के लिए उसने स्वयं को काफ़ी बदल लिया था। पिता तरसेम लाल हरियाणा से ही बिलासपुर ज़िला अंबाला से पंद्रह साल पहले दिल्ली आ गए थे व जूते के व्यापार से जुड़ गए थे। उस समय तरुण बारह साल व वह (तान्या) सातवें साल में थीं।

पिताजी ने बहुत मेहनत करके अपना कारोबार जमाया व साथ ही बच्चों को अच्छी शिक्षा भी दिलवाई। अब रोहिणी के सेक्टर आठ की अशोक सोसायटी में उनके आमने- सामने दो फ़्लैट हैं। पहले वे सेक्टर ग्यारह में एक फ़्लोर में रहते थे पर बच्चों के बाहर जाने / रहने के कारण माँ तृप्ता का मन अकेले में नहीं लगता था इसलिए फ़्लैट में शिफ़्ट होना पड़ा।

रश्मि —- तान्या, तुम कुछ सोच रही हो, कोई बातचीत का सिलसिला शुरू करो न ?

तान्या —- रश्मि दीदी, मैं भूतकाल में खो गई थीं, माँ कैसे समय बितातीं होंगी, पिताजी सुबह से देर शाम तक व्यापार में बिजी रहते हैं, भाई तरुण अस्पताल में सुबह दस बजे जाकर सायं छः बजे लौटते हैं।

रश्मि —- आजकल समय बिताने की कोई प्रॉब्लम नहीं है, बड़े शहरों में तो मेड- सर्वेंट ही सारा काम करतीं हैं। उनके साथ बातचीत करने व काम करवाने में ही काफ़ी वक़्त निकल जाता है। फिर टी. वी., मोबाइल तो समय छोड़ते ही नहीं ?

तान्या — आज सुबह जब दिल्ली से विदा होने लगी तो माँ कीं आँखों में नीर तैरने लगा, कहने लगी - " अब तो बेटियाँ भी शादी से पहले ही बेगानी होने लगी हैं। " ज़माना कितना बदल गया है। प्रौढ़ावस्था में माँ घर में अकेले रहती हैं व बुढ़ापे में दोनों माता-पिता घर में अकेले रहने पर विवश होते हैं। बच्चे पैदा करना तो भावना से दूर केवल कर्तव्य बन कर रह गया है।

रश्मि —- सबका यही हाल है बहना, मेरे अंकल सतलोक मुम्बई में सपरिवार रह रहे हैं। ये तो पापा का यहाँ क्लीनिक हैं वरना दादा जी का अकेले रहना कितना भारी हो जाता ?

तान्या — हाँ रश्मि दीदी, संयुक्त परिवार की कड़ियाँ खंडित हो रही हैं। छोटे शहरों व गाँवों से बच्चे बड़े शहरों में नौकरी पाने लगे हैं तो ऐसे में बुज़ुर्गों को दुख सहना पड़ता ही है। तुम्हारी दादी जी नहीं है क्या ?

रश्मि —- दादा जी अब अपने जन्मदिन की प्लैटिनम जयंती मना रहे हैं व दादी जी भी सत्तरवें साल में प्रवेश कर जाती अगर भगवान को प्यारी नहीं होती। कई वर्ष पहले डेंगू बुख़ार का प्रकोप हुआ था, दादी जी को डेंगू ने जकड़ लिया व एक रात अचानक उनकी प्लेटलेट्स इतनी डॉउन हो गई कि वे उठ नहीं सकीं। शायद पाँच साल बीत गए इन बातों को और दादा जी उम्र के इस मोड़ पर जैसे अनाथ हो गए। मैं उस समय स्कूल स्तर पर ही थीं। पूरा शहर दादा जी के दुख में भागीदार बना। घर में इस तरह के माहौल ने मेरी पढ़ाई पर विपरीत प्रभाव डाला और मेरा एम. बी. बी. एस. का सपना अधूरा ही रह गया।

तान्या —- मुझे भी समय अभाव के कारण ही विवश होकर यहाँ एडमिशन लेना पड़ा। दिल को बहुत समझाती हूँ कि जो भाग्य में लिखा है,वही मिलता है।

रश्मि —- बाक़ी बातें फिर करेंगे, सेक्टर सात में पहुँच गए हैं, सामने की लाइन में चौथा मकान है।

(ऑटो रिक्शा का किराया चुका कर घर में प्रवेश करते हुए)

मामा जी ! मामा जी ! ! उत्तर न मिलने पर फिर से, मामीजी ?

अंदर से आवाज़ आई —कौन ?

रश्मि— मामीजी, मैं रश्मि हूँ, जींद से।

मामीजी — आ जाओ बेटी, अंदर आ जाओ। मुझे उठने में जरा दिक़्क़त है।

(रश्मि व तान्या अंदर आकर)

रश्मि—- (मामीजी को बैड पर पड़े देख कर) क्या हुआ है मामीजी?

मामी रेखा— क्या बताऊँ बेटी, जन्माष्टमी के दिन मंदिर बगैरह देखने के लिए निकले थे, तुम्हारे मामा जी भी साथ थे, भीड़- भाड़ के कारण कार नहीं ली, बाईक पर ही निकल पड़े। लौटते समय कुछ अंधेरा बढ़ गया था। तुम्हारे मामा जी को सड़क पर गड्ढा दिखाई नहीं पड़ा और वहीं गिर पड़े।

रश्मि —- फिर तो बहुत चोट लगीं होगी मामीजी ?

रेखा — यह तो तुम्हारे मामा जी ने हेलमेट पहन रखा था वरना कुछ अनहोनी भी हो सकतीं थीं ? मुझे भी कई जगह गुम चोटें आई हैं पर ग़नीमत रही कि हड्डी- पसली ठीक हैं।

रश्मि —- भगवान का लाख लाख शुक्र है कि आप दोनों सुरक्षित हैं।

रेखा—- हाँ बेटी, पता नहीं किसकी दुआओं ने कवच का रूप धारण किया। रश्मि बेटी, तुम्हारे साथ यह लड़की ?

रश्मि — हाँ मामीजी, मेरी हॉस्टल की रूममेट है, तान्या नाम है इसका, मेरे साथ ही डॉक्टर का कोर्स कर रही है।

रेखा—- कैसी हो बेटी ? बड़ा प्यारा नाम है तुम्हारा, कोई डॉक्टर ही पसंद कर लेगा ?

तान्या — मामीजी नमस्ते ! अभी तो मैं पढ़ रही हूँ रश्मि के साथ।

रेखा — रश्मि के लिए भी डॉक्टर लड़का लाएँगे, आजकल तो पढ़ते-पढ़ते ही लड़के- लड़कियाँ फ्रैंड्स बन जाते हैं और डॉक्टर तो दो - दो डिग्रियाँ

लेकर निकलते हैं ट्रेनिंग कॉलेज से। हमारा समीर ही न जाने क्यों एक ही डिग्री से संतुष्ट हो गया। अभी फ़ोन आया था कि आ रहा हूँ। शायद तुमने यहाँ आने से पहले फ़ोन किया होगा ?

रश्मि—- हाँ मामीजी, मैंने ही किया था, असल में हम दोनों को एक टॉपिक पर भैया से गाइडलाइन चाहिए, लो वे आ भी गए। मामीजी, यह लड्डू बनाकर मम्मी ने भेजें हैं, मामा जी को बहुत पसंद हैं।

रेखा —- बहुत ध्यान रखती है अंजना दीदी अपने भाई साहब का। हर बार कुछ न कुछ भेज ही देती है।

(समीर घर के अंदर आकर)

समीर —- मुझे दिखाओ मम्मा, किसने क्या भेजा है ?

रश्मि —- नमस्ते भाई साहब !

तान्या —- नमस्ते सर !

समीर—- दोनों की नमस्ते क़बूल ! लड्डुओं का भोग लगाने दो फिर कोई बात निकलेगी अंदर से।

रश्मि — कैसे बने हैं भाई साहब ?

समीर — जब मज़े ले कर खा ही रहा हूँ तो स्वादिष्ट ही बने होंगे, यह लड़की कौन है ?

रश्मि— यह तान्या है मेरी रूम व कलासमेट।

समीर —- कुछ पहचाना सा चेहरा लग रहा है ?

तान्या — हाँ सर ! आप मुझे क्लास की सबसे होशियार स्टूडेंट मानते थे जब मैं प्रथम वर्ष में थीं।

समीर — अब भी होशियार हो या पिछड़ गई ?

तान्या —-हम एक टॉपिक पर आपसे गाइडैंस लेने आए हैं तब आप जाँच लेना कि हम कैसे हैं ?

समीर —- रश्मि, पहले सभी के लिए चाय बनाओ, मेरे गले में लड्डू अटक गए हैं।

रश्मि — भैया, अब तो भाभी ले आओ, मामीजी भी बहुत तंग हो गई हैं।

समीर — ऐसे नालायक पेटू को कौन अपनी लाड़ली कन्या देगा। कॉलेज से ही सिंगल आ गया, अब दोबारा कॉलेज जाना पड़ेगा ?

रश्मि —- हाँ, हमारे कॉलेज में आया करो, मैं तुम्हारी मदद करूँगी।

समीर —- पहले चाय बनाने में मदद करो फिर कॉलेज का दौरा भी करेंगे।

(रश्मि व तान्या किचन में चाय के लिए जाती हैं)

रेखा — समीर बेटा, क्या लड़की पसंद है ?

समीर — हाँ माँ, मैं कॉलेज टाइम से ही इसे लाइक करता हूँ इसीलिए मैं इसे होशियार कहता था, वैसे तो डॉक्टर की पढ़ाई में सभी लड़के- लड़कियाँ होशियार ही होते हैं।

रेखा — मुझे तो देखते ही पसंद आ गई थीं। मैं रश्मि को इशारा करूँगी, तुम चुप ही रहना।

समीर —-हाँ माँ, अब तो चुप रहने से ही बात बनेगी। कॉलेज में बहुत बोलने से भी बात नहीं बन पाई थी। (रश्मि व तान्या का चाय की ट्रे के साथ प्रवेश)

रश्मि —- लो भैया,अगली बार जब आऊँगी तो भाभी के हाथ की चाय पीकर रहेंगे, क्यों मामीजी ?

रेखा —— हाँ रश्मि ! अब शादी का सही समय है, तुम इसके लिए कोई डॉक्टर लड़की नज़र में रखो। अच्छे घर व ख़ानदान की हो, नौकरी करे या क्लीनिक चलाए, हमें कोई एतराज़ नहीं। भगवान की कृपा से दोनों बापू-बेटा खूब कमा रहे हैं।

रश्मि —- हाँ मामीजी, मैं कोई लड़की ढूँढने की कोशिश करूँगी, काम्या नहीं दिखाई दी मामीजी ?

रेखा —- यहीं पड़ोस में ट्यूशन के लिए गई है, सात बजे लौटेगी। आशु का पहला साल ही चल रहा है इंजीनियरिंग का।

रश्मि —- अच्छा मामीजी, हमें हॉस्टल में सात बजे से पहले ही पहुँचना होता है।

रेखा — समीर बेटा, दोनों को कार से छोड़कर आओ, अब अंधेरे में कहाँ ऑटो रिक्शा से जाएँगी। आजकल किसी का विश्वास भी नहीं रहा ?

समीर —- अच्छा मम्मी जी, गाड़ी बाहर ही खड़ी कर दी थी मैंने, चलो रश्मि, आओ तान्या।

तान्या— आज हमारा टॉपिक रह गया सर !

रश्मि —- किसी संडे को कॉलेज के हॉस्टल में ही आ जाना, वहीं डिस्कस कर लेंगे।

समीर —- मुझे तुम पहले दिन फ़ोन कर लेना अगर कोई मीटिंग नहीं हुई तो मैं आ जांऊगा।

रश्मि — ठीक है भैया, हॉस्टल के इसी गेट पर हमें ड्रॉप कर दो। मामा जी व काम्या से नहीं मिल पाई।

समीर — अगली बार मिल लेना या अगर मैं अगले संडे को यहाँ आया तो काम्या को साथ ले आऊँगा।

रश्मि —- हाँ, यह ठीक रहेगा, अब तुम जाओ, मामीजी इंतज़ार कर रहीं होंगी, नमस्ते !

तान्या —- जी सर नमस्ते !

समीर ——दोनों की नमस्ते ! तान्या, फिर कभी रश्मि के साथ घर आना, माँ को तुम्हारा आना अच्छा लगा।

तान्या —- ओ. के. सर ! हमें मौक़ा मिला तो अवश्य आएँगे।

***

34

राकेश की भिवानी यात्रा व देव से हॉस्टल में मिलना

बस से उतरकर राकेश ऑटो रिक्शा से हॉस्टल शिवाजी, के. एम. कॉलेज की ओर बढ़ रहा था। मेन गेट पर रखे रजिस्टर में 'देव- 101' की एंट्री कर वह अंदर दाखिल हो गया था। रूम के डोर पर दस्तक दी तो शुभम ने दरवाज़ा खोला व पूछा –

शुभम - आप किससे मिलना चाहते हैं ?

राकेश- मि० देव बाबू हैं जींद शहर से, उन्हीं को मिलना है, क्या यह उनका रूम नहीं है ?

शुभम — यह रूम उन्हीं का है व मैं उनका रूममेट हूँ। ये बेड पर सो रहे महानुभाव को आप पहचानते हैं ?

राकेश —- हाँ, यही तो हैं देव बाबू। मेरे गाँव से ही हैं। कितनी देर हुई है सोए हुए ?

शुभम —- दोपहर का खाना लेकर दोनों लेट गए थे, बातें भी चल रही थी पर अचानक नींद ने दोनों को घेर लिया। वार्तालाप सुनकर देव ने जब आँखें खोली तो राकेश को देख कर हकका- बक्का रह गया।

देव— अरे राकेश बाबू, आप राकेश बाबू ही हैं न ?

राकेश —तुम्हें किसी प्रकार का संदेह है क्या ?

देव —- अपनी आँखों पर विश्वास नहीं हो रहा, यहाँ कैसे पहुँचे, सब कुशल से तो हैं ?

राकेश —-पहले पानी पीओ, मुझे भी पिलाओ, फिर बातें करेंगे।

देव —- शुभम, ताज़ा जल लेकर आओ डॉ साहब के लिए और मेरे लिए भी।

(शुभम दोनों के लिए पानी लेने जाता है व लाने पर दोनों पीते हैं।)

देव—- अब मेरी जिज्ञासा शांत करें कि कैसे आना हुआ ?

राकेश — कई दिनों से चाह रहा था कि नेहा से मिलकर आऊँ, आज मौक़ा लग गया तो बस में सवार होकर हिसार चला आया।

देव —- नेहा जिंदल स्कूल में ही है ?

राकेश —हाँ वहीं हॉस्टल में ही है। दूर- दूर से दूसरे राज्यों के बच्चे भी यहाँ शिक्षा के लिए आना गर्व की बात समझते हैं। नेहा से मिला, बड़ी जाँच-पड़ताल के बाद मिलने देते हैं। क़रीब ग्यारह बजे नेहा के हॉस्टल पहुँचा था। थोड़ी देर बात की व हाल चाल जाना।

देव —- नेहा बिल्कुल ठीक होगी ? उसका दिल तो लगा हुआ है ?

राकेश —-मुझे देख कर एक बारगी तो उसे भी अपनी आँखों पर विश्वास नहीं हुआ फिर पहचान पक्की कर ख़ुशी से उछल पड़ीं- भैया..........! मैं ज़रा भावुक हो गया तो वह भी रूआंसी सी हो गई, आख़िर मुझे ही संभलना पड़ा और पूछा- नेहा बहन, तुम्हारी पढ़ाई कैसी चल रही है ? कोई किसी प्रकार की परेशानी तो नहीं। ?

नेहा —- भैया, बहुत अच्छा स्कूल व हॉस्टल है। पढ़ाई का स्तर बहुत आदर्श व उच्च है। सारा टीचिंग स्टाफ़ योग्य एवं परिश्रमी है और हॉस्टल में खाना बगैरह अच्छी कवालिटी का मिलता है।

राकेश —-अब तुम पूरा साल यहीं पढ़ना चाहतीं हो ?

नेहा—- हाँ भैया, जब तक भाभी नहीं आतीं, मैं यहीं रहकर पढ़ाई करूँगी।

राकेश —-मैं ढूँढ रहा हूँ तुम्हारे लिए भाभी, तुमने कहीं देखा है क्या?

नेहा —- भैया, मज़ाक़ ही करते रहोगे और सारी उम्र यों ही बिता दोगे ?

राकेश —-तुम जब कॉलेज में कहीं ट्रेनिंग पर जाओगी तो वहीं से ढूँढ लाना अपने लिए भाभी। अभी एक साल बचा है कॉलेज जाने में।

नेहा —- नहीं भैया, मैं जब भी तुम्हारे पास जींद आती हूँ तो मुझे घर हॉस्टल की तरह ही लगता है। बिना औरत के घर तो भूत- बसेरा ही होता है।

राकेश —तुम्हें किसने कहा मेरी लाड़ली बहन !

नेहा — माँ कहती थी कि औरत घर की लक्ष्मी होती है, जब तक औरत है तब तक घर है, नहीं तो केवल मकान ही है।

राकेश —- अरे वाह नेहा बहन ! तू तो बहुत याद रखती है, अब मैं चलूँ ?

नेहा —- हाँ भैया, खाना तो अभी देर में तैयार होगा, अब तुम जींद ही वापस जाओगे?

राकेश —-नहीं नेहा, मैं भिवानी जाऊँगा व देव से मिलकर आऊँगा, काफ़ी दिनों से मिला नहीं हूँ।

देव—- राकेश भाई, तुमने लंच नहीं लिया, चलो कैंटीन पर चलते हैं, चाय के साथ कुछ ले लेंगे।

राकेश —- हाँ, कुछ हल्का सा भार पेट में डालना पड़ेगा तब जाकर आवाज़ में भारीपन आएगा।

देव —- असल में आज हमारा सिनेमा जाने का विचार था इसलिए दिन में सोने का मौक़ा तलाश लिया, तुम भी फ़िल्म देखना चाहते हो ?

राकेश —- क्यों नहीं ? तुम सब के आनन्द में ख़लल डालने नहीं आया हूँ फिर इकट्ठे होकर फ़िल्म देखने का मज़ा ही कुछ और है। कॉलेज के दिन जीवित हो जाएँगे। कौन-सा शो रहेगा ?

देव —- अभी तक तो निश्चित नहीं किया, इवनिंग में तो सब नहाना-धोना डिनर बगैरह रहता है, नाइट शो में ही चलेंगे ?

राकेश —- अगले दिन कॉलेज में देर होगी व कलास में बैठे ऊँघते ही रहोगे ?

देव —- कॉलेज दस बजे का है, आराम से उठेंगे। तुम्हारा कल का क्या प्रोग्राम है ?

राकेश —कल मेरी ड्यूटी सुबह की पारी में है इसलिए सुबह- सवेरे ही निकल जाऊँगा।

देव—- चाय के साथ कुछ खाते भी रहो, यहाँ कैंटीन में पेड़ा व बर्फ़ी बड़ा स्वादिष्ट होता है, देखो ज़रा मुँह लगाकर।

राकेश —मिठाई चने की तरह होती है, एक बार मुँह को लग गई तो दिल करता ही रहेगा।

देव —- इतना प्रेम नहीं बढ़ने देंगे मिठाई से। मेरे विचार में इस उम्र में कुछ तो खा लेना चाहिए।

राकेश —- मीठा खानें में कोई बुराई नहीं है, उसे हज़म करना ही दिक़्क़त हो सकता है। हम कोई परिश्रम व शारीरिक गतिविधि का काम नहीं करते जिससे अपच होने पर इसका शरीरपर प्रतिकूल प्रभाव पड़ता है।

देव —- हाँ अच्छे पाचन के लिए शारीरिक हलचल जरूरी है।

राकेश—- कहीं बाहर घूमने निकलें, कोई पार्क या नदी मुहाना है आस पास।

देव —हाँ, पास ही नहर है वहाँ चलेंगे शुभम, तुम भी हमारे साथ चलो, यहाँ ख़ाली बैठे क्या करोगे ?

शुभम — हाँ, मैं भी तैयार हूँ।

(सभी सैर के लिए निकलते हैं।)

***

35

रश्मि- तान्या की मस्ती व प्यार भरी बातें

रश्मि— तान्या, चलो आज थियेटर चलते हैं, फ़िल्म देखे बहुत दिन हो गए हैं।

तान्या— क्या वार्डन से परमिशन ले ली है, नाइट शो में तो हम अकेली लड़कियाँ परमिशन लेकर भी नहीं जा सकती, कब तक लड़कों का साथ ढूँढना पड़ेगा ?

रश्मि— संडे को तो समय अकड़ कर खड़ा हो जाता है। बाहर कहीं जा नहीं सकते। सारा दिन रूम पर पढ़ाई करते- करते आँखें लाल हो जाती हैं शराबी की तरह। कोई ब्वॉय फ्रैंड होता तो शहर में ही घूम लेते।

तान्या —अब भी देर नहीं हुई, लड़के तो गाजर- मूली की तरह सस्ते में ही मिल जाते हैं।

रश्मि— कुछ अपना है या दूसरों से सुनें अनुभव बाँट रहीं हो।

तान्या— पढ़ाई में इतने बिजी रहते हैं कि इस तरफ़ कभी ध्यान ही नहीं गया, अब तो कुछ ही महीने बचें है, ये भी निकल जाएँगे वीरानगी में।

रश्मि— समय का कुछ पता नहीं चलता, आख़िरी दौर में भी दाँव लग जाता है। कुछ दिल में हो तो बताओ, हम भी कुछ मदद कर देंगे।

तान्या—- आजकल विश्वास की बहुत कमी है, बहुत लड़कियाँ धोखा खाकर ज़िंदगी बर्बाद कर चुकी हैं। हमें तो माँ बाप पर ही निर्णय छोड़ना पड़ेगा।

रश्मि—सारीं दुनिया अविश्वासी नहीं होती, कहीं न कहीं तो विश्वास जमाना ही पड़ेगा। माँ बाप का निर्णय भी कई बार असफल रहता है।

तान्या —- क्या तुम किसी लड़के में रूचि रखतीं हो मेरे लिए ?

रश्मि —- अब तुम से क्या छिपाकर रखना, मैंने तो जन्माष्टमी की छुट्टियों में अपना संसार बसा लिया है। इसी कॉलेज का ओल्ड स्टूडेंट है, सरकारी

डॉक्टर लगा है। अब आख़िर में मिला है व पहली मुलाक़ात में ही एक -दूसरे के हो कर रह गए।

तान्या —- कमाल है, एक हफ़्ते में सपनों का संसार सज गया, क्या जादू कर दिया?

रश्मि— जादू तो तुम्हारे पास भी है, कहो तो शिकार ढूँढ कर लाऊँ।

तान्या—- सोमवार को तुम्हारे मामा जी के यहाँ गए थे न, वहाँ मामीजी की बात सुनकर लगा था कि समीर शायद मेरे लिए दिल में जगह रखता है।

रश्मि—- कमाल है तान्या, तुम्हें कैसे लगा कि वह तुम्हें चाहता है।

तान्या—- प्रशंसा तो मेरी वे प्रोफ़ेसर रहते हुए भी करते थे पर बिना जान-पहचान के मैंने घास डालना मुनासिब नहीं समझा लेकिन अब तुम्हारे मामा जी का लड़का निकला तो मैंने अपना रुख़ कुछ लचीला किया है। टॉपिक तो अभी डिसकस करना शेष है ?

रश्मि— हाँ, इस बहाने ही मैं आनेवाले संडे को समीर भाई साहब को बुला लूँगी व तुम दोनों खुलकर बात कर लेना। माँ बाप पर निर्भरता तो दुविधा में ही जीवन रहता है।

तान्या— तुम्हें भाभी बनाने की बहुत जल्दी है क्या ?

रश्मि—- समय किसी का इंतज़ार नहीं करता तान्या, जो बिंध गया वह मोती और रह गया वह पत्थर। ये संयोग के पल जीवन में यदा कदा ही आते हैं अगर चूक गए तो समय लौटता नहीं, केवल हाथ मलकर रह जाता है इंसान।

तान्या—- तुम्हारे उतावलेपन से लगता है कि तुम जैसे चाहती हो कि मैं समीर से आज ही शादी कर अपना संसार बसा लूँ।

रश्मि—- तान्या, ये किसी के वश में नहीं होता, न तेरे, न मेरे, न समीर भैया के। विधि के हाथों में ही वरमालाएँ होती हैं, किसके गले में कब सज जाए, विधि ही जानती है।

तान्या —- तुम समीर को अगले रविवार बुला लो, फिर जो होगा देखा जाएगा। क्या तुम विश्वासपूर्वक कह सकतीं हो कि समीर मुझे दिल से चाहता है।

रश्मि—- भोली बाला, जब हमें हॉस्टल के गेट पर छोड़ा तो फिर से घर आने को कह रहा था समीर, क्या मुझे कह रहा था या तुम्हें ?

तान्या —- अच्छा ! वह निमंत्रण मेरे लिए था, तब तो तुम्हारा विश्वास वज़नी लगता है।

रश्मि—— इन तीन - चार महीनों में ही सब काम हो जाएगा, कॉलेज के बाद कहाँ रहना है, सर्विस करना है या अपना क्लीनिक खोलना है, सब अनिश्चितताएं मिट जाएँगी। ज़िंदगी सपाट पटरी पर दौड़ने लगेगी। मैं भी ऐसा ही करूँगी, इकट्ठे ही हनीमून पर चलेंगे।

तान्या —- चलो, मेस में डिनर के लिए घंटी बज गई है, थोड़ी देर तुम्हारे पास और बैठीं रहीं तो गोद में बच्चा खेलने लगेगा।

रश्मि—- (मुस्कुराते हुए) तान्या,बच्चे विवाह की सच्चाई है जिस माँ ने बच्चे को नहीं जन्मा उसकी हालत जाकर पूछो, कितना नीरस जीवन जी रहे हैं ऐसे दम्पति। तुम्हें हँसता खेलता परिवार नसीब होगा, सास- ससुर होंगे, एक प्यारा सा देवर होगा व एक परी सी ननद होगी। रुपये- पैसे, ज़मीन- जायदाद के ठाठ होंगे। बड़ी बहू बनोगी तुम मामा जी के परिवार की।

तान्या —- क्या तुम्हें भूख नहीं सता रही, जो इतने समय से बिना अर्द्ध विराम के बोले जा रही हो।

रश्मि—- अभी मेस की पहली घंटी ही बजी है, इतनी जल्दी भी क्या है?

तान्या — मैं इस लिए कह रही हूँ कि मेस में और लड़कियाँ भी आ गई होंगी, बातचीत करके कुछ समय बीत जाएगा। कुछ नई गतिविधियों व समाचारों का पता चलेगा।

रश्मि—- अगर तुम्हारी प्रबल इच्छा है तो चलो चलते हैं।

***

36

देव व साथियों की रोमांटिक बातचीत

देव एंड कंपनी जब कॉलेज पहुँचीं तो भित्ति पत्रिका के सामने छात्र छात्राओं का ताँता लगा हुआ था। सभी एकटक दीपावली विशेषांक को बड़े गौर से देख/ पढ़ रहे थे। अभी प्रार्थना सभा की घंटी बजने पर सब वहाँ से हटकर सभा स्थल पर पहुँच गए थे। प्रार्थना सभा के बाद डॉ गुप्ता ने स्टूडेंट्स को जानकारी दी कि हर वर्ष की भाँति इस बार भी भित्ति पत्रिका का दीपावली विशेषांक प्रकाशित हो गया है। संपादक देव व उसके साथियों ने कई दिनों की कड़ी मेहनत के बाद कल सायं खेल- कूद प्रतियोगिता सम्पन्न होने के बाद इस कार्य को अंजाम दिया। सभी स्टूडेंट्स बिना किसी भेदभाव के पूरी तन्मयता से साहित्यिक रचनाओं का रसास्वादन करें व कोई त्रुटि नज़र आए तो संपादक देव या मुझे निःसंकोच अवगत कराएँ व त्रुटि को दूर करने के सुझाव भी प्रेषित करें। मैं देव व साथियों की इस परिश्रम से भरपूर कामयाबी के लिए सराहना करता हूँ (करतल ध्वनि) व विश्वास व्यक्त करता हूँ कि यह टीम भविष्य में भी लगन व उत्साह से संस्थान के सम्मान को चार चाँद लगाती रहेगी। स्टूडेंट्स! आज डॉ. आर्य के अवकाश पर चले जाने के कारण जिस भी कक्षा में हिंदी-शिक्षण का पीरियड आए, उस कक्षा के छात्र- छात्राएँ भित्ति पत्रिका का अवलोकन कर सकते हैं। मैं फिर एक बार देव व साथियों की प्रशंसा करने पर विवश हूँ, धन्यवाद!

जब सभी अपनी - अपनी कक्षाओं में चले गए तो देव व साथियों ने डॉ. गुप्ता के रूम में जाकर उनकी प्रशंसा करने के लिए हार्दिक धन्यवाद दिया। डॉ. गुप्ता के क्लास में जाने के बाद संपादक मंडल के सदस्य बातचीत में मशगूल हो गए।

देविना — देव, क्या तुम्हारे मित्र डॉ. राकेश चले गए अपने घर ?

देव ——हाँ देविना, उनकी सुबह आठ बजे ड्यूटी थी इसलिए पहली बस से ही निकल गए। मैं उन्हें बस स्टैंड तक विदा करके फिर आकर स्नान आदि से निवृत्त होकर नाश्ता लेकर कॉलेज आ गया।

देविना—रात्रि देर तक जागे होंगे ?

देव—- हम काफ़ी देर तक बतियाते रहे। थियेटर जाना भी कैंसिल कर दिया था। डॉ. राकेश मेरा परम मित्र एवं मेरे ही गाँव से है। हम दोनों की दांत-काटी रोटी है।

देविना—इसीलिए दांतों का डॉक्टर बना है ! (सभी हँसते हैं) क्या शादीशुदा है ?

देव ——हमारी तरह अधर में है, न इस पार, न उस पार।

शुभम— रात को मुझे भी सोने नहीं दिया, न जाने कहाँ- कहाँ की गप्पें हांक रहे थे। अब थोड़ी देर में मुझे भी नींद सताएगी।

देव—— सभी को बारी- बारी आएगी, आज तो हॉस्टल में रहकर ही नींद पूरी कर लेते तो अच्छा रहता। मैने तो डॉ. राकेश को भी आराम करने के लिए कहा था पर वे मेघों की तरह भावों से लदे हुए थे। सारा जल जब तक नहीं बरसा दिया, न चैन ली, न लेने दी।

देविना— ऐसे क्या भाव भरे थे दिमाग़ में ?

देव —- जवानी के दिनों की बातों में मस्ती ही ज़्यादा होती है।

देविना— पर आप दोनों तो सर्विस में आनंद लूट रहे हो, आपकी बात ऐसे ही उड़ाने की नहीं होती।

देव —- देविना, तुम कई बार बहुत सारगर्भित बात कह देतीं हो, मुझे तुममें परिपक्वता दिखाई पड़ने लगती है। मैने राकेश से पूछा था कि देविना कैसी लड़की है, तो उसने कहा था- मिल जाए तो ग़नीमत, न मिले तो परे हट।

देविना— बड़ा बुद्धिमत्ता पूर्ण जवाब था, आख़िर डॉक्टर जो ठहरे ? कहीं उनका भी कोई चक्कर चल रहा है क्या ?

देव— तुम औरतों से बात छिपा भी नहीं सकते, बताते भी नहीं बनता। सारे इलाक़े में जंगल की आग की तरह फैल जाएगी।

देविना—- औरत जो राज छिपा कर रख सकती है, वह क़ाबिलियत मर्दों में कहाँ? अगर औरत न होतीं तो मर्द कहाँ से आते ?

देव —- जैसे चारपाई में खटमल आते हैं। (सभी खिलखिलाते हैं।) राकेश बाबू बता रहे थे कि के. एम. कॉलेज की समिति के उपाध्यक्ष पं० शंकर प्रसाद की बहन जींद में डॉ. भगवत स्वरूप के सुपुत्र के साथ विवाहित है। डॉ. भगवत जी मेरे स्कूल के मैनेजर हैं व राकेश ने मुझे स्टडी लीव दिलाने में अहम भूमिका निभाई थी व कई बार डॉ. भगवत स्वरूप से मिले थे। उन्हीं की पौत्री से राकेश की दोस्ती चल रही है।

देविना— वह भी डॉक्टर ही है क्या ?

देव —- अब यह तो होगा ही, डॉक्टर को डॉक्टरनी, मास्टर को मास्टरनी।

देविना— और थानेदार को थानेदारनी।

देव—- अच्छी तुकबंदी हो गई पर पर वास्तव में उसकी पत्नी उसी के कारण थानेदारी कहलाती है, अपने पद के कारण नहीं।

देविना —-अगर राकेश बाबू तुम्हारे ही गाँव के हैं तो तुम्हें सारी पारिवारिक जानकारी भी होगी ?

देव —- तुम्हें क्यों अच्छा लग रहा है यह सब पूछना ?

देविना—- ताकि बातचीत का सिलसिला जारी रहे।

देव —-राकेश बाबू बहुत प्रतिभाशाली व शरीफ़ इंसान है। माँ बाप कुछ समय पूर्व चले गए थे। एक छोटी बहन है जो हिसार के जिंदल स्कूल में पढ़ रही है, उसी से मिलने गए थे। संडे के कारण मुझे भी मिलने आ गए। पं० शंकर प्रसाद के घर भी जाना चाहते थे पर समय अभाव के चलते जा नहीं पाए, पं० जी की लड़की दिव्या भी राकेश की पहचान में है। अब राकेश ने मेरे ज़िम्मे ही डाल दिया कि तुम मिल लेना मेरा हवाला देकर।

देविना— किसी संडे या छुट्टी के दिन चल पड़ेंगे।

देव —- क्या तुम भी मेरे साथ चलोगी पर किस हैसियत से ?

देविना—- यह मुझ पर छोड़ दो, दीपावली से पहले ही मिल आते हैं।

देव —- शुभम व शिवि भी जा सकते हैं क्या ?

देविना— अगर वे चाहें तो और भी बेहतर होगा पर संख्या ज़्यादा हो जाएगी।

देव—- समय पर ही विचार कर लेंगे, अभी से क्यों सिर खपाएँ। शिवि तो क्लास में गई होगी व शुभम कहाँ है ?

देविना —इन दोनों पर निगाहें रखना ज़रूरी हो गया है कहीं भावना में मुसीबत का सामना न हो जाए।

देव— मैंने कल भी समझाया था पर शिवि का आकर्षण उसे विवश कर देता है।

देविना— क्या तुम्हें कोई आकर्षण आकर्षित नहीं करता ?

देव —- आज कर रहा है। (देविना को बाँहों में भरकर प्यार से मुख को चूमता है, देविना किसी के भी आने के डर से घबराहट महसूस करती है।)

देविना— छोड़ो मुझे, गुप्ता सर आ गए तो सब कबाड़ा हो जाएगा। चलो उन दोनों को देखते हैं कहाँ गए हैं ?

***

37

मित्रों का नदी किनारे भ्रमण

राकेश बाबू अंदर हो या रोज़ की तरह लौट जाएँ, कांति ने दरवाज़े पर दस्तक देते हुए कहा।

राकेश— (दरवाज़ा खोलकर) आओ कांति भाई, अंदर आ जाओ, ऐसे क्यों घूर- घूर कर देख रहे हो ?

कांति —- मैं पहचानने की कोशिश कर रहा हूँ कि आप ही डॉ. राकेश हैं या कोई और ?

राकेश— कांति भैया, ऐसा क्यों सोच रहे हो ?

कांति—- ऐसा इसलिए सोच रहा हूँ कि पार्टी के बाद यकायक ग़ायब हो गए, मैं रोज़ शाम को आता व अलीगढ़ का ताला लटका हुआ देखकर लौट जाता, आज कैसे नसीब उदय हुए हम दीनों के?

राकेश—- थोड़ी देर बाद आते तो आज भी नसीब अस्त ही रहते।

कांति —- क्या मतलब ?

राकेश—- हाँ कांति भाई, सायंकाल में यहाँ मेरा दम घुटने लगता है, दीवारें काटने को आतीं हैं, दिल में बेचैनी हो जाती है। कभी-कभी अस्पताल में Duty पर भी परेशानी हो जातीं है।

कांति—- राकेश भाई, तुम्हें ख़ुद को सँभालना पड़ेगा, कल सारा दिन कहाँ रहे, मैंने तीन राउंड लगाए पर सब बेकार।

राकेश —- हाँ कल मैं हिसार चला गया था नेहा से मिलने, वापिसी में भिवानी देव से मिलता हुआ आज सुबह ठीक समय पर ड्यूटी पर पहुँच गया था।

कांति —- हमें पहले ही दिन बता देते, राजीव भी परेशान हुआ होगा ? 'होगा नहीं, हो रहा है और रहेगा भी'- राजीव ने गृह प्रवेश करते हुए कहा। परेशान इंसान से परेशानी ही मिलेगी कांति भैया, और क्या मिलेगा ?

राकेश—- आओ राजीव भाई, तुमने अर्जुन- गीता की परेशानी दूर कर दी क्या?

राजीव—- हाँ आज 25 तारीख़ का दिन तय था, दोनों को तलाकनामा की कॉपी मुहैया करवा दी व गीता के वालिद को पच्चीस लाख रुपये का चैक दिलवा दिया, अब मामला ख़त्म।

कांति— मामले कहाँ ख़त्म होते हैं राजीव भाई, कोर्ट में बैठते ही लगने लगता है कि सारी दुनिया में लड़ाई- झगड़े, लूटपाट, दंगा- फ़साद, मारा- मारी के सिवाय कुछ और हो ही नहीं रहा।

राकेश—- हाँ कांति भैया, तुम एक दम सच कह रहे हो, हमें अस्पताल में लगता है कि सारी दुनिया ही बीमार है।

राजीव —- पर भाई साहब, मुझे तो नहीं लगता कि सारी दुनिया मुवक्किल है, सुबह से शाम तक बामुश्किल एकाध केस ही मिलता है।

कांति —- हम लोग तो एक- एक हैं, तुम तो हज़ारों वकील बैठते हो कोर्ट में। सभी को एक- एक केस भी मिल जाए तो भी संख्या बहुत ज़्यादा है। आज कोई नया केस मिला क्या ?

राजीव —- हाँ एक मर्डर- मिस्ट्री है, अब दीक्षित जी किसे सुपुर्द करेंगे, तभी बता पाऊँगा कि माजरा क्या है ?

कांति—- मर्डर तो हमारे डॉ. साहब का हो चुका है और मिस्ट्री भी जानकारी में है पर कार्रवाई कब होगी, देखना है।

राकेश —- अब ज़्यादा बातें न बनाओ, चलो नदी किनारे चलते हैं, काफ़ी दिनों से इकट्ठा नहीं निकले हैं।

राजीव—- हाँ, कई दिनों से कांति भाई की कहानी नहीं सुनी, आज कोई ऐसी कहानी सुनाओ जो आडंबरों, पाखंडों का पर्दाफ़ाश करती हुई धार्मिकता का संदेश देती हो।

कांति —- राजीव भाई, कथाएँ तो सभी शिक्षाप्रद ही होती हैं सिर्फ़ नज़रिए का अंतर है।

राजीव —- हम सही नज़रिए से सुनेंगे व समझेंगे।

कांति —- तो ठीक है, चलिए, नदी किनारे गए एक सप्ताह बीत गया।

राकेश —- मैं तो यहाँ प्रतिदिन आता रहा, यहाँ सब पेड़- पौधे, पक्षी, व नदी किनारे मेरे दुख- सुख के साथी बन गए हैं। मेरी पीड़ा का इन्हें अहसास होने लगा है।

कांति —- किनारे पर बैठते हुए, अहसास से संबंधित ही आज की कहानी है जो धार्मिक आडंबरों पर कुठाराघात है।

राजीव—- कांति भैया, किसी विशेष धर्म पर तो आघात नहीं ?

कांति—- नहीं राजीव भाई, यह धर्म पर आघात नहीं, धार्मिकता पर व्यंग्य है, प्रहार है। सभी धर्मों पर समान रूप से विचार करने वालीं है।

राकेश—- तो शुरू हो जाओ कांति भैया।

कांति— टालस्टॉय की यह एक प्यारी कथा है - "तीन अनपढ़ व असंस्कृत लोगों के बारे में जो एक बड़ी झील के मध्य में स्थित एक छोटे से द्वीप पर रहते थे। हज़ारों लोग उन्हें पूजने आते थे।

राजीव— अनपढ़ों की पूजा, कांति भैया, कथा अच्छे से स्टार्ट की है न ?

कांति — सुनते रहो, मैं पूरी एकाग्रता से सुना रहा हूँ। उनकी प्रसिद्धि की बात सुनकर एक महान आर्कबिशप चिंता में पड़ गया। चर्च ख़ाली पड़े थे, आर्कबिशप के पास कोई आता नहीं था। आख़िर एक दिन ग़ुस्से में आर्कबिशप ने मोटर बोट ली व उन तीनों अनपढ़ों से मिलने पहुँचे। वे एक पेड़ की छाया में बैठे थे। उसने उन्हें देखा तो भरोसा नहीं हुआ कि वे किसी प्रकार के सन्त हैं। आर्कबिशप ने वहाँ अपना परिचय देते हुए कहा कि मैं आर्कबिशप हूँ।

राजीव—- आर्कबिशप को शायद अपने पद का बड़ा गुमान था ?

कांति —- राजीव भाई, आर्कबिशप की स्वीकृति के बिना कोई भी संत नहीं हो सकता? उन तीनों ने उसके चरण स्पर्श किए। अब बिशप ने थोड़ी राहत की साँस ली, आश्वस्त हुआ कि ये तो बिलकुल गंवार हैं और अभी बात ज़्यादा आगे नहीं बढ़ी है कि नियंत्रण न किया जा सके।

उसने पूछा - क्या तुम संत हो ? वे एक- दूसरे की ओर ताकने लगे और बोले - क्षमा करें, हमने तो यह शब्द कभी सुना ही नहीं। हम लोग तो अशिक्षित ग्रामीण हैं। हमसे सीधे- सीधे कहें कि आपका क्या अभिप्राय है।

बिशप ने माथा पकड़ लिया और बोला -हे भगवान ! तुम्हें यह तक नहीं मालूम कि संत क्या है, कौन होता है ? अच्छा यह बताओ कि तुम लोगों को ईसाई प्रार्थना भी आतीं है या नहीं ? वे फिर एक दूसरे की ओर देखने लगे। यह देखकर बिशप की हिम्मत और बढ़ गई। वह अकड़ कर बोला- मुझे बताओ कि तुम्हारी प्रार्थना कैसी है ? उन्होंने निवेदन किया कि हम बिलकुल अनपढ़ हैं, हम ईसाई प्रार्थना तो नहीं जानते मगर हमने अपनी ख़ुद की एक प्रार्थना बना ली है। यह सुनकर आर्कबिशप को हँसी आ गई व कहा - कोई अपनी भी प्रार्थना बनाता है क्या ? प्रार्थना तो चर्च के द्वारा बनाई हुई होनी चाहिए, चर्च से अधिकृत होनी चाहिए। फिर भी ज़रा सुनूँ तो आख़िर तुम्हारी प्रार्थना हैं कैसी ?

राकेश— कांति भाई, आर्कबिशप भी पूरा अनुभवी लगता है ?

कांति ——आर्कबिशप के पूछने पर वे बड़ी शर्मिंदगी महसूस करने लगे। अंततः एक ने कहा- चूँकि आप पूछ रहे हैं इसलिए हम इंकार नहीं कर सकते पर हमारी प्रार्थना, कुछ प्रार्थना जैसी है नहीं। बड़ी सरल है हमारी प्रार्थना- 'तुम तीन हो, हम तीन हैं, हम पर कृपा करो।' आर्कबिशप बोला-मूर्खों, तुम सोचते हो कि यह प्रार्थना है। मैं तुम्हें चर्च द्वारा मान्यता प्राप्त प्रार्थना सिखाऊँगा।

राजीव— बिशप वहाँ टीचर बनने गया था क्या कांति भाई ?

कांति—- चर्च की प्रार्थना बहुत लंबी व कठिन थी उनके लिए, वे बोले - इतनी लंबी प्रार्थना हमें याद नहीं रहेगी। हम पूरी कोशिश करेंगे लेकिन इसे एक बार और दोहराएँ। वे बार-बार आग्रह करते व आर्कबिशप उन्हें पुनः याद करवाने की कोशिश करता, मगर उन्हें प्रार्थना कण्ठस्थ नहीं हुई। क्योंकि वे

तीनों अनपढ़ थे इसलिए प्रार्थना को लिख पढ़ भी नहीं सकते थे। वे याद करते फिर कभी मध्य, अंत व कभी आरंभ भूल जाते।

आर्कबिशप ने कहा- तुम्हें शिक्षा की आवश्यकता है। वे बोले-बस एक बार और बोल दीजिए। बिशप बड़ा प्रसन्न था कि उसने तीन मूर्खों को जो लाखों लोगों द्वारा पूजे जा रहे थे, परिवर्तित कर दिया। उसने तीसरी बार प्रार्थना दोहराई। उन तीनों ने उसके पैर छुए और आर्कबिशप अपनी मोटर बोट से वापस लौट आया।

राकेश— कांति भाई, शायद आर्कबिशप को अपनीं विजय पर गर्व हो रहा होगा?

कांति —- हाँ, राकेश बाबू, जब वह झील के बीच में पहुँचा तभी उसने एक बड़े बवंडर को अपनी ओर आते देखा, उसे कुछ समझ नहीं आ रहा था और भय के मारे ईश्वर से प्रार्थना करने लगा। जब वे कुछ नज़दीक आए तब वह समझा कि ये तो वही तीनों अनपढ़ गँवार हैं - पानी पर पैदल चलते हुए। हे भगवान ! उसने सोचा पानी पर तो केवल ईसा मसीह ही चले थे।

राजीव —- अब तो आर्कबिशप का घमंड चूर- चूर हो गया होगा ?

कांति—- वे तीनों हाथ जोड़े हुए आए और बोले- हम वह प्रार्थना भूल गए व हमने सोचा कि एक बार और पूछ लें। उन्हें पानी पर खड़ा देख कर आर्कबिशप को सत्य का अहसास हुआ, कुछ समझ आईं। उसने कहा- नहीं, तुम्हें मेरी प्रार्थना की ज़रूरत नहीं है, तुम अपनी ही प्रार्थना करो वही ठीक है। क्योंकि मैं ज़िंदगी भर से उसे कर रहा हूँ और आर्कबिशप बन गया हूँ किंतु पानी पर नहीं चल सकता। ऐसा लगता है कि परमात्मा तुम्हारे साथ हैं। तुम्हारी प्रार्थना सुन ली गई है। तुम लौट आओ और अपनी प्रार्थना जारी रखो। वे तीनों बड़े खुश हुए और कहने लगे कि हम आपके कृतज्ञ हैं, क्योंकि वह लंबी प्रार्थना तो हमारे प्राण ही ले लेती।

राजीव— कांति भाई, बहुत मर्मस्पर्शी, प्रेरणापूर्ण व रोचक कहानी सुनाई है, इस कथा का सार या उद्देश्य क्या मानोगे ?

कांति —- जहां तक मेरी लघु बुद्धि काम कर रही है, उसके अनुसार, ईश्वर किसी धर्म, प्रार्थना या मंत्र से बंधा नहीं है और धार्मिकता भावों का खेल है। भगवान प्रार्थना का स्वरूप नहीं देखता वह केवल मन के भावों को देखता है।

राकेश —— जहां तक मुझे समझ में आया है कि ईश्वर दिल में निवास करता है दिमाग़ में नहीं।

कांति—- वाह ! डॉ. साहब ने खूब सुंदर कहा है। धार्मिकता शब्दों, प्रार्थनाओं में निहित नहीं है, उसके लिए हृदय से ही सुगंध- सुवास उठना चाहिए।

राजीव—- वाह कांति भैया, तुम्हें इतना ज्ञान कैसे हो गया ?

कांति —- मैं रीडर हूँ न, केवल कोर्ट में ही नहीं, घर भी पुस्तकें रीड करता हूँ। पुस्तक पढ़ना मेरी हॉबी बन चुका है।

राकेश — अब हमें लौट जाना चाहिए, टिफ़िन ब्वॉय वापिस चला गया तो रात में भूखों मरना होगा ?

राजीव—- हाँ, अब अंधेरा भी बढ़ने लगा है।

***

38

डॉ. आर्य का लेक्चर व प्रिंसिपल साहब द्वारा संपादक मंडल की प्रशंसा

डॉ. आर्य— मैं कुछ समय के लिए कॉलेज नहीं आ सका इसलिए हमारा विषय (रचनात्मक विकास) अभी अधूरा है। मुझे कुछ छात्र छात्राओं ने बताया कि आपके पीरियड में हम भित्ति पत्रिका के 'दीपावली विशेषांक' का आनंद लेकर पठन- पाठन करते थे। इस बार जो अंक प्रकाशित हुआ है, बेहद रोचक, प्रेरणादायी, मौलिक एवं विविधता पूर्ण है। प्रार्थना सभा के बाद मैं डॉ गुप्ता के साथ प्राचार्या के ऑफिस में बैठे हुए थे, वहाँ भी भित्ति पत्रिका के विशेषांक की चर्चा चल रही थी। प्राचार्या ने डॉ गुप्ता की प्रशंसा की व संपादक मंडली को सार्वजनिक रूप से सम्मानित करने की इच्छा व्यक्त की। मैं भी अपनी ओर से संपादक मंडल को मुबारकबाद देता हूँ। अब मैं अपने विषय पर आप सब का ध्यान आकर्षित करना चाहूँगा। भित्ति पत्रिका का ज़िक्र मैंने इसलिए भी किया क्योंकि यह हमारे विषय से भी जुड़ा है। बिना रचनात्मक शक्ति के विकास के मौलिक रचनाएँ नहीं बन सकती। मौलिकता का गुण व्यक्ति की विशेषता को, उसकी प्रतिभा को प्रकट करता है। इसी से उसकी योग्यता का आकलन होता है।

एक छात्र—- सर ! हमें रचनात्मक होने की क्यों ज़रूरत है ? आज कल सब लोग एक दूसरे की देखा- देखीं काम कर रहे हैं।

डॉ. आर्य —आपका सवाल निःसंदेह तर्क संगत व वज़नदार है। आज शार्टकट का युग है, हर कोई कम से कम समय में अधिक से अधिक पाना चाहता है। पर मैं आपको विश्वास पूर्वक कह सकता हूँ कि जीवन सफल रचनात्मक व्यक्ति का ही होता है। जो आनंद संतुष्टि व पूर्णता ऐसे इंसान को प्राप्त होतीं हैं वह अन्य के लिए दुर्लभ है।

(शिक्षा के क्षेत्र में रचनात्मकता का क्या महत्व है? आइए हम जानें।)

डॉ आर्य—- शिक्षा बालक के सर्वांगीण विकास का साधन है। बालक में स्वावलंबन, नेतृत्व की क्षमता, साहस, कुछ करने की हिम्मत शिक्षा से ही संभव है । बालक यदि अनुकरण करेंगे तो उनकी अंतर्निहित शक्तियाँ अविकसित ही रहेंगी। शक्तियों का अनुकूल दिशा में विकास शिक्षा का क्षेत्र है।

बालकों में रचनात्मकता बढ़ाने के लिए ये कुछ प्रयास किए जाने चाहिए - ख़ाली समय में घर में पड़ी बेकार चीजों का इस्तेमाल करने दें, उन्हें सोचने दें,डेली- डायरी लिखने को प्रेरित करें। उन्हें ज़िम्मेदार बनने दें, उन्हें योजनाएँ बनाने दें व पेंटिंग बगैरह भी करने दें। रचनात्मक बालक एक अच्छा वैज्ञानिक, कवि, साहित्यकार बन सकता है।

आज इतना ही !

आज प्रार्थना सभा में प्राचार्या की मौजूदगी पर सभी को अजीब सा लग रहा था। अमूमन ऐसा होता नहीं कि प्राचार्या प्रार्थना सभा में शामिल रहे पर आज किस कारण से हो रहा है, शायद ही किसी को ज्ञात हो । सभी छात्र छात्राओं ने और दिनों की अपेक्षा आज खूब दिल से प्रार्थना सभा की व बारी के अनुसार स्पीच दी । अब डॉ. गुप्ता ने तारहीन माइक लेकर बोलना शुरू किया— परम आदरणीया प्राचार्या जी, मेरे सहयोगी स्टाफ़ सदस्य एवं राष्ट्र निर्माताओं ! आज प्राचार्या महोदया को अपने मध्य पाकर आप सोच रहे होंगे कि कुछ विशेष होगा। स्टूडेंट्स, जब से प्राचार्या सुश्री मनोरमा जी ने इस संस्थान में कदम रखा है तब से दिन दुगुनी रात चौगुनी उन्नति कर रहा है। हर त्यौहार, हर इवेंट, हर खेल हर वर्ष आयोजित कियाा जाता है। कुछ दिनों में दीवाली का अवकाश होगा। आप के लिए ख़ुशख़बरी है कि प्राचार्या महोदया ने दूसरे राज्यों के स्टूडेंट्स को और अधिक छुट्टियाँ देने का फ़ैसला किया है जो अधिकतम टीचिंग प्रैक्टिस शुरू होने के दो दिन पहले तक ली जा सकेंगी।

आज हम आपको बताना चाहते हैं कि दीवाली के उपलक्ष्य में हर वर्ष की भाँति इस बार भी भित्ति पत्रिका के लिए विशेषांक प्रकाशित किया गया और जितना अब की बार स्टूडेंट्स व स्टाफ़ द्वारा सराहा गया, उतना पहले कभी नहीं। स्वयं प्राचार्या ने भी इस अंक की मौलिकता, विविधता एवं प्रेरणा के

स्वरूप पर संतोष व्यक्त किया है व भित्ति पत्रिका के संपादक- मंडल को सम्मानित करने का फ़ैसला लिया है। मैं भित्ति पत्रिका का इंचार्ज होने के नाते आप सबको बताना चाहूँगा कि पत्रिका के संपादक बी. एड. सेक्शन A से मि० देव बाबू हैं जो एक कार्यरत अध्यापक होने के साथ- साथ उपन्यास लेखक भी हैं। इनके दो उपन्यास 'दीपा दीदी' व 'जज साहब' प्रकाशित हो चुके हैं व तीसरे उपन्यास का लेखन जारी है। हमारा व संस्थान का सौभाग्य है कि हमें ऐसा प्रतिभावान शख़्स मिला। देव बाबू के साथ ही शुभम, देविना व शिवि (ओ.टी.) ने भी पूरा सहयोग किया। इसलिए आज इन सब को सम्मानित करने का निश्चय किया गया है। (करतल ध्वनि) आज ऐसा इसलिए किया गया क्योंकि दीवाली की छुट्टियों के बाद टीचिंग प्रैक्टिस शुरू हो जाएगी, तब हम सब एकत्रित नहीं हो पाएँगे। बहुत धन्यवाद ! अब प्राचार्या जी आप से मुख़ातिब होंगी ?

प्राचार्या —- होनहार छात्र छात्राओं ! मुझे ख़ुशी है कि सुयोग्य स्टाफ़ की देख रेख में आप संस्थान को चहुंमुखी विकास की ओर अग्रसर किए हुए हैं। भित्ति पत्रिका के काम से मैं बहुत संतुष्ट हूँ। इसलिए संपादक मंडल को एक- एक प्रशस्ति पत्र व मि० देव को इकतीस सौ रुपए व शेष तीनों को ग्यारह- ग्यारह सौ रुपये नक़द का सम्मान देने की घोषणा कर रही हूँ। यह राशि व सम्मान अभी स्वीकार करलें व मुझे उम्मीद है कि भविष्य में भी इसी लगन व उत्साह से लबरेज़ रहकर कार्य को अंजाम देंगे। अब रोज़ की तरह कक्षाओं में जाकर अपनी पढ़ाई शुरू करेंगे।

***

39

रश्मि की रेखा मामी से फ़ोन पर बातचीत

मामी रेखा की इच्छा का सम्मान करते हुए रश्मि ने तान्या को समीर के लिए लगभग तैयार कर लिया था व तान्या के आग्रह पर ही आज संडे को समीर को आमंत्रित किया था लेकिन रश्मि की बेचैनी बढ़ रहीं थीं क्योंकि ग्यारह बजने को आए थे जबकि समीर ने प्रात दस बजे का टाईम निश्चित किया था। रश्मि ने मामी रेखा को फ़ोन लगाया व पूछा -हैलो, मामीजी मैं रश्मि बोल रहीं हूँ।

रेखा मामी —हाँ बेटी, मैं तुम्हारे बोलने का मतलब समझ गई हूँ। समीर को तुम्हारे हॉस्टल में दस बजे आना था पर आज एक मीटिंग जिसमें तुम्हारे मामा जी को जाना था लेकिन ऐन वक़्त पर स्कूल के मुखिया का संदेश पहुँचा कि कुछ टीचर्स आपस में दंगा फ़साद पर उतर आए हैं व बात थाने तक पहुँच गई है। तुम्हारे मामा जी उस स्कूल के मैनेजर हैं तुम्हारे दादा जी की तरह, सो उनको वहाँ जाना पड़ा और मीटिग समीर को अटैंड करनी पड़ी।

रश्मि—- तो अब समीर भैया किस समय आ पाएँगे ?

मामीजी— बेटी, यह व्यापारियों की मीटिंग है, घंटों चलती हैं इसलिए कोई निश्चित समय नहीं बता सकते। फिर भी यह मानकर चलो कि लंच से पहले शायद न आ सकें।

रश्मि—- ठीक है मामीजी, इतने तक हम कुछ और कर लेते हैं। जब भी समीर भैया फ्री हो जाएँ हमें सूचित कर देना।

मामीजी —- हाँ बेटी, आने से पहले मैं तुम्हें सूचित कर दूँगी और हाँ कुछ पॉज़िटिव न्यूज़ है क्या ?

रश्मि—- मामीजी, कुछ दिन पहले मैंने तान्या से बात की थी, मुझे लगता है कि वह भी कुछ दिलचस्पी ले रही है समीर भैया के प्रसंग में। उसी के कहने पर ही मैंने भैया को बुलाया है।

मामीजी— बड़े शहर की लड़की है, घाट-घाट का पानी पी रखा होता है।

रश्मि—- मामीजी, इतनी शहरी नहीं दिखतीं, यहाँ बिलासपुर से ही तो दिल्ली जाकर बसे हैं।

मामीजी — अच्छा ! बिलासपुर तो अपने यहाँ से केवल बीस कि० मी० की दूरी पर है, वहीं कपालमोचन प्रसिद्ध पर्यटन व धार्मिक स्थल है, जहां हिंदू व सिख दोनों सम्प्रदायों के लोग श्रद्धा पूर्वक डुबकी लगाकर पूजा अर्चना करते हैं। कार्तिक पूर्णिमा को यहाँ बहुत बड़ा मेला लगता है।

रश्मि—— मामीजी, यह तो आपने बहुत अच्छा बताया, मुझे तो चार साल पूरे होने को हैं, अब तक पता ही नहीं चला था ?

मामीजी— बेटी, तुम डॉक्टरी की पढ़ाई कर रही हो न, इसमें कहाँ समय मिलता है ? समय मिल भी जाए तो साथ नहीं मिलता। मैं समीर को कहूँगी कि वह तुम दोनों को मेला दिखा लाएगा। अभी दीवाली के बाद पूर्णिमा को यह मेला लगता है।

रश्मि—- मामीजी, पर दीवाली पर तो हम सब घर जाएँगे, फिर कैसे होगा ?

मामीजी— बेटी, क्या तुम नहीं जानती कि पूर्णिमा दीवाली के पंद्रहवे दिन होती है। तब तक तो तुम सब लोग कॉलेज में वापस आ जाओगे?

रश्मि— हाँ मामीजी, बिल्कुल सही कहा आपने। हमें इन देसी महीनों की जानकारी ज़रा कम रहती है। आपकी तबीयत अब कैसी रहतीं है। कुछ सुधार व आराम है?

मामीजी —-हाँ, पहले से कुछ बेहतर महसूस कर रही हूँ। और तुम कुछ ख़ुशख़बरी सुनाओ तो घोड़े की तरह नाचती फिरूँगी ?

रश्मि—- हाँ मामीजी, मैंने घर फ़ोन किया था व आपके व मामा जी के दुर्घटनाग्रस्त होने का भी ज़िक्र किया था। पापाजी कह रहे थे कि वे मम्मी के साथ आएँगे व हम तीनों फिर एक साथ लौट जाएँगे।

मामीजी- अच्छा, दीवाली के आस-पास आएँगे ?

रश्मि—-हाँ, अभी तक तो यही प्रोग्राम है, कुछ बदलाव होगा तो मैं बता दूँगी।

मामीजी —- ठीक है रश्मि बेटी, अब तुम अपना काम निपटा लो, समीर जब भी फ़ुरसत में आएगा, मैं सूचित कर दूँगी।

रश्मि—- ओ. के. मामीजी, नमस्ते ! (तान्या को पुकारती है) तान्या, तुम वहाँ मैदान में क्या कर रही हो ? रूम पर आ जाओ।

तान्या — मैं कुछ पढ़ाई कर रही हूँ, तुम ही यहाँ आ जाओ।रूम पर अब जी नहीं लगता।

रश्मि—- अच्छा, आ रही हूँ, क्या पढ़ाई हो रही है ? (पुस्तक देखकर) यह तो कुछ नॉवेल जैसा लगता है, इसीलिए तुम्हारा रूम पर दिल नहीं लगता। कौन-सा नॉवेल है?

तान्या—- कोई नया लेखक ही उभर कर आया है, 'देव साहब' सामाजिक कथा पर आधारित है, पर है बड़ा रोचक व सस्पेंस से भरपूर।

रश्मि —- तुमने एक घंटे में ही पूरा पढ़ लिया क्या ?

तान्या —- इतना आकर्षक है कि एक बार शुरू कर दो तो छोड़ने का दिल नहीं करता। अभी तीन चार पेज बाक़ी हैं, तुम इतने तक मैदान का एक राउंड ले आओ, मैं पढ़ लेती हूँ।

रश्मि—- फिर लंच के लिए मेस चलेंगे। मैं तुम्हें ढेर सी बातें बतलाऊँगी।

तान्या—— खाने से पहले ही बता दो तो खाना ठीक से हज़म हो जाएगा।

रश्मि—- क्या पता खाना अच्छा ही न लगे या ज़्यादा भी खा सकती हो ?

तान्या—- कैसी पागलों जैसी बातें कर रही हो या कुछ पहेली बुझा रही हो ?

रश्मि—- यह उपन्यास जो तुम पढ़ रही हो। डॉ. साहब के परम मित्र नवोदित लेखक देव साहब का है। वे हमारे ही शहर से हैं। इनका दूसरा उपन्यास 'जज साहब' पढ़ोगी तो दांतों तले अंगुली दबाती रह जाओगी। क्या लिखते हैं, कमाल है ? जैसे सरस्वती माँ की असीम अनुकम्पा बरस रही है उन पर। सादा जीवन उच्च विचार।

तान्या— क्या तुम उनसे मिली हो ?

रश्मि—- नहीं, शायद दीवाली पर मुलाक़ात हो जाए। डॉ. साहब ने ही सब बताया था उन महाशय के बारे में, उनके लंगोटिया यार हैं।

तान्या —- तुम डॉ. साहब से निःसंकोच मिलती रहती हो ?

रश्मि—— जब मन मिल जाएँ तो तन की क्या दिक़्क़त है ?

तान्या—- शादी से पहले तन का मिलन तो समाज इजाज़त नहीं देता, तुम इतनी स्वतंत्र कैसे हो गई रश्मि ? क्या तुम्हारे मम्मी- पापा की जानकारी में है सब ?

रश्मि—- वहीं पर गया न मन ? तन से मिलने का का मतलब रति- संबंध स्थापित करना नहीं है बल्कि बोल- चाल में खुलेपन से मतलब है। यूँ मुँह-होंठ चूमना तो मर्दों की आदत है ही।

तान्या—- ये तो बड़े शहरों में लड़के लड़कियाँ सड़क पर चलते हुए करते रहते हैं। परंतु अब छोटे शहरों में भी इस तरह के करतब आम होने लगे हैं।

रश्मि—- हाँ तान्या, अब रिश्तेदार, मित्र- दोस्त किसी के शादी-ब्याह में बिचौलिए नहीं बनते, सो अपने आप ही प्रयास करने में क्या हानि है ?

तान्या— हाँ रश्मि, अब तो एजेंटस के माध्यम से ही सब होने लगा है।

रश्मि—- तू चिंता मत कर, तेरी एजेंट तो मैं बन गई हूँ, तुम्हें लाल जोड़ा पहनाकर ही दम लूँगी। (फ़ोन की रिंग टोन सुनकर) हैलो, मामीजी नमस्ते !

मामीजी—- रश्मि बेटी, समीर सायं चार बजे के आसपास ही आ पाएगा, अभी दो बजे मीटिंग ख़त्म हुई हैं व सभी लंच के लिए निकले हैं। एक घंटा तो लंच में लगेगा ही।

रश्मि—- मामीजी, काम्या अगर फ़ुरसत में हो तो उसे भी भेज देना।

मामीजी—-हाँ, आज उसकी ट्यूशन नहीं है, मैं उससे कह दूँगी यदि उसका दिल करेगा तो आ जाएगी।

रश्मि—- ठीक है मामीजी ! तान्या ! चलो हम अब लंच के लिए चलते हैं, दो बज चुके हैं, खाना भी पता नहीं कैसा मिलेगा ? संडे को स्टूडेंट्स भी कम ही रहते हैं।

तान्या—- हाँ चलो ! अब कुछ भूख चमकने लगी है। मामीजी का फ़ोन था क्या ?

रश्मि — हाँ, समीर भैया को दस बजे आना था पर मीटिंग की वजह से अब वह चार बजे के क़रीब आएगा। उतने तक हम लंच कर लेते हैं।

तान्या— हाँ, वह चैप्टर जो हमें डिस्कस करना था ?

रश्मि —- कई विषयों पर डिस्कस करना है, जो रुचिकर लगेगा, वही चर्चा का केन्द्र बनेगा।

तान्या—- मुझे तो एक ही विषय पर बात करनी है, 'दांत का जीवन'।

रश्मि —- हाँ हम जीवन के बारे में ही बात करेंगे, ऐसे अवसर बार -बार नहीं मिलते ?

लंच के लिए दोनों का मेस की ओर प्रस्थान। अब मेस में कोई ख़ास भीड़भाड़ नहीं रह गई थीं। सभी छात्राएँ लंच पूर्ण कर अपने-अपने रूम पर जा चुकीं थीं। मेस मैनेजर सभी से दीवाली पर स्टे करने की बाबत पूछताछ कर रहे थे ताकि यहीं रहने वालों के लिए भोजन व स्टाफ़ की व्यवस्था का इंतज़ाम किया जा सके।

मैनेजर— रश्मि जी, आप दीपावली पर यहीं रहेंगी या अपने घर जाएँगी ?

रश्मि —- सर ! आप अभी से क्यों पूछ रहे हैं ? अभी तो दीवाली होने में एक सप्ताह शेष है।

मैनेजर —आज से पाँचवें दिन शुक्रवार को ही सब लोग जाएँगे, जो यहाँ रहेगा, उन सब की व्यवस्था के लिए ऐसा विवरण आवश्यक है।

रश्मि——पर ऐसा कौन होगा जो दीवाली पर अपने घर नहीं जाएगा ?

मैनेजर — हमारा कॉलेज पूरे देश के छात्र - छात्राओं के लिए बना है, यहाँ ऐसे भी स्टूडेंट्स हैं जो ईद, क्रिसमस आदि त्यौहार प्रमुखता से मनाते हैं। वे सब यहीं रहेंगे।

रश्मि —— वाक़ई आप ने बहुत सुंदर व तर्क पूर्ण बात की है। भारत विविधताओं का महान देश है, यहाँ अनेक धर्म, भाषा, वेशभूषा व संस्कृति के लोग रहते हैं। आप हमारा नाम घर जाने वालों की सूची में डाल देना।

मैनेजर—- तान्या जी, आप का क्या रहेगा ?

तान्या—- मैं भी यहाँ नहीं रहूँगी, वर्ष भर का त्यौहार है, माँ बाप, भाई-बहन सब बेसब्री से इंतज़ार कर रहे होते हैं।

मैनेजर—- आप दोनों का यह अंतिम निर्णय है ?

रश्मि— बेशक ! सर, अब हमें लज़ीज़ सा लंच करवाइए, भूख हमें ही खाने की फ़िराक़ में है। बिल्कुल ताज़ा व कड़क चपाती व गर्मागर्म दाल- सब्ज़ी, और यहाँ सलाद तो नज़र ही नहीं आ रहा, कुछ प्याज़ के टुकड़े ही ट्रे में पड़े हैं। नींबू, खीरा, गाजर-मूली, टमाटर भी इसमें रखवाइए।

मैनेजर —- सोनू काका, यहाँ ट्रे में अच्छा सा सलाद डाल दो, पानी का जग व दो गिलास भी साफ़ करके रखो।

सोनू काका—- अभी रख देता हूँ साहब, डॉ. बिटिया तुम इतना लेट कैसे हो गई हो ?

रश्मि —- आज संडे है न सोनू काका ! पहले कहीं जाने का विचार था पर किसी कारण से रद्द करना पड़ा।

सोनू काका—- क्या कोई फ़िल्म बगैरह जाना था, परसों ही अक्षय कुमार की नई फ़िल्म लगीं हैं।

रश्मि—- सोनू काका, तुम भी फ़िल्मों का शौक़ रखते हो इस उम्र में ?

सोनू काका —- बिटिया, मेरी कोई दिलचस्पी नहीं है, मेरा लड़का शिखर थियेटर में काम करता है, कभी एमरजैंसी में टिकट की ज़रूरत पड़ जाए तो वह मेरे कहने पर अरेंजमेंट कर देता है। इसीलिए पूछ रहा था।

रश्मि —- अच्छा तो यह बात है, कभी यहाँ मेस में तो नहीं दिखा तुम्हारा बेटा?

सोनू काका—- वह मार्निंग में कई बार आता है, उस समय आप लोग कॉलेज में चले जाते हो। वह भी थोड़ा बहुत नाश्ता लेकर नून शो से पहले निकल जाता है। कभी डॉक्टर साहब के साथ फ़िल्म जाना पड़े तो मुझे बता देना बिटिया, तुम्हारा अच्छा स्वभाव है, इसलिए बोल रहा हूँ।

रश्मि—- तुम मुझे कैसे जानते हो सोनू काका ?

सोनू काका — मेरी घर वाली 'शर्मा सेरेमिक' में काम करती है, डी. डी. शर्मा तुम्हारे मामा जीं होते हैं न बिटिया ?

रश्मि— काका, तुम तो छुपे रुस्तम हो ?

काका — एक दिन तुम्हारे मामा जी समीर सर के रिश्ते की बात कर रहे थे, उसमें तुम्हारा नाम भी आया था। हमारी घर वाली के कान उधर चले गए थे उस समय।

रश्मि—— काका किससे कर रहे थे बातचीत, तुम्हें कुछ पता है ?

काका —- बिटिया, वहाँ कई बार मीटिंग होती रहती हैं, बहुत बड़े- बड़े लोग आते हैं। रिश्ते- नातों की बातचीत भी चलती ही रहती है।

रश्मि—- ठीक है सोनू काका, अब जरा भी हिम्मत नहीं है कुछ भी सुनने का, भूख सताने लगी है।

काका—- मैं अभी सब इंतज़ाम कर देता हूँ।

रश्मि—- आज कोई स्वीट डिस भी बनी है क्या काका ?

काका — हाँ बिटिया, आज बादाम - केसर की खीर बनी है।

रश्मि — वैरी गुड काका !

***

40

देव व साथियों द्वारा डॉ. गुप्ता एवं प्राचार्या का आभार व्यक्त करना

देव व साथियों को बधाइयों का ढेर लग गया था। सारा दिन कॉलेज में कैसे बीत गया, पता ही नहीं चला। आधी छुट्टी में कैंटीन में क्या गए, सब ने देव को मुबारकबाद से लाद कर बोझिल कर दिया। ऐसी क्या ख़ासियत थी अब की बार के दीपावली विशेषांक में। जैसा डॉ. गुप्ता ने बताया था कि इस अंक में मौलिकता, प्रेरणा, हास्य- विनोद, व्यंग्य, लघु कथा, कविता, एकांकी नाटक आदि लगभग सभी साहित्यिक विधाओं का समावेश था और वह भी उच्च स्तरीय। कहीं नक़ल व चुराया आर्टिकल नहीं था।

'प्याज़ की हुंकार' में वर्तमान सामाजिक एवं राजनीतिक चित्रण सजीव बन पड़ा था। शुभम ने बिल्कुल अंत में कुछ शेर लिख कर दिए थे जिनकी वाह-वाह हो रहीं थीं। देविना का एकांकी नाटक 'स्वर्ग में खुला दरबार' नेताओं पर तीखा प्रहार था। शिवि के प्रेरक प्रसंग भी आकर्षण का केंद्र बने हुए थे। 'दीप कांति' लघु कथा काफ़ी चर्चित रही व 'दीपक की लौ' द्वारा भूप गुप्ता कविता भी प्रशंसा बटोरने में अग्रणी रही।

आधी छुट्टी ख़त्म होते ही देव अपने साथियों के साथ डॉ. गुप्ता के रूम में पहुँचे व उनका तहेदिल से धन्यवाद किया।

डॉ. गुप्ता— यह मेरा भी सम्मान है, पर आप लोगों ने जो अथक परिश्रम किया है उससे भित्ति पत्रिका का गौरव बढ़ा है। आप सबको पुरस्कृत होने पर प्राचार्या महोदया का भी आभार प्रकट करना चाहिए।

देव — सर, आपने मेरे मुँह की छीन ली, हम यही सब कुछ पूछने के लिए आपके पास आए हैं।

डॉ. गुप्ता — देव, प्रिंसिपल महोदया आपकी प्रतिभा व सादगी की बहुत प्रशंसा करती हैं। वे संस्थान के लिए आपके योगदान को एक अवसर के रूप में देखतीं हैं।

देव —सर ! मैं इतनी प्रशंसा के काबिल नहीं हूँ, यह तो मेरे तीनों साथियों की मेहनत का परिणाम है। इन्होंने दिन- रात एक करके मुझे भी प्रेरित किया।

डॉ. गुप्ता — मिल जुलकर किसी भी काम में बाधा नहीं रह सकती। आपने टीम के रूप में कार्य किया, यही सफलता का मूल मंत्र है। आज मुझे स्वयं पर भी गर्व महसूस हो रहा है कि मैंने भित्ति पत्रिका के संपादक के लिए सही व उत्तम साहित्यिक स्टूडेंट का निष्पक्ष चयन किया। अब मेरा पीरियड लगा है,आप सब यदि ख़ाली हों तो प्रिंसिपल महोदया से मिल लें।

(सभी चारों प्रिंसिपल महोदया के ऑफिस के बाहर पहुँच कर) मैडम ! क्या हम आ सकते हैं ?

प्रिंसिपल—- आइए, हमारे संस्थान की शान भित्ति पत्रिका- संपादक मंडल, आप सभी ने संस्थान की साख में वृद्धि की है, आप सब मुबारकबाद के पात्र हैं। कोई परेशानी- दिक़्क़त हो तो बताओ। हम तुरंत उसका निवारण करेंगे।

देव —-मैडम ! आपकी कृपा से हमें कोई परेशानी नहीं, हम संबको सम्मानित करने के लिए आपका शुक्रिया व आभार व्यक्त करने के लिए आए हैं और भविष्य में भी इसी प्रकार कार्य करते रहने का भरोसा दिलाते हैं।

प्रिंसिपल— मुझे आप सब पर पूर्ण विश्वास है, परिश्रम का फल मीठा व स्वादिष्ट होता है।

देविना—- मैडम ! आपके कुशल नेतृत्व में हमें मीठे व स्वादिष्ट फल खाने का मौक़ा मिलता ही रहेगा।

प्रिंसिपल — क्या बात है ! वैरी गुड ! क्या नाम है आपका ?

देव—- मैडम ! 'देविना'। इनका रोल मुझसे भी ज़्यादा रहा व समय-समय पर सलाह भी कारगर साबित हुईं। यह शिवि है, ओ. टी. की स्टूडेंट है।

बहुत परिश्रमी एवं समझदार है और यह मेरा अज़ीज़ हॉस्टल व रूममेट शुभम है जो शेर ओ शायरी का शौक़ीन है।

प्रिंसिपल— मि० देव, तुम्हारे बगीचे में हर रंग व ख़ुशबू का प्रसून है, तभी पत्रिका रूपी गुलदस्ता सुगंधित बन पड़ा है। अच्छा देव बाबू, उस दिन प्रार्थना सभा में डॉ. गुप्ता बता रहे थे कि आप उपन्यास लेखन करते हैं ? कितने उपन्यास लिख चुके अब तक ?

देव —- मैडम, माँ सरस्वती की असीम कृपा से मैंने अठारह वर्ष की आयु से उपन्यास लिखना शुरू किया था। अब तक तीन सामाजिक उपन्यास, अमेरिका यात्रा संस्मरण, एक व्याकरण की पुस्तक व एक Reference Book (हिन्दी सौरभ) लिख चुका हूँ।

प्रिंसिपल — इनमें कोई प्रकाशित भी किया है ?

देव — यस मैडम, Reference Book बहुत दिनों पहले 1984 में प्रकाशित हुई। इस पुस्तक में जो विषय शामिल किए गए थे, उनसे स्टूडेंट्स को परीक्षा में बहुत फ़ायदा मिला।

प्रिंसिपल —- उस समय तक तो तुम हिंदी भाषा में अध्यापक थे ?

देव — यस मैडम, सेवाकाल में ही सब लिखा था। यह बुक मैट्रिक स्टैंडर्ड के छात्र छात्राओं के लिए लिखी गई थी व तीन - चार विषय ही चर्चा में लिए गए थे। सामाजिक उपन्यास "दीपा दीदी" व "जज साहब" प्रकाशित हुआ है, तीसरा प्रकाशन - प्रक्रिया में है।

प्रिंसिपल —- तुम मुझे उपन्यास का प्रकाशन विवरण बताना, हम अपनी लाइब्रेरी में बीस- पच्चीस कापी मँगवाएँगे।

देव —- यस मैडम, मैं एक दो दिन में आपको सब विवरण ऑफिस में ही दे जाऊँगा।

प्रिंसिपल — सभी का काम ठीक चल रहा है ?

देव व साथी — सब आपके कुशल मार्गदर्शन का सुखद परिणाम है। हमें ऐसा व्यवस्थित सरकारी संस्थान शायद पहली बार देखने का मौक़ा मिला है।

प्रिंसिपल —- परिश्रम व ईमानदारी दो ऐसी चाबियाँ हैं जो हर मुश्किल लॉक को खोल सकती हैं। प्राइवेट सेक्टर में लोग इन्हीं चाबियाँ से काम लेते हैं, हम भी ले सकते हैं, हमें भी उत्तरदायित्व पूर्ण होना होगा। जाइए, सब मिल-जुलकर मेहनत कीजिए, फल मीठा लगेगा। किसी प्रकार की दिक़्क़त या असुविधा हो तो डॉ. गुप्ता या मुझे मिलने में संकोच न करना। घर जाकर आनंद पूर्वक दीपावली का त्यौहार मनाओ व टीचिंग प्रैक्टिस चारों एक ही स्कूल में ड्यूटी करना ताकि भित्ति पत्रिका का प्रकाशन निरंतर जारी रहे। मैं डॉ. गुप्ता को कह दूँगी, सबको ठीक रहेगा ?

सभी साथी— यस मैडम ! हम सब एक स्कूल में ही ड्यूटी चाहते हैं। आपका पुनः आभार ! (बाहर आकर)

देव—- कैसा महसूस कर रहे हैं आप सब ?

देविना— आज के युग में मेहनत व ईमानदारी की प्रशंसा करने वाले बॉस बिरले ही मिलते हैं वरना सब चापलूसी का ही बोलबाला है।

देव — बहुत मर्म की बात कही है देविना ! क्यों शुभम ? तुम्हारा क्या विचार है?

शुभम —- अपना तो सिद्धांत है - जैसा देश, वैसा भेष। मेहनत करना व मौज करना, दोनों में महारथी हैं हम।

शिवि —-अपने मुँह मियाँ मिट्ठू, कोई आर्टिकल दिया है क्या ? हर बार दो शेर कहीं से चुराकर लटका देते हो भित्ति पत्रिका में।

शुभम ——अच्छा ! तुम जो प्रेरक - प्रसंग व अनमोल वचन डालतीं हो, वे तो तुम्हारे लिखे होंगे ? पता नहीं किस ज़माने के चोरी किए रखे हैं ?

देविना —कुछ न करने से तो बेहतर ही है, अच्छी बात की नक़ल करना भी परिश्रम करना तो सिखाता ही है ?

देव— हाँ देविना, शिवि व शुभम ने खूब साथ निभाया है। कल इनको फ़िल्म दिखा लाएँ ?

देविना— अब तो दीवाली पर घर जाने का मूड बना है। शुक्रवार को जाएँगे, आज से कुछ दिन ही तो बचे हैं। टीचिंग प्रैक्टिस के दौरान देख सकते हैं व अब तो हॉस्टल के नियमों का भी ध्यान रखना पड़ता है ?

देव—- शुभम, मुझे कुछ याद आ रहा है कि डॉ. राकेश ने कहा था कि पं० शंकर प्रसाद के यहाँ जाना है, एक दो दिन में समय निकाल कर जाएँगे।

शुभम—- हाँ, तुम देविना से पहले भी कह चुके हो, आज सायं जा सकते हैं सब लोग।

***

लेखक परिचय

पंजाब के जिला संगरूर की तहसील (जींद) वर्तमान ज़िला (हरियाणा) के धमतान साहब गाँव में जन्में देव गोयल की मैट्रिक तक की शिक्षा गाँव के सरकारी स्कूल में ही हुई। एम. ए. इंग्लिश व हिंदी कुरुक्षेत्र विश्वविद्यालय से प्रथम श्रेणी (हिंदी) में उत्तीर्ण कर परिवार का नाम रोशन किया। पंजाब यूनिवर्सिटी (चंडीगढ़) से ग्रेजुएट देव गोयल हरियाणा शिक्षा विभाग में प्रिंसिपल के पद पर कई वर्षों तक सेवारत रहे व लगभग बीस वर्ष तक हिंदी भाषा के प्रवक्ता (लेक्चरर) के तौर पर भी समाज व राष्ट्र की सेवा की। इस दौरान (HSLA) हरियाणा स्कूल लेक्चर्स एसोसिएशन के कई महत्वपूर्ण जिला व राज्यस्तरीय पदों पर रहकर भी काम किया।

श्री देव गोयल (आयु 21 वर्ष) प्रथम कहानी 'त्यागपत्र' वर्ष 1974 में साप्ताहिक समाचार पत्र 'देवभूमि' में प्रकाशित हुई। नीम वाक्य, नक़ल को कैसे रोका जाए व शिक्षा का गिरता स्तर इनके सुप्रसिद्ध लेख 'हरियाणा बुलंद' साप्ताहिक समाचार पत्र मई 2002 के अंक में प्रकाशित हुए। ज़िला शिक्षा एवं प्रशिक्षण संस्थान में मासिक न्यूज़ लेटर के प्रधान संपादक व राजकीय बी.एड. ट्रेनिंग कॉलेज- भिवानी में एक वर्ष तक भित्ति पत्रिका के मुख्य संपादक का दायित्व निभाया। हरियाणा विद्यालय शिक्षा बोर्ड द्वारा आयोजित 5000 शब्दों की निबंध प्रतियोगिता (वर्ष 2001) में पूरे प्रांत में प्रथम स्थान हासिल कर प्रमाण पत्र सहित 3100/- की राशि पुरस्कार स्वरूप प्राप्त की। ज़िला स्तरीय हिंदी साहित्य प्रेरक संस्था से भी कई वर्ष तक जुड़े रहे।

देव गोयल 'देव' प्रतिभा के धनी साहित्यकार हैं। इन्होंने एक नई साहित्यिक विधा 'हास्य चिंतन' की शुरुआत की जब 'दैनिक जगत क्रांति' (3 Dec 1999) 'हसीना मुस्कुराएगी' व 'हसीना मान जाएगी' (17Dec.1999) दो

ऐसी रचनाएँ प्रकाशित की। आज भी इस परंपरा को जीवित रखते हुए अनेकों 'हास्य चिंतन' लिखे हैं। 'स्वर्ग में-खुला दरबार' व 'पाखंडी का डेरा' इनकी प्रसिद्ध व्यंग्य एकांकी रचना हैं। 'हिंदी सौरभ' (1984 में प्रकाशित) इनकी शानदार प्रसंग पुस्तक है जो काफ़ी ख्याति प्राप्त हुई।

'दीपा दीदी' इनका प्रसिद्ध सामाजिक उपन्यास अभी अप्रैल 2023 में BFC प्रकाशन लखनऊ द्वारा प्रकाशित किया गया है। 'अपनों से दूर- अपनों के पास' 'अमेरिका यात्रा – संस्मरण' (काव्य पब्लिकेशंस, दिल्ली) द्वारा अभी दिसंबर 2024 में प्रकाशित किया गया है। 'जज साहब' बहुचर्चित उपन्यास (काव्य पब्लिकेशंस दिल्ली) अभी फ़रवरी 2025 में प्रकाशित एक सशक्त कृति है।

अनजाना हमसफर

प्रथम खंड- संयोग के पल

द्वितीय खंड-प्यार के पल

तृतीय खंड-रोमांस के पल

चतुर्थ खंड-फुरसत के पल

पंचम खंड-विदाई के पल

षष्ठ खंड-खुशियों के पल

सप्तम खंड-आनंद के पल

www.ingramcontent.com/pod-product-compliance
Lightning Source LLC
LaVergne TN
LVHW020053081026
849580LV00013B/1659